Hanna Michel

# Neubeginn

Bibliografische Information der Deutschen Nationalbibliothek:
Die Deutsche Nationalbibliothek verzeichnet diese Publikation
in der Deutschen Nationalbibliografie; detaillierte
bibliografische Daten sind im Internet über http://dnb.d-nb.de
abrufbar.

# Prolog

Meine Gedanken bestimmen mein Leben,
aber ich alleine bestimme die Art meiner Gedanken ...

Immer wieder denke ich darüber nach, wie ich mich endlich und endgültig, nach diesen langen Jahren, aus meiner vertrackten Lage lösen kann. Ich weiß, ich brauche dringend Hilfe. Alleine schaffe ich das nicht.

Meine vielen Versuche, mich aus seinem engmaschigen Netz zu befreien, sind bisher allesamt gescheitert. Es gibt einen Weg, ich muss ihn finden.

In den letzten Monaten und Jahren, habe ich gelernt, meine Augen und meine Ohren offen zu halten, und alle Botschaften, die für mich bestimmt sind, auch zu erkennen und zu nutzen.

Andrea ist so eine Botschaft. Es ist kein Zufall, dass ich sie kennen gelernt habe. Ich weiß, sie wird mir helfen, meinen Weg zu finden.

# Kapitel 1

Es ist Herbst 2006, seit einigen Wochen ist meine Kleine für ein Auslandsschuljahr in Australien. Die Mittlere macht eine Ausbildung und der Große studiert in Norddeutschland. Alle drei sind auf dem besten Weg erwachsen und selbstständig zu werden.

Der Haushalt ist gut organisiert, die Kinder fordern mich nicht mehr, – viel Zeit für mich. Zeit zum Nachdenken, Zeit ein Resümee der letzten 20 Jahre zu ziehen. Seit langer Zeit bin ich mit meinen Lebensumständen unzufrieden. Ich möchte das unbedingt ändern, aber ich weiß noch nicht wie. Aus vielen guten Gründen bin ich Hausfrau und Mutter. Mit Überzeugung und Begeisterung habe ich mich immer für meine Familie eingesetzt und alles getan, damit „mein Laden" rund läuft. Das ist mein Job und den habe ich mir selbst ausgesucht. Es war mein großer Wunsch, für meine Kinder und meinen Mann auf diese Weise da zu sein. Das bedeutet, ständig das volle Programm, ohne Pausen. Ich habe mich immer um alles gekümmert. Egal wann, egal wo, ich war stets bereit für meine Kinder und meinen Ehemann. Auf diese Weise habe ich im Laufe der Zeit mehr und mehr meine eigene Persönlichkeit verloren. Bei jeder Entscheidung, die ich getroffen habe, stellte ich mir grundsätzlich nur diese Fragen: Ist das gut für meinen Mann? Ist das gut für meine Kinder? Ist das gut für meine Familie? Ob meine Entscheidungen gut für mich waren, habe ich mich nie gefragt.

Nun machen sich Schlagworte wie Ehekrise und Midlifecrisis in meinem Kopf breit. Mir ist bewusst, da gibt es viel zu viel, was in meinem Leben nicht mehr zusammenpasst.

Ich habe das Gefühl, ein riesengroßes Loch tut sich vor mir auf. Fragen nach dem Sinn des Lebens, Fragen nach dem Sinn meines Lebens beschäftigen mich. War es das jetzt, oder kommt da noch was? Soll ich weiter machen wie bisher oder traue ich mich, aus diesem Trott auszubrechen und neue Wege zu gehen? In dieser Verfassung habe ich ihn getroffen, – im Chat – auf der blauen Seite. **Engel wollen fliegen** und *DerDoc.* Ein ausgesprochen arroganter Schnösel, viel zu frech und total von sich eingenommen. Ein Schwätzer, ein Spinner, dann aber plötzlich ernsthaft, kultiviert, geistreich und witzig. Was mir sofort auffällt, er ist der deutschen Sprache mächtig, kann sich ausdrücken und fehlerlos schreiben, womit er sich hier deutlich von der Masse abhebt und ordentlich punkten kann. Vielleicht ist er gerade deshalb interessant genug, um ihn nicht zu ignorieren. Allgemeinplätze beherrschen unsere ersten Gespräche, bloß nichts Persönliches. Es ist ein vorsichtiges Herantasten und Kennenlernen, denn man weiß ja wie gefährlich so ein Chat sein kann …

Wochen vergehen, ab und zu „treffen" wir uns im Chat. Ohne Verabredung, einfach so, wie es sich gerade ergibt. Nach und nach werden unsere Gespräche vertrauter. Ich erzähle ihm von mir, meiner Ehe und den Kindern. Sein Verständnis und seine Anteilnahme bauen mich auf. Es tut so gut, jemanden zu haben, der mir zuhört und manchmal auch einen Rat für mich hat. Der Chat bietet mir Schutz in meiner Anonymität. Ich kann mir alles von der Seele schreiben. Er kennt mich nicht, er sieht mich nicht. Mit Tränen in den Augen und einem dicken Kloß im Hals lässt es sich viel leichter schreiben als reden. Der Chat als modernes Sorgentelefon.

Und dann, nach etwa einem Vierteljahr, das erste von vielen besonderen Gesprächen. Es ist ganz anders als sonst. Es geht nur um mich, um meine Persönlichkeit. Zum ersten Mal seit sehr langer Zeit hatte ich das Gefühl da interessiert sich jemand für mich!

*„du musst auf dich achten!"*
*„leg die blöden jeans ab!"*
*„sei frau!"*

Es geht um mich, es geht nur um Hanna. Er will alles von mir wissen und macht mir Vorschläge, was ich verändern kann. Und Stück für Stück tastet er sich bei dieser Gelegenheit auch an meine vernachlässigten sexuellen Wünsche und Vorlieben heran. Ja, das ist (m)ein spezielles Thema. Seit Monaten habe ich meine Zeit intensiv genutzt, um mich mit meinen Fantasien und Gefühlen auseinander zu setzen. Das Internet bietet dazu fantastische Gelegenheiten. Ich finde ausführliche Antworten auf meine zahllosen Fragen, jede Menge sachliche Informationen und kann mich in verschiedenen Foren mit Gleichgesinnten austauschen.

Nach und nach wird mir klar, was mir, insbesondere in erotischer Hinsicht, während meiner Ehe gefehlt hat. Mit meinem Mann ist es schwierig über das Thema Sex und seine möglichen Spielarten zu reden. Wir haben das beide nicht hingekriegt.

Ich fühle mich dauernd missverstanden und selbst wenn ich ihm (ohne Worte) die Hand führe, versteht er nicht, was ich möchte. Es fehlt an Kreativität und Einfühlungsvermögen, oder einfach nur an der Fähigkeit, offen über unsere Wünsche zu reden. Guten Sex habe ich nur, wenn ich die Initiative ergreife und die Führung übernehme. Aber genau das liegt mir überhaupt nicht.

Ich will doch geführt werden, manchmal will ich benutzt werden, ich will meinem „Herrn" dienen. Dafür muss er die Regie führen und sagen wo`s langgeht.

Kann ich ihm offenbaren, dass ich meine devoten und leicht masochistischen Neigungen ausleben möchte? Vermutlich zweifelt er dann vollends an meinem Verstand. Als mir diese Eigenschaft klar wurde, erging es mir ja nicht anders. Ich habe anfangs tatsächlich an mir und meinem Verstand gezweifelt.

Unser äußerst sporadischer eheliche Sex beschränkt sich seinerseits auf ein fantasieloses rein – raus – fertig – umdrehen – einschlafen ..., was dann mein Startsignal zur ungestörten Selbstbefriedigung inklusive intensivem Kopfkino in schwarzen Lederfesseln zur Sprachlosigkeit geknebelt und zärtlichen Streicheleinheiten mit der Gerte ist.

Diese und ähnliche Vorstellungen begleiten mich nun schon sehr lange. Durch viele Gespräche im Chat mit dem Doc und anderen bekomme ich endgültig die Bestätigung meiner Vermutung. Ich bin eben anders und das nicht erst seit einem halben Jahr. Diese Erkenntnis erschreckt und verunsichert mich zunächst sehr. Noch weiß ich nicht, wie ich damit umgehen soll.

Der Doc nimmt mir meine Zweifel, unterstützt mich und stärkt mein Selbstvertrauen. Plötzlich ist alles so einfach. Neue Perspektiven eröffnen sich für mich. Plötzlich ist da jemand, der mich ernst nimmt und mir Kraft und neuen Mut gibt. Mit der Zeit gewinnt er immer mehr Einfluss auf mich, und er weiß es genau.

*„verfluchst du mich nicht?"*

„Nein, warum?"

*„den tag an dem du mich kennen gelernt hast? dir den kopf verändert habe?"*

„Nein, der Tag hat eine andere Bedeutung für mich, aber es ist so, den Kopf hast du mir verändert."

*„ich hoffe du wirst viel mehr frau sein in zukunft."*

„Das werde ich, da kannst du sicher sein ..."

*„das wird dein selbstvertrauen stärken."*

„Ja, das stimmt, mir geht es richtig gut. Am besten, wenn wir miteinander reden."

In diesen Wochen wird er zu meinem Lebensberater, zu meinem Freund und auch zu meinem Dom. Er bestimmt dadurch mehr und mehr über mich, und ich gebe zu, es gefällt mir. Denn endlich gibt es jemanden, der sich um mich kümmert und mich ernst nimmt. Virtuell macht er alles, was ich mir von meinem Mann immer gewünscht habe. Mit ihm kann ich über alles offen und ohne Hemmungen reden, auch über Sex.

„Ich glaube, ich bin heute aufgeschlossener, neue Dinge zu probieren. Aber ich möchte dabei geführt werden."

*„seit wann weißt du das?"*

„Schon länger."

*„genauer"*

„Vielleicht liegt es daran, dass ich beim Sex mit meinem Mann beinahe immer die Initiative ergreifen muss. Dabei will ich mich viel lieber fallen lassen können. Vielleicht auch mal benutzt werden, ausgeliefert und hilflos sein … Ich habe dir doch mal erzählt, dass ich als Kind häufig mit meinen Freunden Indianer gespielt habe."

*„ich weiß."*

„Weißt du, was ich daran am besten fand?"

*„na, fesseln?"*

„Ja, wenn sie mich gefangen und gefesselt haben. Das ist mir aber erst jetzt wieder richtig bewusst geworden. Diese Gedanken hatte ich irgendwo tief in mir vergraben."

*„die schmerzen hast du vergessen?"*

„Eigentlich nicht, ich fand das gut."

*„die lust im schmerz."*

„Ja, mag sein, aber das war noch keine sexuelle Lust."

*„aber jetzt wirst du sie spüren."*

„Ja, das hoffe ich."

„Ich möchte es erfahren."

*„du bist dazu bereit, das ist gut. "*

*„aber ich bin streng mit dir ... "*

„Ja, Herr, ich habe Vertrauen zu dir."

*„warum? "*

„Weil ich merke, dass du mir gut tust. Ich fühle mich besser."

*„jetzt lächle ich. "*

„Ich mag dich."

*„du machst alles. "*

„Ja, Herr."

*„lass dich scheiden und komm mit mir! "*

„Würde mich nicht wundern, wenn das bald so weit ist. Bei uns ist richtig Druck in der Luft."

Mein Selbstbewusstsein beginnt zu wachsen. Ich fühle mich gut und bin bereit, aktiv zu werden. Endlich habe ich kapiert, ich muss mich ändern, damit sich meine Situation verändert. Erste kleine Schritte habe ich mit seiner Hilfe gemacht und ich kann wirklich ein paar Erfolge für mich verbuchen.

Nach über 20 Jahren als Hausfrau und Mutter will ich zurück ins Berufsleben und meine Position finden. Klar, das wird sehr schwierig werden. In meinen erlernten Beruf kann ich nicht zurück. Ich bin viel zu lange raus und es hat sich bis auf kleine Ausnahmen faktisch alles geändert. In den vergangenen Jahren war ich ehrenamtlich im Vorstand eines Sportclubs aktiv. Ich kann mit dem PC umgehen, organisieren liegt mir und ich bin motiviert. Das sind doch positive Eigenschaften und damit gute Voraussetzungen.

Eine Zeitungsanzeige veranlasst mich, den ersten Schritt zu machen. Meine Kurzbewerbung am Telefon ist auf Anhieb erfolgreich. Ich werde zu einem persönlichen Vorstellungsgespräch eingeladen. Das hört sich gut an. Na ja, es ist nur ein Job in einem Callcenter, nichts Besonderes und auch keine wirkliche Perspektive für die Ewigkeit. Aber für mich ist es ein kleiner Meilenstein. Ich werde bald 50 und habe im Augenblick keine Alternative. Es ist in erster Linie ein Test. Herausfinden wo ich stehe, das ist mein Ziel. Alles andere wird sich schon ergeben. Ja, und ich habe zum Glück ihn, der mich immer wieder unterstützt und mir Mut macht. Das gibt mir die Kraft, die ich für meinen Neuanfang so dringend brauche.

*„musst immer für meine bedürfnisse da sein."*
„Ja, Herr."
*„willst du das?"*
„Ich will für dich da sein. Solange ich das Gefühl habe, dir wichtig zu sein, werde ich alles für dich tun."
*„du bist das wichtigste, was ich habe."*
„Meinst du das ernst? Das hat mir schon lange keiner mehr gesagt. Das tut richtig gut."
*„ja, das sage ich jetzt, obwohl es deine position als sub stärkt."*
„Nein, es stärkt mein Vertrauen in dich."
*„es wird ein anderes leben werden."*

Ich will ein anderes Leben, ich will wieder ich selbst sein. Meine Persönlichkeit zurück haben und neue Wege gehen. Einen Weg mit ihm? Es ist an der Zeit, ihn zu treffen. Unsere Gespräche im Chat sind schön und tun mir gut – aber …
Dieses Aber beschäftigte mich schon eine ganze Weile. Was ich von ihm kenne sind Worte und Zahlen und ein Foto von ihm. Meint er seine Worte wirklich ehrlich? Ist das Bild echt? Ich will seine Stimme hören und ihn sehen, seine Mimik, seine Gestik und vor allem seine Augen.

„Kannst du mir sagen, an welchem Wochenende wir uns sehen? Ich habe mir 2 Termine frei gehalten."

*„ich muss meinen kalender zu hause ansehen. wann hast du frei?"*

"Das 1. und das 3. Februarwochenende."

*„ich denke das 3. könnte was werden."*

„Das wäre sehr schön."

*„sag ich dir aber noch definitiv."*

# Kapitel 2

Mein Job im Callcenter macht Spaß. Ich habe endlich wieder eine Aufgabe, für die ich sogar bezahlt werde und obendrein noch ein bisschen Anerkennung bekomme. Mehrere Kunden sagen mir, ich habe eine ausgesprochen sympathische Stimme, man könnte mein Lächeln sogar hören. Das sind sie, diese kleinen Glücksmomente. Die bauen mich auf, sie streicheln meine Seele und deshalb bedeuten sie mir sehr viel.

*„hallo kleine. "*
„Hallo, Doc"
*„ich will ein bild von dir. zieh dir eine bluse mit weitem ausschnitt an, dazu einen engen kurzen rock. "*
„Ich habe keinen kurzen Rock ☹. "
*„du sollst an meiner seite sein, da musst du dich schon ansprechend kleiden. "*
„Ich werde in die Stadt gehen und mir etwas Passendes kaufen."
*„mach das und enttäusch` mich nicht wieder! "*
„Nein, beim nächsten Mal wirst du zufrieden sein."
„Wann sehen wir uns?"
*„kann ich dir noch nicht sagen, muss erst meine termine abklären. "*

Warum weicht er mir wieder aus? Was soll das? Ist das alles hier nur ein Spiel für ihn? Ein Spiel mit meinen Gefühlen? Viele Fragen beschäftigen mich. Ich muss bald entscheiden, wie es weiter gehen soll.
In wenigen Tagen kommt mein Mann zurück. Er besucht unsere Tochter im Ausland. Ich muss unbedingt mit ihm reden. Unsere Ehe ist emotional am Ende. Wir gehen uns so gut es geht aus

dem Weg, reden nur das Nötigste miteinander und dennoch brennt spürbar die Luft zwischen uns. Ich habe das Gefühl, es braucht nur noch einen winzigen Funken, und es kommt mit voller Wucht zu der lange fälligen Explosion.

Manchmal hat so ein Ereignis etwas Reinigendes, etwas Klärendes. Manchmal bleibt nur verbrannte Erde zurück. Finden wir dieses Mal wieder zu einander? Vor ein paar Jahren standen wir schon einmal an genau diesem Punkt. Damals haben wir uns für uns und unsere Kinder entschieden. Damals gab es niemanden, der mir eine bessere Zukunft versprochen hat.

Für die Kinder war diese Entscheidung richtig, für ihn sicher auch. Alles blieb im Lot. Kein Umbruch, keine Aufbruch, kein Abbruch. Ich habe weiter meine Arbeit als Hausfrau und Mutter gemacht, suchte hier und da nach Anerkennung und fühlte mich in meiner finanziell gesicherten Welt häufig allein und unverstanden.

Jetzt hat sich vieles geändert. Auf die Kinder brauche ich nur noch bedingt Rücksicht zu nehmen. Allmählich habe ich mich selbst wieder entdeckt und habe den Mut und die Zuversicht, einen Neubeginn zu wagen. Er macht mich stark, er gibt mir diese Kraft, das nötige Selbstbewusstsein und nicht zuletzt eine neue Perspektive.

*„ich hol dich da raus, aber dann gehörst du mir. überleg es dir."*
„Meinst du das wirklich ernst?"
*„ich sag es so, wie ich es meine. überleg es dir!"*
„Danke, das ist gut zu wissen, aber erst einmal habe ich ein Gespräch mit meinem Mann."
*„willst du die scheidung?"*
„Ich sehe fast keine andere Möglichkeit mehr, aber eine Scheidung bedeutet meinen finanziellen Untergang."

*„das ist nicht schlimm, du beginnst ein neues leben, du bist eine*
*wunderbare person – das reicht. "*

Weg ist er wieder. Ich lese zum x-ten Mal unsere Gespräche und
frage mich ebenfalls zum x-ten Mal, warum er sich seiner Sache
so sicher sein kann, wenn wir uns doch noch nicht ein einziges
Mal gesehen haben ... Und immer wieder überzeugt er mich
von seiner Wahrhaftigkeit. Ich verstehe es selber nicht. Jedes
Misstrauen, jede Unsicherheit wischt er mit einem virtuellen
Lächeln und ein paar passenden Sätzen weg.

*„du bist das beste, was ich habe, das weißt du. kläre alles zu*
*hause. ich werde dich in ganz neue regionen führen, oder willst*
*du weiter dein langweiliges leben im goldenen käfig. sag es mir,*
*dein DOM. "*

Mein Mann ist zurück und endlich reden wir. Ich schaffe es, ihm
meine Sicht der Dinge, auf sachliche Art und Weise, zu erklären.
Mit vielen Beispielen erkläre ich ihm meine Situation und mache deutlich, dass ich neue Wege gehen muss. Einen Anfang
habe ich mit meinem neuen Job gemacht. Er nimmt mich nicht
ernst. Er möchte nicht, dass ich dieser Arbeit nachgehe. Er
möchte nicht, dass ich irgendeiner Arbeit nachgehe, da mein
„Erziehungsauftrag für die Kinder" noch nicht abgeschlossen
ist.
Staunend frage ich ihn, ob er tatsächlich der Meinung ist, dass
unsere nun siebzehnjährige Tochter nach ihrer Rückkehr aus
dem Ausland, nicht in der Lage sein wird, ein paar Stunden ohne
ihre Mutter zu überleben.
„Du kannst deinen Job hier nicht einfach vernachlässigen. Du
hast Verpflichtungen, wir verlassen uns auf dich."

Oh ja, bisher hat das auch wunderbar geklappt. Leider will die Mutti nicht mehr so funktionieren wie bisher. Sie will eine richtige Arbeit, sie will unter Menschen, sie will Anerkennung, sie will einen Mann, der sie begehrt und Zeit für sie hat, sie will erfüllenden Sex. Sie will sich endlich verändern, weil sie ihr Leben verändern will. Sie will ihre Persönlichkeit zurück!

Das ist für ihn ein bisschen viel auf einmal. So kennt er mich nicht. Die sorgsam aufgebaute Fassade bekommt erste Risse. Unsere Bilderbuchfamilie, wie sie alle kennen und schätzen, funktioniert nicht mehr. Wie soll man (er) das in der Familie erklären? Was werden die Freunde und seine Arbeitskollegen denken? Und noch viel wichtiger, welche Einschnitte bedeutet es für das Familienoberhaupt persönlich, wenn die Chefin eigene Ideen umsetzt und nicht mehr uneingeschränkt für die Bedürfnisse der Familie zur Verfügung steht. Wird sie ihm dann noch, wie gewohnt, immer und ohne Ausnahme den Rücken freihalten. Wird er seine knappe Zeit anders einteilen müssen? Kommen da womöglich ganz neue Verpflichtungen auf ihn zu?

Und dann sind da auch noch ihre vielen äußeren Veränderungen. Sie läuft jeden Morgen ihre Joggingrunde, macht zusätzlich viel Sport, ernährt sich und die Familie bewusster und gesünder („immer dieser „Bioscheiß"), kleidet sich neuerdings sehr feminin, trägt eine neue Frisur, benutzt einen wunderbaren Duft und beginnt sich, ungewohnter Weise, zu schminken.

„Du bist so anders, du kommst mir vor wie fremdgesteuert …!"

Wenn du wüsstest, wie recht du damit hast. Wie oft habe ich mir gewünscht, du würdest in mir ab und zu mal etwas anderes sehen, als die top aufgestellte Familienmanagerin.

Meine vielen Jobs habe ich immer hervorragend gemacht. Ich beherrsche eine Menge Berufe: Logistikmanagement, Putzfee, Wäscherei und Bügeldienst, Großküche inklusive Bäckerei,

Gästebewirtung, morgendlicher Weckdienst, Terminverwaltung für Kinder, Taxifahrerin, Krankenschwester, Seelsorgerin, Diplomatin (vorzugsweise bei Elternsprechtagen), Gärtnerin (mit Lust und Liebe), Sportcoach, Masseurin und noch viele andere mehr.

Ich habe jeden Beruf gerne und mit Überzeugung ausgeübt. Leider bin ich bei diesen vielen Aufgaben auf der Strecke geblieben.

„Hej, Doc!"

*„na du schickes weib."*

„Gefallen dir die Sachen?"

*„endlich vernünftige bilder, hast dich gut rausgeputzt."*

„Danke ☺."

*„siehst richtig lecker aus!"*

„Lächel, das habe ich gehofft."

*„allmählich kennst du meinen geschmack."*

„Magst du auch den kurzen Rock?"

*„der könnte noch kürzer sein, hast die beine danach."*

*„fehlen nur noch hohe absätze."*

„Ich habe keine passenden Schuhe."

*„kauf dir welche, tu`s für mich, kleine."*

„Ja."

*„du wirst immer perfekter, immer femininer, glaub mir. auch dein mann wird verrückt, wenn er sieht, was aus dir geworden ist."*

„Er wundert sich nur noch."

„Hast du schon in deinen Kalender geguckt?"

*„stell mir keine fragen!"*

*„du musst erst mal fit werden, damit ich mich mit dir zeigen kann."*

17

„Ich mache doch alles, was du willst."

*„das genügt mir nicht."*

*„lern erst richtig mit pumps zu gehen."*

„Ich habe in letzter Zeit schon so viel Geld ausgegeben."

„Kannst du mir bitte die Pumps kaufen?"

*„ich muss los, muss arbeiten"*

„Ja, bis heute Abend."

*„geh in ein schuhgeschäft und üb da."*

*„schick mir neue bilder von dir, ich will deine haut sehen."*

„Ja."

*„es tut mir gut, wenn ich dich abends im bett betrachten kann."*

*„du möchtest doch, dass es mir gut geht."*

„Ja."

Ärgerlich schalte ich den Computer aus. Tausend Fragen schwirren mir durch den Kopf. Was ist mit mir? Ich möchte auch, dass es mir gut geht! Wann sehen wir uns? Warum kauft er mir keine Pumps, wenn er sie unbedingt für mich will? Warum geht er jedes Mal, wenn ich von ihm konkrete Antworten will? Vollidiot, Blödmann und noch einige andere nicht gerade liebevolle Bezeichnungen fallen mir für ihn ein. Trotzdem mache ich, wie verabredet, zwei Bilder von mir und schicke sie ihm.
Bevor ich ins Bett gehe schaue ich kurz nach, ob ich eine Nachricht von ihm habe.

*„ich habe dir genau erklärt, was ich für bilder von dir will! zeig haut! du hast deine aufgabe nicht erfüllt!"*

Tolle Nachricht! Was denkt sich dieser arrogante Mistkerl eigentlich? So kann er nicht mit mir umgehen. Ich verschicke keine Nacktbilder von mir übers Internet. Was bildet dieser

Doofmann sich ein? Ich will ihn endlich treffen, dann können wir uns vielleicht über weitere Bilder unterhalten. An Schlaf ist nicht zu denken.

Meine Stimmung ist auf dem Nullpunkt. Es geht nicht voran. Ich habe das Gefühl, auf der Stelle zu treten. Er hält mich hin, will Zeit schinden. Warum? Ich bin mir sicher, er spielt nur ein Spiel mit mir. Er will sich überhaupt nicht mit mir treffen. Er ist nicht ehrlich zu mir. Zweifel machen sich breit. Zu allem Überfluss bemüht sich mein Mann nach Kräften um mich. Er nimmt sich Zeit für uns. Er lädt mich zum Essen ein. Er schenkt mir sogar wunderbare Blumensträuße, einfach nur so, und er begleitet mich auf langen Spaziergängen, die wir mit guten Gesprächen verbinden.

Fast fühlt sich alles wieder wie früher an. Beinahe erleben wir glückliche Momente. Ich bin mit meinen Gefühlen hin und her gerissen. Ich möchte meine Familie nicht zerstören, habe aber gleichzeitig große Angst, die Bemühungen meines Mannes verlaufen bald im Sande und ich komme wieder von meinem neuen Weg ab. Ihm ist die Kontinuität unserer Ehe wichtig, nicht mehr und nicht weniger. Das ist mir nicht genug.

Meine innere und äußere Veränderung tut mir gut. Durch meine Verwandlung, beginnen sich allmählich meine Lebensumstände zu verändern. Ich werde plötzlich wieder wahrgenommen. Wildfremde Menschen lächeln mir zu. Alte Bekannte (vorwiegend Männer) bewundern mein neues weibliches Aussehen. Freundinnen bestätigen meine positive Ausstrahlung und ich gehe zunehmend selbstbewusster durchs Leben. Das fühlt sich richtig gut an!

Von allen Seiten bekomme ich ein positives Feedback, nur mein Mann versagt mir seine Anerkennung. Ich glaube, ihm wird die Sache langsam unheimlich. Es sind zu viele Veränderungen auf einmal. Für mich ist es beinahe so, als hätte ich mich nach langen Jahren endlich aus meinem alten, starren Kokon befreit und heraus ist eine wunderschöne, attraktive, selbstbewusste Frau geschlüpft.

Sollte er nicht stolz auf mich sein? Warum unterstützt er mich nicht?

„Na du, hast du auf mich gewartet?"

*„ kann sein. "*

„☺."

„Sonst ist das immer umgekehrt …"

*„ lach nicht "*

„Ich lächle nur. Ich freue mich, dich zu treffen."

*„ endlich vernünftige bilder "*

„Hast du mir verziehen?"

*„ etwas ) "*

„Danke, Doc."

„Wann sehen wir uns? Klappt es Ende des Monats?"

*„ du bist noch nicht genügend vorbereitet. "*

„Was muss ich denn jetzt noch tun?"

*„ highheels! "*

„Woher soll ich die denn nehmen?"

*„ hast du schon mal drin gestanden? "*

„Nein."

*„ besorg dir welche, mind. 10 cm. "*

„Wenn ich so etwas tragen soll, dann kannst du mir die auch kaufen!"

*„ werd` nicht gleich wieder frech, kleine! "*

*„ du hast mir deinen uneingeschränkten gehorsam versprochen. "*

„Ja, Doc."

*„ wie geht es zu hause, was ist los? "*

„Er ist unterwegs. Am Telefon meinte er wir können unsere Probleme lösen. Ich habe ihm gesagt, es fällt mir schwer, daran zu glauben."

*„was hat er vor?"*

„Er bemüht sich um mich, aber ich denke, es geht ihm weniger um mich, sondern ihm liegt hauptsächlich daran, dass sich seine Situation nicht verändert. Am Wochenende wollen wir noch einmal reden. Er hat mir auch gesagt, wenn ich jetzt gehe, brauche ich nicht mehr zurück zu kommen."

*„und was sagst du?"*

„Ich möchte die Trennung."

*„das erleichtert vieles."*

„Ich denke, er braucht einfach Zeit, um zu verstehen, dass unsere Beziehung keinen Sinn mehr macht."

*„ja, gib ihm zunder, hat er versucht, dich anzufassen?"*

„Nein, hat er ja schon ewig nicht mehr. Manchmal nimmt er mich noch in den Arm. Er kann sich nicht vorstellen, dass es mir ernst ist."

*„er wird nachdenklich."*

*„zeig ihm, dass du ein tolles weib bist!"*

*„ich geh jetzt."*

„Ich möchte dich noch etwas fragen, Doc."

*„zeit ist um."*

„Och, Doc."

*„welche fragen?"*

„Kannst du tanzen, Standard, Latein usw.?"

*„ich kann tanzen, na klar!"*

„Bringst du es mir bei?"

*„erst mal übst du mit den highheels."*

„Ja, Herr!"

„Doc, ich glaube, du hast noch viel Arbeit vor dir. Ich verspreche dir, ich werde alles tun, was du von mir verlangst."

*„ sonst hätte ich dich nicht ausgesucht )))"*

*„wir werden uns sehen, und du wirst nicht mehr von meiner seite weichen."*

„Ich hoffe, es wird so sein."

*„)) du bist es."*

„Was?"

*„ meine sub."*

„Ja, Herr. Weißt du, was passiert, wenn ich an dich denke?"

*„was?"*

„Dann habe ich Schmetterlinge im Bauch! Ich wusste schon nicht mehr, wie sich das anfühlt."

*„kleines, ich auch!"*

# Kapitel 3

Jetzt ist es raus. Ich habe ihm gesagt, wie viel er mir bedeutet. Er weiß nun, ich habe mich in ihn verliebt! Geht das überhaupt? Wie kann man sich in jemanden verlieben, den man noch nie gesehen hat? Ich kenne ja noch nicht einmal seine Stimme. Bisher haben wir noch nie miteinander telefoniert. Ein Bild hat er mir von sich geschickt ... Ist er es wirklich auf dem Foto? Er ist groß und kräftig, er trägt eine Brille, hat volles braunes Haar, braune Augen und einen sehr ernsten Blick. Nachdenklich betrachte ich immer wieder dieses Bild. Dabei denke ich jedes Mal über meine Fragen und die vielen Ungereimtheiten nach. Irgendetwas passt nicht in diesem Puzzle. „Lass es sein", sagt meine innere Stimme. Mein Verstand meldet sich immer häufiger zu Wort und versucht mich von der Sinnlosigkeit dieser Verbindung zu überzeugen. Mein Herz sagt mir ganz andere Dinge. „Finde heraus, wer er ist, dann kannst du dir aus den paar Puzzleteilen, die er dir gegeben hat, ein ganzes Bild machen."
Halbe Sachen kann man nicht beurteilen. Im Internet suche ich nach Hinweisen auf seine Identität. Meine Suche bringt mich nicht weiter. Ich brauche viel mehr Informationen.


*„noch fragen?"*
„Ja! Kann ich bitte noch ein weiteres Bild von dir bekommen?"
„Vielleicht eines, wo du nicht so ernst drein schaust."
*„ich bin immer ernst, manchmal böse!"*
„Zu mir wirst du gut sein!"
*„woher weißt du das?"*
„Weil du mein DOM bist."

*„du hast gelernt, kleines."*

„Ja, Doc."

*„jetzt bin ich weg."*

„Sag mir bitte, wann wir uns endlich sehen."

„An welchem Wochenende wird es sein?"

*„sag mir, wenn du in highheels laufen kannst und schick mir ein bild von dir"*

*„du weißt, was ich sehen will."*

„Ja, Doc."

*„bin weg."*

Ich kann nicht mehr. Ich bin nervlich am Ende. Wieder einmal sitze ich heulend vor dem Bildschirm. Wie kann er sich so verhalten? Warum gebe ich diesem dämlichen Eierkopp keinen Laufpass? Warum hat dieser Kerl mich so im Griff? Warum verletzt er immer wieder meine Gefühle und warum lasse ich mir das auch noch gefallen?

Der Akku meiner Kamera ist aufgeladen. Er bekommt ein Bild meiner Brüste – ohne Gesicht. Seufzend drücke ich auf senden und gehe noch mal kurz in den Chat. Mein Herz macht einen kleinen Hüpfer. Er ist online.

*„das bild ist schön."*

„Danke, Doc."

„Hast du heute Abend Zeit? Ich möchte gerne in Ruhe mit dir über uns reden."

*„ja vielleicht, wenn ich lust habe."*

„Sag doch mal bitte, lass mich nicht hängen."

*„ich habe dir eine aufgabe gegeben. wenn du es nicht hinkriegst, ist es vorbei!"*

„Doc, warum bist du so hart zu mir? Was habe ich dir getan?"

„*was anderes verstehst du nicht.*"

„Ich mache alles, was du von mir verlangst. Ich arbeite an mir, das weißt du genau."

„*ich will die beste!*"

„Doc, bitte sei für mich da. Ich möchte dich am Wochenende treffen!"

„*und lern tanzen!*"

„*melde dich zu einem kurs an!*"

„Ich kann da doch nicht alleine hingehen. Ich möchte mit dir tanzen."

„*mit einem trampel habe ich keine lust.*"

„Du hast es ja noch gar nicht mit mir versucht."

„*dann muss aber noch viel passieren.*"

„Was denn?"

„*du musst auf pumps laufen können.*"

„Das übe ich ja schon."

„*dein nächstes foto zeigt dich nackt in pumps!*"

„*erfüll deine aufgaben, ich bin jetzt weg.*"

Es ist Zeit für eine ausführliche Mail. Im Chat lässt er mich nicht zu Wort kommen oder ich bekomme keine Antwort von ihm. Also schreibe ich ihm alles, was mich im Augenblick beschäftigt und bewegt.

Lieber Doc,
heute bin ich ziemlich weit unten angekommen. Mir geht es nicht gut. Ich bin ziemlich fertig.
Ich versuche, alles richtig zu machen, so wie du es möchtest. Wie du es von mir verlangst. Aber ich stoße schon jetzt an meine Grenzen. Habe immer öfter das Gefühl, deinen Ansprüchen nicht genügen zu können. Inzwischen weiß ich, du hast sehr

hohe Ansprüche. Ich möchte sie so gerne erfüllen.

Mir liegt sehr viel daran, aber du gibst mir immer wieder das Gefühl, ich kann es sowieso nicht schaffen. Das lässt mich wieder und wieder zweifeln – an mir und auch an dir.

Bist du ehrlich zu mir?

Weißt du wie es sich anfühlt, den Halt zu verlieren? Und niemand ist da, der dich auffängt?

Heute war ich noch einmal im Schuhgeschäft. Es gefällt mir inzwischen, die hochhackigen Schuhe zu tragen. Nur wenn ich daran denke, dir gegenüber zu stehen, mich nach deinen Wünschen zu präsentieren, bekomme ich einfach nur Angst. Angst, du lachst mich aus, oder noch schlimmer, du schickst mich fort, – Angst, dass all das, was du mir im Chat gesagt hast nie real wird. Angst zu versagen und das alles, was uns im Moment verbindet, nur ein wunderschöner Traum war.

Und da ich schon mal dabei bin, möchte ich dir nun auch noch sagen, was mir noch auf der Seele lastet. Ich habe dir bisher noch nicht meinen richtigen Namen genannt. Ich wollte mich schützen. Aber ich sehe keine Notwendigkeit mehr dafür. Also, ich heiße Hanna.

Jetzt weißt du es und ich wünsche mir sehr, dass du mich verstehst.

Ich mag dich und ich möchte dich nicht verlieren.

Hanna

Nun warte ich auf seine Reaktion. Früh am Morgen schalte ich meinen Rechner an. Keine Antwort auf meine E-Mail. Im Chat war er auch nicht. Im Grunde habe ich nichts anderes erwartet. Er ist immer gleich extrem beleidigt, wenn es nicht nach seiner Nase geht. Warum ist das eigentlich so? Er ist doch ein erwachsener Mann. Dann kann man doch über die Dinge reden, die einem nicht gefallen. Er will mich mürbe machen, überlege ich, obwohl ich den Sinn nicht erkennen kann. Ich will das nicht mehr. Nicht so. Ich will reden. Ich will Klarheit. Ich will endlich ein Treffen.

Die Tage vergehen … Keine Mail, keine Nachricht im Chat und natürlich auch kein Anruf. Ab und zu war er online, aber ich habe ihn jedes Mal verpasst.

Dann endlich eine Mail von ihm in meinem Postfach.

*du hast mich grenzenlos enttäuscht. als sklavin werde ich dich nehmen, den aufstieg zur sub musst du dir erarbeiten hanna!*

Das glaube ich nicht, aber es steht wirklich auf meinem Bildschirm. Ist das alles, was ihm zu meinem Brief einfällt? Einen Brief schreibe ich ihm noch. Das muss sein.

Lieber Doc!
Ich vertraue dir. Das weißt du. Wenn es nicht so wäre, hätte ich viele Dinge, die du von mir gefordert hast, niemals getan. Ich weiß nicht, ob ein DOM seiner Sub vertraut. Ich geh davon aus, denn anders geht es gar nicht. Ich kann dir nur sagen: Du kannst mir vertrauen! Ich werde nie etwas tun, was dir schaden könnte und deine Gefühle würde ich auch nie verletzen. Ohne gegenseitiges Vertrauen funktioniert das alles nicht!
Bitte lass uns reden.
Hanna

Endlich treffe ich ihn nach weiteren drei langen Tagen im Chat.

„Guten Morgen Doc, bitte rede mit mir."
*„hallo hanna"*

„*was willst du mir sagen?* "

„Ich möchte dich bitten, dich mit mir zu treffen."

„So macht das alles keinen Sinn."

„*wieso belügst du mich?* "

„Ich wollte dich nicht belügen. Ich habe immer auf die passende Gelegenheit gewartet, um es dir zu sagen."

„*so ist kein verlass auf dich.* "

„Du kannst dich immer auf mich verlassen."

„*was ist denn sonst noch gelogen?* "

„Sonst nichts, nur der Name. Ich war immer ehrlich zu dir. Ich habe dir so viel von mir erzählt."

„*aus anne wird hanna, na ja* "

„*und sonst noch?* "

„Nichts, was meinst du denn?"

„Ich habe dir Dinge von mir erzählt, die ich dir nur erzählt habe, weil ich dir vertraue. "

„*weiß doch nicht mal, was davon stimmt.* "

„Es stimmt alles."

„Bitte Doc, bitte glaube mir."

„*und mich wolltest du anscheißen. das wird dir noch leid tun.* "

„Ich wollte dich anscheißen? Was meinst du denn jetzt damit?"

„*du solltest als sklavin anfangen, du musst lernen zu gehorchen!* "

„Ich gehorche dir, habe doch bis jetzt immer alles getan, was du von mir verlangt hast."

„*hast du die bilder fertig?* "

„Mir liegt doch viel zu viel an dir, als das ich das aufs Spiel setzen werde. Ich hatte noch keine Gelegenheit sie zu machen, aber ich hole das so schnell wie möglich nach!"

„*du machst mich rasend!* "

„Ich habe mir schöne Schuhe gekauft, mit denen ich täglich übe

☺. Nur für dich!"

*„ok, und eierst du?"*

„Nein."

*„endlich mal eine bessere nachricht."*

„Doc, bitte, gibst du mir noch eine Chance?"

„Wenn ich deine Wünsche nicht sofort erfüllen kann, liegt das wirklich nicht an mir."

*„ja, aber nur weil ich so ein gutmütiger mensch bin. verdient hast du es nicht!"*

„Danke, Doc! Du machst mich jetzt richtig glücklich."

*„hast glück gehabt. normal läuft das anders."*

„Danke, Doc!

*„mach jetzt die fotos!"*

„Nochmal werde ich dich nicht enttäuschen!"

---

„Die Bilder sind unterwegs."

*„hier kommt nix an."*

*„warum dauert das so lange?"*

„Das weiß ich doch nicht. Ich habe zwei Bilder geschickt."

*„endlich ist das erste da. schöne schuhe, schöne beine. die sache hat stil. ok. sie stehen dir."*

„Danke! Ich fühle mich wohl damit."

*„das sieht man dir an."*

„Freut mich, wenn es dir gefällt."

*„du wirst jetzt nur noch so rumlaufen. verstanden?"*

„Ja, natürlich."

*„was machst du heute noch?"*

„Ich werde gleich noch laufen. Wenn ich laufe, kann ich gut nachdenken. Dann fallen mir alle Gespräche mit dir ein, die wir schon geführt haben. Und oft muss ich dabei lächeln. Obwohl wir uns noch nie gesehen haben, bist du mir so nah. Meine Gedanken kreisen ständig um dich. Bei allem, was ich tue, überlege ich, ob es dir gefallen würde. Und ich glaube, in mancher Hinsicht gelingt mir das schon. Das macht mich froh."

„Hörst du mir zu? Nun sag doch auch mal was. Ich möchte so gerne mehr über dich wissen. Ich glaube, ich könnte dich dann besser verstehen, würde dich nicht mehr rasend machen ... Du bist ein Mensch mit sehr hohen Ansprüchen, nicht nur an andere, auch an dich. Was du von dir erwartest, erwartest du auch von anderen. So schätze ich dich ein."

„Und du bist ein verantwortungsvoller Mensch. Du bist jemand, dem man vertrauen kann und das gibt mir ein gutes Gefühl. Es macht mich schon ein wenig stolz, dass ich zu dir gehören darf, und du mir alles beibringen wirst. Hätte ich nicht für möglich gehalten."

„Doc, nerve ich dich schon wieder? Warum sagst du nichts? Ich möchte so gerne wissen, ob mein Eindruck von dir richtig ist."

*„erzähl weiter, ich hör dir zu."*

„Ok, nun sag schon, liege ich richtig? Für mich ist das alles total neu. Du hilfst mir, mich neu zu entdecken, und was ich entdecke, gefällt mir immer besser. Ich bekomme Aufmerksamkeit. Männer nehmen mich wahr. Sie flirten mit mir ☺ . Ich muss zugeben, mir gefällt das sehr."

*„endlich hast du kapiert!"*

„Also denke jetzt bitte nichts Falsches von mir. Ich meine nur, es gefällt mir, wenn ich Beachtung finde, und mich ein Mann als Frau wahrnimmt. Ich wusste doch gar nicht mehr wie das ist. Ich gebe zu, vieles was du von mir verlangt hast, kam mir ziemlich merkwürdig vor. Ich habe es einfach nicht verstanden, aber so langsam komme ich dahinter. Und du hast mir das alles gezeigt und damit viele neue Möglichkeiten eröffnet. Dafür bin ich dir dankbar, weißt du das?"

*„ich hoffe!"*
„Das ist so. Ehrlich, sonst würde ich das nicht sagen. Weißt du, was ich überhaupt nicht verstehe, ist das Verhalten von meinem Mann. Er findet meine Art mich zu kleiden grenzwertig ordinär. Das hat er tatsächlich zu mir gesagt. Es passt nicht zu mir, meint er. Ich kleide mich als Frau. Trage Röcke, Blusen, Kleider, eben das, was eine Frau tragen kann. Ich gebe zu, für mich war das auch zuerst ungewohnt, aber es ist doch nicht ordinär."
„Weißt du was? Ich habe seit 20 Jahren keinen Bikini mehr getragen. Und jetzt möchte ich wieder einen haben. Bisher habe ich immer gedacht in meinem Alter trägt man so etwas nicht mehr. Hab immer geglaubt, ich muss möglichst unauffällig sein – besonders was Modefragen angeht. Gut, ich hatte auch lange nicht die Figur für solche Experimente und habe mich schon deshalb nicht getraut. Aber jetzt habe ich deine Unterstützung, sonst würde ich es immer noch nicht tun. Da bin ich mir sicher. Hast schon großen Einfluss auf mich, weißt du das?"
„Du weißt welche Möglichkeiten ich habe, und zeigst sie mir, eine nach der anderen. Die Bilder von mir zeigen sehr deutlich meine Veränderung, und die ist positiv. Ich habe es selber nicht für denkbar gehalten, und nun macht es mir sogar Spaß. Erst recht, wenn du mit mir zufrieden bist. Das ist mir wirklich wichtig."
„Du fehlst mir, wenn du dich nicht meldest. Mir ging es die letzten Tage richtig schlecht. Habe ständig geheult, vorm Rechner gesessen und gehofft dich zu treffen. Habe seitenlange Mails verfasst und wieder gelöscht, weil ich schon alles verloren glaubte. Stundenlang dein Bild angeschaut und mich gefragt, ob das wirklich schon alles war."
„Dabei möchte ich doch nur sicher sein, da ist jemand, der hört mir zu und der interessiert sich für mich. Der frühe Tod meiner

Eltern war ein tiefer Einschnitt für mich. Ich fühlte mich allein gelassen."

„Dann gab es Max für mich, damals war er mein Freund. Er hat mir dann Halt gegeben. Oder musste er es tun? Als wir dann heiraten wollten war mir auch dieser Ehevertrag egal, den er unbedingt wollte. Ich hätte damals alles unterschrieben, nur um nicht allein zu sein. Ziemlich dumm von mir. So sehe ich das heute. Das ist nun über 20 Jahre her und nicht mehr zu ändern. Jetzt soll ich ihm aufschreiben, was ich von ihm erwarte, also finanziell. Ich weiß ja nicht einmal, was ich erwarten kann, wenn im Ehevertrag Gütertrennung vereinbart worden ist. Da habe ich doch keine Ansprüche. Alles was wir hier so angeschafft haben, hat er doch bezahlt. Ich habe in unserer Ehe doch kaum Geld verdient."

*„danke, ich geh jetzt."*

„Habe ich dich gelangweilt?"

*„nein überhaupt nicht, aber ich muss mit meinem hund raus."*

„Was hast du für einen Hund?"

*„labrador"*

*„schwarz"*

„Schön."

*„bis bald"*

Danke fürs Zuhören."

# Kapitel 4

Ein paar Tage später.

„*du siehst schön aus.*"

„Gefall ich dir?"

„*sehr schön.*"

„Danke, du bist sehr lieb."

„*tolle schuhe, klasse kleider.*"

„Ehrlich?"

„*ich würd`s nicht sagen.*"

„Du machst mir eine große Freude ☺."

„*noch was, die haare müssen jetzt straff zurück!*"

„Zopf oder hoch stecken?"

„*ich will beides sehen.*"

„Ja, ich schicke dir Bilder."

„*dann wirst du die augen und lippen betonen. du musst noch mehr ausdruck im gesicht haben, erst dann bist du perfekt.*"

„*und die haare straff zurück, hörst du.*"

„Ja, Doc, mach ich."

„*du hast dich schon sehr positiv verändert, das gefällt mir.*"

„☺."

„Du gibst mir viel Kraft, sonst könnte ich das nicht."

„*mach die haare immer straff zurück, beim vögeln werde ich sie dir lösen.*"

„Ja, Doc."

„* bist ne liebe, manchmal denke ich auch an dich.*"

„Das freut mich, ich denke immer an dich."

„*das muss so sein, so will ich es.*"

„*lass dich mal drücken.*"

„Gerne, ganz fest bitte."

„*ok, ich bin dann weg.*"

Was war das denn jetzt? So habe ich ihn ja noch nie erlebt. Er kann tatsächlich Gefühle zeigen.

Ist das ein neuer Anfang? Ich sehne mich so sehr nach dieser Normalität. Warum gibt er mir nicht häufiger diese guten Gefühle? Ich muss immer auf der Hut sein. Wenn es ihm in den Sinn kommt, pöbelt er mich aus heiterem Himmel derart an, dass ich sofort wieder ganz unten bin. Warum macht er das?

„Hallo, Doc."

*„na kleine, geht es dir gut?"*

„Ja, danke mir geht es gut. Ich hatte ein tolles Erlebnis."

*„na"*

„Wir waren gemeinsam beim Sport zusammen mit einem befreundeten Paar. Der Mann begrüßte mich mit einem tollen Kompliment über meine „klasse Figur". Und zu Max gerichtet: „Langsam musst du aber auf deine Frau aufpassen. So wie sie jetzt aussieht, drehen sich bestimmt alle Männer nach ihr um."

*„na bitte, deine veränderung hat sich schon gelohnt."*

„Max war das sehr unangenehm und ich habe mich in meinem Innern richtig gefreut. Warum kann mein eigener Mann mir keine Komplimente machen? Dafür kann es nur einen Grund geben. Er interessiert sich nicht mehr für mich. Ich kann machen, was ich will, er empfindet nichts für mich. Manchmal habe ich sogar das Gefühl, er schämt sich nur noch für mich."

*„geh deinen weg, du machst alles richtig. ich bin für dich da."*

„Danke. Ich mache alles genauso, wie du es willst."

*„du siehst den erfolg, den du hast."*

„Ja, Doc, ich danke dir. Es fängt an, mir Spaß zu machen."

*„mach die männer verrückt. du hast alles dafür. du musst es nur richtig zeigen."*

„Ja, Doc. Macht dich das stolz, wenn ich solche Komplimente bekomme?"

„*du bist mein werk. natürlich bin ich stolz.*"

„Ja, Doc. Du sollst stolz auf mich sein können."

„*vorher warst du nix!*"

„*höchstens ein bauerntrampel mit guten anlagen.*"

„*aber jetzt kriegst du klasse! und das wirst du nie mehr ablegen, hörst du, das ist jetzt dein neuer stil.*"

„Es gefällt mir ja. Ich hatte nur nie den Mut, es wirklich zu tun. Du bestärkst mich, und das hilft mir sehr."

„*bin zwar dein DOM, aber auch dein freund.*"

Mein Doc. Er kann so liebevoll sein. Das sind die kleinen Glücksmomente, die er mir schenkt. Wann treffen wir uns endlich? Ich traue mich nicht mehr, ihn danach zu fragen. Er reagiert dann immer richtig böse und macht mir Angst.

„*hast du alles so gemacht, wie ich es dir gesagt habe? bist du für deinen mann eine gute frau gewesen?*"

„Ja, ich habe alles so gemacht. Ich habe mit ihm geschlafen, obwohl es mich große Überwindung kostet. Warum soll ich das tun, wenn ich ihn doch verlassen will?"

„*er soll scharf auf dich sein. er soll wissen, was er verliert. er soll leiden für seine nachlässigkeiten dir gegenüber.*"

„Aber ich möchte das nicht. Er leidet jetzt schon sehr, und ich möchte so fair wie möglich zu ihm sein."

„*du bist fair zu ihm, denn du wirst ihm noch einmal alles bieten und ihm vor augen führen, was er verliert.*"

„*aus deiner jetzt femininen sexualität heraus wirst du ihm AL-LES bieten. verstanden?*"

„Ja, Doc."

„*er soll wissen, dass es für dich keine tabus mehr gibt.*"

„Ja, Doc."

„*er wird ahnen, dass du einen mann im hintergrund hast, einen, der dir alles beibringt!*"

„Danach hat er mich schon gefragt. Ich komme ihm vor wie fremdgesteuert, womit er nicht ganz Unrecht hat."

„Doc, ich möchte keinen Sex mehr mit ihm."

„*du wirst tun, was ich dir sage. wir können das alles auch beenden. willst du das?*"

„Nein, natürlich nicht Doc."

„*gut, dann tu was ich dir gesagt habe!*"

„Ja, Doc."

Ich habe tatsächlich noch ein zweites Mal mit meinem Mann geschlafen. Danach hat er mich gefragt: „Warum machst du das, wenn du mich doch sowieso verlassen willst?" Er hat ja Recht und ich habe mich dabei richtig schlecht gefühlt.

Die Hoffnung auf ein Treffen mit dem Doc lässt mich immer wieder Dinge tun, die ich eigentlich nicht tun möchte. Er setzt mich ständig unter Druck, macht mir Vorwürfe, erklärt mir, ich bin noch nicht so weit, ich muss erst mal voll und ganz seinen Ansprüchen genügen.

Das sind doch alles nur Ausreden. Und ich bin auch noch so dämlich und schlucke diese Ausflüchte. Langsam glaube ich, er hat nie vor, sich mit mir zu treffen. Was ist das eigentlich für eine Beziehung? Ist das überhaupt eine Beziehung? Wir kennen uns jetzt schon einige Monate. Monate, in denen wir nur miteinander geschrieben haben. Immer nur Buchstaben und Zahlen. Keine Mimik, keine Gesten, kein Blick in die Augen. Was soll diese Geheimniskrämerei? Anfangs gibt man natürlich nicht alles von sich Preis, aber irgendwann ist es auch gut mit dem Selbstschutz, oder?

Und dann wieder diese Zuwendung, gute Gespräche mit viel Zuspruch und mentaler Unterstützung. Das macht mich stark. Er zeigt mir, wie ich meinen Weg gehen soll und kann. Manchmal geht er richtig liebevoll mit mir um. Manchmal. Viel zu selten.

*„na kleine, geht es dir gut?*
„Hallo, Doc. Ja, mir geht es gut!"
*„hast du am nächsten samstag zeit?"*

Ich glaube, ich sehe nicht richtig. Steht das da wirklich? Mit Herzklopfen schreibe ich zurück.

„Meinst du das wirklich ernst? Du willst dich mit mir treffen?"
„Ja, ich habe immer für dich Zeit."
„Sag mir wann und wo."
*„gut, ich melde mich."*

Und weg ist er. Hat er das ehrlich gemeint? Ungläubig starre ich auf meinen Bildschirm. Ich habe so lange auf diese Nachricht von ihm gewartet. Heute ist Mittwoch. Nur noch 3 Tage und ich werde ihn endlich sehen. Werde ihm in die Augen schauen können. Werde endlich wissen, ob er aufrichtig zu mir ist.
Die Tage ziehen sich wie ein altes Kaugummi. Ich bin innerlich aufgewühlt, manchmal richtig gereizt. Meine Kinder machen schon einen großen Bogen um mich. Dicke Luft. Ich habe Angst. Ich traue ihm nicht. Und er meldet sich auch nicht. Er ist nicht im Chat. Meine Nachrichten, und das sind viele, bleiben alle unbeantwortet. Wo werden wir uns treffen? Wann werden wir uns treffen? Werden wir uns treffen???

Samstagmorgen, 7.00 Uhr. Endlich eine Nachricht von ihm.

*„mach dich schön für mich, kleine!"*

Nichts weiter. Mach dich schön für mich. Tolle Nachricht. Was bildet dieser Heini sich eigentlich ein. Ich sitze mal wieder jammernd vor meinem Computer. Mein Verstand fängt an zu feixen. „Ich hab es dir ja gleich gesagt. Der lässt dich hängen. Dem kannst du nichts glauben. Der spielt nur mit dir. Deine Gefühle sind dem scheißegal!"

Die Stimme in meinem Kopf hat Recht. Glaube ich. Mein Herz wehrt sich vehement gegen dieses viel zu harte Urteil. Immer wieder stelle ich mir die Frage nach dem Warum. Ich finde keine Antworten. Ich weiß viel zu wenig von ihm. Ich kann ihn nicht einschätzen. Dabei liege ich doch sonst immer richtig. Ich habe ein gutes Gespür für andere Menschen. Allerdings ist es ja auch viel einfacher, jemanden zu beurteilen, den man live und in Farbe vor sich stehen sieht.

Eine Situation wie diese, habe ich noch nie erlebt. Vielleicht ist so ein Chat doch ganz schön gefährlich. Wahrscheinlich wird immer wieder aus gutem Grund vor solchen Chat-Bekanntschaften gewarnt. Mir fehlt da der Überblick. Ich kann das nicht beurteilen. Das ist schließlich mein erstes Mal! Klar, manchmal werde ich von anderen angeschrieben. Das hat häufig überhaupt kein Niveau, und darum beende ich solche Gespräche sofort. Mit dem Doc ist das jedoch ganz anders. Der hat mich beeindruckt. Vielleicht viel zu sehr?

„Blöde Heulsuse!", schimpfe ich mit mir. Ich putze meine Nase und höre endlich auf zu plärren. Dann schlüpfe in meine Laufschuhe und renne los. So bin ich noch nie gerannt. Ich habe das Gefühl, um mein Leben zu rennen. Mein Kopf wird frei und ich kann meine Gedanken in Ordnung bringen. Völlig ausgepowert kehre ich nach Hause zurück.

Noch einmal schaue ich nach einer weiteren Nachricht. Natürlich hat er sich nicht gemeldet. Enttäuscht schließe ich das Programm und gehe unter die Dusche. *„mach dich schön für mich …"*

Montagmorgen. Endlich eine Nachricht vom Doc.

*„was war das für ein scheißbild! von schminke nichts zu sehen, der pullover viel zu brav."*

Geht`s noch? Das Bild war gut und außerdem schon vom Freitag. Natürlich kein Wort von unserer, nein von seiner Verabredung mit mir. Wütend schreibe ich ihm eine Mail.

Lieber Doc!
Besser ein Scheißbild, als gar kein Bild! Ich krieg ja gar nichts von dir. Du kannst immer nur stänkern und lügen. Langsam verstehe ich, wenn du mir sagst, ich würde dich noch hassen …
Warum schickst du mir diese Nachricht, obwohl du genau weißt, wir werden uns nicht treffen? Warum nennst du mir diesen Termin, obwohl du genau weißt, du willst ihn nicht einhalten?
Ich hatte mich so darauf gefreut. Ich habe dir geglaubt und ich habe dir vertraut. Es gelingt dir tatsächlich immer wieder, mich gefühlsmäßig ganz runter zu holen. Jetzt habe ich mal wieder so einen Punkt erreicht, an dem ich mich frage, welches Spiel du da eigentlich mit mir spielst. Vermutlich wirst du wieder viele Tage nicht mit mir reden, und du erwartest massenhaft Mails und Nachrichten von mir. Mach dir keine Hoffnungen. Das wird nicht passieren. Ich habe keine Kraft mehr.
Du kennst meine persönliche Situation. Ich halte eine Menge aus, bin auch bereit, eine Menge zu machen um für dich an meine Grenzen zu gehen, aber diese Spielart vertrage ich nicht. Du gibst mir das Gefühl, dir liegt nichts an mir. Wenn das so ist, sag

es mir bitte, aber tu mir nicht so weh. Du weißt, wie viel mir an dir liegt und wie dankbar ich dir bin, für alles was du für mich getan hast.

Diese Art, wie du mit mir umgehst, macht mich fertig. Ist es das, was du erreichen willst?

Hanna

„Guten Morgen, Doc!"

*„morgen"*

„Hast du meine Nachricht gelesen?"

*„ich muss arbeiten."*

„Bitte, Doc."

*„stell keine forderungen, merk dir das!"*

„Forderungen?"

„Ich darf doch wohl angemessene Umgangsformen von dir erwarten."

„Außerdem möchte ich doch nur, dass du mich verstehst. Bitte, Doc."

*„du bist noch nicht weit genug. du bist nicht devot genug. das weiß ich jetzt."*

„Mir geht es schlecht. Hab nicht geschlafen. Du sollst mich führen, dann schaffe ich es, deine Ansprüche zu erfüllen."

„Doc, wirst du mir weiter helfen?"

*„natürlich mache ich das. ich habe schon so viel zeit und arbeit investiert."*

„Danke, Doc!"

*„aber wehe, du erfüllst deine aufgaben nicht nach meinen vorstellungen ..."*

„Ja, Doc, nur fällt mir manches so schwer, weil ich es nicht richtig verstehe."

*„tu was ich dir sage, das genügt."*

„Ich war so wütend und enttäuscht. Meine Nachricht hat dich geärgert?"

*„ allerdings! "*

„Es tut mir leid."

*„ ich liebe es, dich wütend zu sehen. ich werde noch strenger mit dir sein müssen. "*

„Ja, Doc."

„Doc, hast du wirklich alles, was du mir jemals gesagt hast, auch genau so gemeint?"

*„ was denkst du denn. meinst du ich lüge dich an? "*

„Nein, das denke ich nicht. Willst du wirklich immer für mich da sein?"

*„ das werde ich. du gefällst mir sehr, wenn du dich für mich zurecht machst. "*

„Ja, Doc."

# Kapitel 5

*„ verführ deinen mann!"*

„Doc, ich will und kann das nicht mehr. Ich werde mich von ihm trennen."

*„ es ist deine aufgabe. du sollst in der lage sein, jeden zu verführen. "*

*„ dein mann soll wissen, wie du weiterleben wirst. "*

„Das geht ihn doch gar nichts an."

*„ er hat dich vernachlässigt, dich nicht beachtet!"*

*„ ist es das, was du willst? "*

„Ja, aber das bin ich nicht mehr. Ich habe mich verändert. Positiv! Dank dir."

*„ du wärst in der scheiße verendet. lass mich mit dir neu beginnen, und was war, das war, da ändert sich nichts. "*

„Ja, da hast du recht."

*„ dann zeig ihm nochmal deinen ganzen sex. "*

„Ich möchte da gerne einen Strich drunter ziehen, es abschließen und dann einen neuen Anfang machen. Mit dir."

*„ es gibt keinen anfang, nur ein fortsetzen deines lebens. "*

„Ja, aber du hast selber gesagt, es wird ein anderes Leben sein, und darauf möchte ich mich gerne einlassen!"

*„ das ist allerdings wahr, hoffentlich gefällt es dir. "*

*„ ich werde dich zu mir holen. "*

*„ du bist ein teil deines DOMs. "*

„Ja, Doc."

*„ wirst meine wünsche und gedanken erfüllen und dich aufgeben!"*

„Ja, Doc."

*„ angst? "*

„Nein, ich glaube, ich bin bei dir in guten Händen."

*„ in gerechten händen. "*

Ja, Doc."

*„ ich denke oft, ich kann nicht mehr ohne dich sein. "*

*„ kuss! "*

„Na du, geht`s dir gut?"

*„ es geht schon so, ja. "*

„Kennst du von Christina Stürmer, Du bist das Beste was mir je passiert ist …?"

*„ diesen schmalz verachte ich. "*

„Ich nicht ☺."

*„ mir ist brecht lieber, über die verführung von engeln. "*

Über die Verführung von Engeln

Engel verführt man gar nicht oder schnell.
Verzieh ihn einfach in den Hauseingang
Steck ihm die Zunge in den Hals und lang
Ihm untern Rock, bis er sich nass macht, stell
Ihn das Gesicht zur Wand, heb ihm den Rock
Und fick ihn. Stöhnt er irgendwie beklommen
Dann halt ihn fest und lass ihn zweimal kommen
Sonst hat er dir am Ende einen Schock.

Ermahn ihn, dass er gut den Hintern schwenkt
Heiß ihn dir ruhig an die Hoden zu fassen
Sag ihm, er darf sich furchtlos fallen lassen
Dieweil er zwischen Erd und Himmel hängt -

Doch schau ihm beim Ficken nicht ins Gesicht
Und seine Flügel, Mensch, zerdrück sie nicht!

Bertolt Brecht / 1948

„Das ist von Bertolt Brecht?"
*„ja, es ist mein lieblingsgedicht!"*
„Das kann ich verstehen. Es passt zu dir und deinen Gedanken."
*„lern es auswendig )))!"*

Tage vergehen. Keine Nachricht von dir. Du warst nicht einmal online. Was machst du dann, wenn du nicht im Internet bist? Wenn ich bloß mehr über dich wüsste.
Das macht mich verrückt. Ich merke, wie wichtig mir unsere Gespräche sind. Und ich glaube, du weißt das auch ganz genau. Wahrscheinlich ist es haargenau deine Absicht. Ich schicke dir ständig irgendwelche Nachrichten und du tauchst einfach ab. Damit machst du mich jedes Mal richtig sauer.

*„na, schön wütend?"*
„Hallo, Doc. Findest du das gut? Was soll das?"
*„es macht mich geil, dich so zu sehen."*
*„deine nachrichten sprechen für sich."*
„Ich werde dir nie wieder schreiben ...!"
„Ich möchte dich endlich treffen. Lass uns einen Kaffee trinken gehen, oder wenigstens mal telefonieren."
„Doc, lass mich nicht immer wieder hängen. Sag mir, wie es weiter geht. Antworte mir doch bitte."
*„du bist ein teil von mir, du bist mein großes glück!"*
*„du bist ich."*
*„und weg."*

Das gibt es doch nicht. Ungehalten und genervt klappe ich meinen Computer zu.

Mit Arbeit, laufen und dem üblichen Programm im Haushalt vertreibe ich mir die Zeit und versuche auf andere Gedanken zu kommen. Immer wieder versuche ich Erklärungen für dieses Verhalten zu finden und immer wieder sage ich mir, ich stecke in einer Sackgasse fest. Dieser Mann hält mich hin, er macht mich fertig. Er hebt mich in den siebten Himmel um mich danach gleich wieder ins Bodenlose stürzen zu lassen.

Warum?

Das ist doch kein normales Verhalten. Er ist ein erwachsener Mann. Ich möchte raus aus dieser Geschichte. Ich muss da raus. Tagelang bin ich nicht mehr im Chat und lenke mich mit anderen Dingen ab. Irgendwann siegt meine unvernünftige Neugierde und ich schaue doch wieder nach, ob da nicht eine kleine Nachricht für mich ist. Und natürlich hat er mir geschrieben.

*„ich will deine gedanken, dein ganzes gefühl!"*

Ich glaube nicht, dass du wirklich meine momentanen Gedanken lesen möchtest. So wütend und enttäuscht, wie ich gerade bin, kommt nichts Gutes dabei heraus. Du nimmst mir meine ganze Kraft, meine Motivation und mein Selbstwertgefühl. Dabei möchte ich mich bei dir anlehnen dürfen, möchte deine starken Arme spüren und Halt finden.

Vielleicht dieses eine Mal noch, sagt die Stimme meines Herzens. Schreib ihm doch, was dir auf der Seele liegt. Versuch sein Herz zu berühren, versuch es, damit er dich versteht, damit er endlich zu dir steht. Mein Verstand hält, wie üblich, dagegen. Er ist es nicht wert, dass du deine Zeit mit ihm teilst. Lass es sein!

Lieber Doc,

mein ganzes Gefühl willst du. So hast du es mir gesagt. Dazu werde ich dir jetzt eine kleine Geschichte schreiben:

Hedera helix

Es handelt sich um eine mehrjährige, immergrüne Kletterpflanze. Sie blüht in den Monaten September bis Oktober und stellt damit eine Besonderheit innerhalb der mitteleuropäischen Flora dar.

In der Pflanzenheilkunde spielt sie eine Rolle wegen ihrer krampflösenden Eigenschaften.

Zur Symbolik dieser Pflanze sei gesagt, sie steht für das ewige Leben, weshalb sie auch gerne zur Bepflanzung von Grabstätten genutzt wird.

Ein anderer Aspekt ist, sie wurde als immergrüne Pflanze schon im Altertum als Sinnbild für Freundschaft und Treue angesehen.

Und noch etwas zeichnet diese Pflanze aus: Sie ist robust und genügsam, aber sie kann nicht bestehen, ohne sich anzuschmiegen. Sie braucht Halt.


Meine Hedera helix.

Sie ist als Zimmerpflanze in einem wunderschönen Umtopf platziert worden. Tiefes dunkelblau mit einem dezenten Goldrand. Sehr edel, und somit genau passend für diese Pflanze. Ihre hellgrünen, gezackten Blätter kommen so besonders gut zur Geltung.

Die unmittelbare Umgebung für diese Hedera ist also standesgemäß, sie kommt schließlich aus gutem Hause. Aber ihr Standort? Ob der ihrem Stand entspricht?

Sie hat ihren Platz im Bad gefunden. Das Klima ist gut. Es ist warm, die Luftfeuchtigkeit stimmt und regelmäßig kommt jemand vorbei. Sie ist nicht immer nur alleine, so wie manch andere ihrer Art, die auf dem Fensterbrett hinter einer Gardine noch weniger Beachtung finden.

Beachtung, ja die fehlt ihr sehr. Natürlich kommt alle naselang jemand ins Bad. Sie hat auch das Gefühl, jeder sieht sie an, aber wird sie wirklich wahrgenommen als wunderschöne Grünpflanze? Sie gibt sich alle Mühe und sorgt für eine angenehmes Klima, sie wächst, sie gedeiht – zunächst einmal.

Das klappt so lange, bis ihr bewusst wird, ihr fehlt etwas Wesentliches. Zuwendung! Sie bekommt nicht genug Wasser, sie bekommt keinen Dünger und um ihre verwelkten Blätter kümmert sich auch keiner. Sie steht seit Jahr und Tag in ihrer Ecke, aber niemand nimmt sie mehr wahr. Selbst ihr Umtopf zeigt schon Spuren der Vernachlässigung. Der Goldrand, der einst so wunderbar glänzte, ist nun ganz matt. Und im Innern des Topfes hat sich eine dicke Kalkschicht gebildet. Das gefällt den zarten Wurzeln gar nicht, die sich ausstrecken müssen, um endlich wieder Wasser zu finden. Das Wasser ist überlebenswichtig. Sie merkt, wie ihre Kräfte schwinden, viele ihrer schönen Blätter sind bereits vertrocknet, aber niemand sieht ihre Not.

Eines Tages betritt ein Fremder das Bad. Er sieht sich um. Sein Blick bleibt auf der kranken Hedera hängen. Er mag solche Pflanzen und es rührt ihm das Herz. Nachdem er seine Hände gewaschen hat, fällt sein Blick noch einmal auf diesen Kümmerling in der Ecke. Er fasst einen Entschluss. Kurzerhand greift er den Topf mit der Pflanze und nimmt sie einfach mit.

Er kümmert sich rührend um dieses kranke Pflänzchen. Er wässert es, befreit es von den verwelkten Blättern, gibt ihm einen neuen Topf mit frischer Erde, fügt noch ein wenig Dünger hinzu und sie bekommt einen neuen Platz. Sie steht jetzt im Wohnzimmer nah am Fenster, sodass die Sonne täglich ein paar Stunden ihre Seele wärmen kann. Er sieht regelmäßig nach ihr. Ja, er spricht mit ihr und manchmal streichelt er zärtlich ihre Blätter.

Und sie? Sie ist einfach nur glücklich. Sie hat ein neues Leben begonnen. Sie ist aufgeblüht unter seiner Fürsorge. Sie gedeiht prächtig und würde am liebsten das ganze Jahr in voller Blütenpracht für ihn stehen. Sie hat endlich wieder den Halt gefunden, den sie so dringend brauchte. Sie kann sich wieder anschmiegen und weiß, er wird sie nie allein lassen.

Das sind sie, meine Gefühle und Gedanken.

Doc, ich liebe dich so sehr.

Deine Kleine


*„ja, du bist meine kleine und wir sind füreinander bestimmt. ich liebe dich!"*

# Kapitel 6

Nachricht von meinem Doc.

*liebe hanna,*
*wegen deiner fehlenden diskretion werde ich DerDoc sterben*
*lassen. werde mich zu gegebener zeit melden. ich hatte dir im-*
*mer gesagt, dass ich von dir absolute diskretion erwarte. ein*
*falscher schritt kann mich in dieser welt kopf und kragen kosten.*
*du sagtest mal, dass würde für dich auch gelten, nur so einfach*
*kann man unsere situationen nicht übertragen.*
*du könntest notfalls sofort in einer anderen stadt neu anfangen.*
*bei mir ist das komplett anders. ich kann nicht verstehen, warum*
*du wieder über mich geredet hast. ich habe alles was du mir*
*gesagt und geschickt hast immer nur in meinem herzen getra-*
*gen, für niemanden zugänglich und das wird auch so bleiben.*
*ich werde das gefühl nicht los, dass ich in eine falle tappe.*
*trotz aller differenzen küsse ich dich,*
*dein doc*


Nachdenklich sitze ich vor dem Computer. Wir hatten einen
Streit. Er hat mir vorgeworfen, ich rede im Chat mit anderen.
Mit anderen DOMs …, und dass ich mit diesen Männern über
ihn gesprochen habe.
Erstens waren es keine Männer, sondern nur einer. Und zweitens
wären solche Gespräche auch gar nicht notwendig, wenn er sich
nicht so merkwürdig verhalten würde. Warum macht er so ein
Geheimnis aus seiner Identität? Warum telefonieren wir nie und
warum treffen wir uns nicht?
Nur deshalb habe ich mich bei diesem anderen Kerl ausgeheult.
Der hatte so viel Verständnis für mich, wollte sich sofort mit mir

treffen, nur um mir zu beweisen, er ist ein ehrlicher Mensch. Meine Zweifel an der Ehrlichkeit meines Docs werden immer größer. So etwas habe ich noch nie erlebt.

Er reagiert extrem eifersüchtig und ist wegen jeder Kleinigkeit sofort eingeschnappt. Wenn es nach ihm geht, will er komplett über mich bestimmen. Sogar mit wem ich im Chat rede … Anscheinend bin ich ihm doch wichtig aber auch nicht wichtig genug, um sich mit mir zu treffen. Warum macht er so ein Theater, weil ich mit jemandem anderen geschrieben habe? Was hat er zu verbergen?

Wieder sitze ich am Computer und warte auf eine Nachricht. Ich suche in der Nickliste nach ihm und lese alle Namen. Scrolle bis ganz nach unten und weiß, er ist da! *„Verführung von Engeln"* – nur er kann das sein. Natürlich will er, dass ich ihn sofort erkenne. Ich zögere. Soll ich ihn anschreiben? Das ist nicht mehr nötig.

*„du kannst nicht mehr fliehen!"*
„Nein, ohne Flügel geht das nicht."
*„du bekommst neue."*
*„ich lass meine kleine nicht abstürzen"*
„Aber das hast du doch schon getan."
*„als teil von mir? das ist nicht möglich. du gehörst mir!"*
„Doc, bitte. Mir geht es nicht gut. Was soll das alles? Was hast du mit mir vor?"
*„träum von mir!"*
„Ich will nicht von dir träumen. Ich will dich real! Ich will dich sehen."
*„bis morgen,"*
*„lach mich an!"*
„Ich kann nur noch weinen."

Nachricht an Verführung von Engeln.
Doc, warum bist du nicht ehrlich zu mir? Willst du mich jemals wieder fliegen lassen?

*„verführte engel lieben ewig?"*

Tolles Motto …
Ja, aber sie finden nicht in den Himmel zurück.

*„was lässt dich immer zweifeln? bist du nicht durch mich das geworden, was du jetzt bist?"*
„Du lässt mich immer wieder alleine, darum lässt du mich zweifeln."
*„ach, meine kleine,"*
„Du kannst das ändern, aber du tust es nicht. Warum?"
*„ich bin sehr gestresst."*
„Warum?"
*„es hat nichts mit dir zu tun."*
„Warum erzählst du mir nie etwas von dir?"
*„weil ich nicht möchte, dass etwas weitergetragen wird."*
„Du vertraust mir nicht."
*„mich kennt hier jeder."*
„Ja, Doc. Nur ich kenne dich nicht, darf dich nicht wirklich kennenlernen."
*„doch, du weißt mehr von mir, als jeder andere, du weißt wie ich fühle, kleines."*
„Ich habe das Gefühl, du entfernst dich von mir, willst dich nie mit mir treffen."
*„quatsch, mein problem geht viel tiefer."*
„Ich möchte dir gerne helfen, wenn ich es kann und du mich lässt, aber ich will dich nicht bedrängen."
*„du hast genug probleme. meins erledigt sich von ganz alleine."*

„Dann schick mir doch bitte eine klitzekleine Nachricht, aber schweig nicht immer. Das tut mir so weh. Ich weiß nie, woran ich bin."

*„hanna, glaub mir, es hat überhaupt nix mit dir zu tun. du bist meine traumfrau!"*

„Wenn das wirklich so ist, dann freut mich das sehr, aber dann zeig es mir bitte!"

*„aber das habe ich doch."*

„Ja, Doc. Manchmal hast du es mir gezeigt, und ich habe dir immer geglaubt."

„Aber dann sind da diese vielen Momente, wenn du so kalt zu mir bist, wenn du schweigst. Das stürzt mich jedes Mal in tiefe Verzweiflung und ich verliere die Orientierung."

*„das habe ich gemerkt."*

*„hanna, ich bin im moment einfach traurig. das ist alles."*

„Das tut mir leid. Ich möchte dich gerne ein wenig fröhlicher und glücklicher machen."

*„hier gibt es jede menge andere DOMs. sie wollen sicher alle mit dir sprechen."*

„Wie oft denn noch? Ich will keinen anderen DOM. Ich will nur dich!"

*„wenn es immer noch so ist, freut mich das."*

*„aber du findest bestimmt auch einen anderen, so viele nette kerle hier."*

„Was soll ich denn tun? Willst du mich nicht mehr? Soll ich mir wirklich einen anderen suchen?"

*„nein kleine, nimm mich in den arm und halte mich ganz fest."*

Was geht in ihm vor. Das war ja mal jede Menge Menschlichkeit. So war er noch nie. Diese Offenheit erstaunt mich nun doch, und sie macht mich neugierig. Was macht ihn so traurig?

War das wieder einmal sein Spiel, oder hat er sich plötzlich von einer anderen Seite gezeigt?

Sein Spiel geht weiter. Schon wieder ein neuer nick. **„Herr der Tränen"** – das passt zu ihm. In mancher Hinsicht habe ich schon einiges über ihn gelernt, auch wenn er nicht viel über sich preisgibt. Ich lasse es auf einen Versuch ankommen und spiele sein Spiel mit.

„Hallo, Doc."

*„ein engel?"*

„Ja, dein Engel ☺."

*„lässt du dich mit dem teufel ein?"*

„Ich glaube nicht."

*„woher kennst du mich?"*

„Du kennst mich doch auch."

*„sag mir, wer du bist."*

„Das weißt du doch."

*„ich kenn keine engel."*

„Mich kennst du."

*„warum zieht es dich zum Herr der Tränen?"*

„Das weißt du doch."

*„bist du denn traurig?"*

„Nein, jetzt nicht mehr."

*„was hat dich verändert? ich?"*

„Ja, du."

*„was habe ich denn gemacht?"*

„Du hast mir geholfen, dich endlich ein wenig zu verstehen."

*„oh danke, ich weiß aber nicht wie."*

„Doch, du weißt es. Du hast mit mir gesprochen und mir manches erklärt."

„*wer bist du, sags mir.*"

„Das muss ich dir nicht sagen. Du weißt genau, wer ich bin."

„*du hast einen scharfen verstand. wie kommst du auf diesen namen?*"

„Meine Flügel waren zerdrückt."

„*straußen brauchen ihre flügel nicht.*"

„Nein, die nicht, aber Engel, sonst sind sie traurig."

„*möchte dir gerne begegnen. du bist so lieb.*"

„Weißt du, wie man Engel verführt?"

---

„Warum antwortest du nicht?"

„*ich hatte noch nie das glück einen engel zu treffen.*"

„Dann ist heute dein Glückstag!"

„*ich wünsch mir einen verdorbenen engel.*"

„Ja? Warum?"

„*aber da bin ich wohl bei dir verkehrt?*"

„Wie kommst du darauf?"

„*du erscheinst mir noch jungfräulich!*"

„In gewisser Weise ist das so."

„*erklär es mir bitte.*"

„Das brauche ich dir doch nicht zu erklären. Du weißt in welcher Weise. Du kennst mich."

„*gib endlich das geheimnisvolle auf und erzähl es mir.*"

„An mir gibt es nichts Geheimnisvolles mehr für dich."

*wo habe ich dich gesehen?*"

„Real hast du mich noch nicht gesehen."

„*wer bist du?*"

„Ich bin immer dein Engel, manchmal deine Kleine."

„*ich will dich sehen.*"

„Wann willst du mich sehen?"

„*bald!*"

Ich bin mir sicher. Das war der Doc! Die nächste Nachricht von ihm bestätigt meine Vermutung.

*„nur ich bin dein verführer, schätzchen!"*
„Ja, Doc. So soll es sein und vielleicht bin ich ja auch dein verdorbener Engel, nach dem du suchst. Träum von mir!"
„Das Gedicht kann ich jetzt auswendig!"
*„wir sind seelenverwandt. es ist unser gedicht )))!"*

Heute habe ich einen besonderen Termin. Ich werde endlich das tun, was ich immer schon einmal machen wollte, aber auch immer schon viele Wege und Auswege gefunden habe, es nicht zu tun.
Am Abend bin ich bei einer Fotografin die Aktaufnahmen von mir machen soll. Ein wenig aufgeregt bin ich schon …, nackt vor einer Kamera zu posieren, ist eine große Herausforderung für mich.
In der letzten Woche haben wir uns schon einmal getroffen und ich habe ihr von meinen Vorstellungen erzählt. Gleich zu Beginn unseres Treffens habe ich ein gutes Gefühl und deshalb bin ich mir sicher, sie wird tolle Bilder von mir machen.
Mit tüchtigem Herzklopfen drücke ich den Klingelknopf. Sie öffnet die Tür mit einem freundlichen Lächeln und begleitet mich in ihr Atelier. Hinter einem Paravent ziehe ich mich aus. Die Fotografin bringt mich routiniert in die richtige Position. Verlegen lächele ich in die Kamera. „Bei der Aktfotografie lächelt man nicht!" erklärt sie mir. Also blicke ich ernst an der Kamera vorbei. „So ist es besser." Im Liegen, im Sitzen, im Stehen und mit unterschiedlichen Accessoires werde ich aus allen möglichen Perspektiven fotografiert. Sie dreht, schiebt und zieht mich so lange in die richtige Position, bis sie mit dem Ergebnis

zufrieden ist. Kalte Wassertropfen wirken auf nackter, zuvor gründlich eingefetteter Haut besonders sexy … Allmählich legt sich meine Unsicherheit und ich habe tatsächlich Spaß daran, mich zu präsentieren. Nach einer Stunde zeigt sie mir die ersten Ergebnisse auf dem PC. Ich bin positiv überrascht, denn ich sehe eine selbstbewusste, erotische Frau! Toll!

Wow! Ich bin super stolz auf mich! Natürlich kann ich es kaum erwarten, meinen Doc mit diesen besonderen Bildern zu überraschen. Ich schicke ihm eins per E-Mail.

*„du willst mich veräppeln. aus welchem männermagazin ist das?"*

„Das ist mein wunderschöner Po!!! Ich bin selber ganz begeistert. Alles original, nichts ist retuschiert ☺."

*„das glaub ich nicht."*

„Dieses Bild habe ich für dich gemacht! Gefällt es dir?"

*„phantastisch!!!"*

„Danke, Doc! Jetzt bin ich schon ein wenig stolz auf mich."

„Das war ziemlich ungewohnt, nackt vor einer Kamera zu stehen."

*„machst dich sehr gut, kleine!"*

# Kapitel 7

*„bist du nicht froh, dass du den BESTEN abgekriegt hast )))? "*

„Doch, schon ..., aber warum lässt du mich andauernd mit meinen Zweifeln allein?"

*„das muss auch sein. "*

*„weil du anders bist, als alle, die hier sonst noch sind. "*

*„es ist die clausur. "*

*„clausur heißt, seine gedanken zu fokussieren, neue kraft zu schöpfen. "*

„Das weiß ich. Ich habe nur nie verstanden, dass dein Schweigen dazu dient."

*„dazu musst du auch andere stimmungen durchlaufen. "*

„Ja, Doc."

*„es ist nicht immer nur freude. "*

„Aber ich habe so viel geweint. Mir geht es schlecht, wenn du dich nicht meldest."

*„du brauchst auch die verlustangst und dann die wiedersehensfreude. "*

*„das mache ich alles, damit du begreifst, was ich dir bedeute. "*

„Ja, Doc."

*„ich bin nun mal das maß der dinge hier ))) "*

„Du bist sooo lustig ..."

*„bin ich nicht herrlich arrogant? "*

„Ja, das warst du bei unserer ersten Begegnung hier auch. Weißt du es noch?"

*„wie war das? erzähl mal. "*

„Das weißt du ganz genau ☺."

*„ ))) erzähl! "*

„Ich hab dich angesprochen."

*„und? "*

„Und du hast mich gleich richtig blöde angemacht, eben richtig arrogant.“

*„ ))) inwiefern? “*

„So von oben herab …, bin was Besseres. So in der Art.“

*„ stimmt ja auch. “*

*„ ))) weiter, wird richtig gut. “*

„Und obwohl mich dein Verhalten geärgert hat, hat es mich auch neugierig gemacht. Ich wollte mehr über dich erfahren.“

*„ ist das nicht herrlich? “*

*„ klappt immer )))! “*

*„ und dann? “*

„Das macht dir riesigen Spaß, stimmt`s?“

*„ ))) ja ich bin richtig am lachen. “*

„Dann sind wir ins Gespräch gekommen. Du wolltest eine Beschreibung von mir und hast dich selbst beschrieben.“

*„ und hab gedacht, aus der lässt sich was machen. “*

„Und dann hast du mich gefragt, was ich für Klamotten trage. Ich hab Jeanstyp gesagt.“

*„ und die antwort? ))) “*

„Das war der Anfang. Der Anfang von meiner Veränderung. Du hast den Satz gesagt.“

*„ welchen satz? “*

„Das weißt du ganz genau.“

„Lass die blöden Jeans weg! Sei Frau. Zeig dich!“

*„ das weißt du noch??? “*

„Natürlich! Ich weiß alles, was du mir gesagt hast.“

*„ du bist ja völlig verrückt, hanna. “*

„Nein, ganz sicher nicht.“

*„ wieso behältst du das alles? “*

„Weil mir jedes Gespräch mit dir unglaublich wichtig ist. Weil ich jedes Gespräch mit dir ein paar Mal durchlese und es dann abspeichere.“

„Weil du mir geholfen hast, mich neu zu entdecken und zu entwickeln!"

*„ wieso denn das???"*

„Vielleicht, weil du mir inzwischen so wichtig bist. Weil ich so
viel bei dir lerne."

*„ warum kommst du immer wieder bei mir an, wenn ich dich
wegschicke?"*

„Ja, warum wohl?"

„Ich mag dich. Ich habe dir viel zu verdanken. Du begleitest
mich."

*„ ich muss jetzt weiter arbeiten. "*

*„ ich geh jetzt. "*

„Ok Doc, ich küsse dich."

*„ warum denn das? "*

„Weil ich dich so sehr mag und weil wir so ein gutes Gespräch
hatten."

„Tschüss, Doc, und noch einen Kuss."

*„ war ganz nett mit dir, muss ich schon sagen. "*

„Danke, es hat mir gut getan."

*„ liest du jetzt wieder 3x? "*

„Klar ☺."

*„ was war das wichtigste heute? "*

„Ich glaube, dass nun alles geklärt ist."

*„ was hast du gelernt? "*

„Dass ich dein Schweigen jetzt verstehe."

*„ blöd bist du nicht. "*

„Und ich weiß nun, dass du immer für mich da bist."

„Du bist mein Dom."

*„ endlich hast du es kapiert. "*


Habe ich es kapiert? Hat er verstanden, wie wichtig er inzwischen für mich ist?

Zu Hause ist es unerträglich. Max und ich gehen uns nach Möglichkeit aus dem Weg und reden nur noch das Nötigste miteinander. Die Kinder flüchten bei dieser schlechten Stimmung und sind kaum zu Hause. Das kann ich gut verstehen.

Mit jedem Tag entfernen wir uns weiter von einander. Ich überdenke meine Lage. Frage mich, welchen Platz ich in unserer Familie habe. Ein Bild taucht vor mir auf.

Eine Bühne. Gleißendes Scheinwerferlicht. Jemand tritt vor, ganz nach vorne. Es ist Max. Er ist der Macher, er steht im Rampenlicht. Wichtiger Mann! Neben ihm, auf gleicher Höhe, aber mit etwas Abstand sehe ich unsere Kinder. Sie werden vom starken Lichtkegel des Scheinwerfers gerade noch erfasst. Auf der anderen Seite sind seine Eltern in Position gegangen. Auch sie werden noch vom Scheinwerferlicht gestreift. Einen guten Meter dahinter sehe ich seine Geschwister mit ihren Familien, seine wichtigsten Mitarbeiter und einige wenige Freunde. Und dann? Dann kommt erst mal nichts mehr. Im Hintergrund dieser Bühne ist es dunkel. Dort hinten, halb verdeckt von den Kulissen, sehe ich mich. Kaum wahrnehmbar in dieser Familie.

Immer im Hintergrund und ich funktioniere perfekt. Ich kümmere mich um alles. Ich halte ihm den Rücken frei und brauche mir im Gegenzug keine Sorgen ums Finanzielle zu machen.

Wie bin ich auf diesem Platz hinter den Kulissen gelandet? Ich bin sicher nie der Machertyp gewesen, habe mich auch nie in den Vordergrund gedrängt, aber ich habe meine Qualitäten. Wo ist mein Selbstbewusstsein geblieben? Ich leiste eine Menge. Ich weiß das. Wissen die anderen das auch?

Hausfrau aus Überzeugung, Mutter mit Hingabe und Begeisterung, Ehrenamt mit viel Engagement … zählt das eigentlich nicht?

Unsere Gesellschaft kann dem Ehrenamt noch ein wenig Respekt abgewinnen. Aber Hausfrau und Mutter? Wer macht das denn heute noch? Ich mache das noch! Und ich mache das gerne. Wir haben unsere Aufgabenaufteilung gemeinsam entschieden. Wir wollten das beide so. Allerdings gebe ich zu, seit einiger Zeit fehlt mir die so wichtige Anerkennung für mein Tun. Es ist alles selbstverständlich, es muss alles funktionieren. In den Augen von Max und meinen Kindern ist ja auch alles in bester Ordnung.

Ein Dankeschön, eine Umarmung, ein Blumenstrauß! Es bedarf nicht viel um jemanden eine kleine Freude zu machen und damit die Leistung des anderen zu achten. Darüber freuen wir uns doch alle. So etwas motiviert doch.

Diese für mich so notwendige Anerkennung bekomme ich im Moment nur von meinem Doc. Dabei staune ich immer wieder über seine Aussagen, und auch über meine. Wie kann es sein, dass wir uns so nahe sind, dass wir uns so gut verstanden fühlen, obwohl wir uns noch nie gesehen haben? Wir haben noch nicht einmal miteinander telefoniert. Was passiert da mit mir. Mit uns? Durch Docs Einfluss verändere ich mich und ich fühle mich immer besser. Das bleibt in meiner Familie nicht unbemerkt. Schritt für Schritt kämpfe ich mich aus dem Hintergrund wieder nach vorne auf die Bühne. Endlich habe ich verstanden, dass ich meine Position selber bestimme. Ich finde meine alte Stärke und mein Selbstbewusstsein wieder, weil ich endlich mein Verhalten geändert habe.

Mama steht nun nicht mehr rund um die Uhr für jeden zur Verfügung. Mama hat wieder eine eigene Meinung, die sie auch vertritt. Mama wird unbequem. Mama funktioniert nicht mehr wie gewohnt.

Was ist los mit Mama?


*„wie geht`s zu hause?"*
„Es ist schwierig. Wir gehen uns aus dem Weg."

„würde er dir ärger machen, wenn du zu einem anderen mann
ziehst?"

„Nein. Ich glaube, er ist froh, wenn ich geh."

„und deine kinder?"

„Ich denke, sie werden ihren Weg gehen. Die Großen sind prak-
tisch aus dem Haus. Nur für die Kleine müsste ich noch eine
Weile da sein."

„das passt in meine planungen."

„Was hast du für Pläne?"

„ich geh hier in 3 jahren weg, übergebe die praxis an meinen
ältesten."

„frag endlich!"


Ich traue mich nicht und weiche ihm aus. Ich will nicht, dass er
falsche Hoffnungen in mir weckt.


„Erzähl einfach."

„ich habe eine wohnung in der schweiz. das soll mein ausgang-
spunkt werden. ich verkaufe hier alles und werde mir etwas neues suchen. möchte zentraler wohnen. mal nach italien oder nach
süddeutschland. ich brauche wärme im sommer und möchte
mehr schnee im winter."

„davos ist für mich das, was für dich der see ist."

„Das habe ich mir schon gedacht."

„der ort ist nicht so schön, aber die umgebung ist ein zauber."

„du musst den zauberberg von thomas mann lesen. dann wirst
du mich verstehen."

„er spielt auf der schatzalp. ist heute noch ein renomiertes hotel.
sissi, die kaiserin war auch mal dort wegen ihrer tbc. inzwischen
sind die tapeten erneuert )))."

„☺"

„man hat einen fußmarsch von 1 stunde durch den schnee. eichhörnchen kommen und fressen dir aus der hand und runter
geht's mit einem schlitten, den man oben leihen kann."
„Das gefällt mir sehr."
„oben gibt's natürlich die leckersten törtli, z.b. rüblitorte."
„weißt du, was das ist?"
„Ja, das weiß ich. Lecker!"
„und diverse kaffees, dazu pflümli!"
„pflaumenschnaps. ich liebe das."
„Ich mag keinen Schnaps."
„ich werde dir die nase zuhalten )))!"
„dann haben wir pisten, gigantisch."
„Hört sich toll an."
„parsenn ist eins der größten skigebiete der schweiz. wenn du
glück hast, triffst du prinz harry oder den segelohrprinz."
„Die brauche ich nicht."
„die kommen von klosters hoch. liegt 300 m unter davos."
„langweile ich dich?"
„Nein, gar nicht. Ich höre dir zu. Erzähl bitte weiter."
„was auch schön ist, aber vielen nicht so viel spaß macht, ist
langlauf."
„Habe ich noch nie gemacht, aber ich möchte es gerne mal probieren."
„du kommst durch tolle täler, an wunderbaren gasthöfen vorbei.
ich mag das sehr und erfreue mich an der wunderschönen
natur"
„Das würde mir auch gefallen."
„wenn du keine lust dazu hast, können wir uns am tag trennen."
„Nein."
„im sommer ist es ein farbenmeer, blüten so weit das auge
reicht. der impressionist kirchner hat hier gelebt und wunder-

*schöne bilder gemalt. manchmal gehe ich ins museum (es gibt ein kircher-museum dort) und sauge die schönheit dieser farben auf."*

*„soll ich aufhören? wird blöd, oder?"*

„Nein, gar nicht. Erzähl weiter! Das gefällt mir alles sehr."

*„das gibt mir kraft, wegen der nüchternheit meines berufes und der vergänglichkeit des lebens."*

*„so habe ich mir diesen ort als meine zukunft ausgesucht."*

„Nach deiner schönen Beschreibung kann ich das gut verstehen."

*„ ))) jetzt weißt du etwas mehr."*

*„bist wech?"*

*„bist du eingeschlafen? war es zu langweilig?"*

„Nein, natürlich nicht!"

„Ich möchte dich etwas fragen."

*„ja"*

„Erzählst du mir noch mehr über dich?"

*„ich werde dir alles erzählen, aber dräng nicht."*

„Ok."

„Doc, wann warst du das erste Mal in Davos?"

*„1979"*

*„kleine, ich verspreche dir, ich werde immer mehr von mir erzählen, von allem was war."*

„Ich werde dich nicht bedrängen."

*„aber ich bin vorsichtig geworden. man hat mich mal ziemlich ausgenommen. sei mir bitte nicht böse."*

„Nein, es tut mir leid, wenn du schlechte Erfahrungen gemacht hast."

*„aber eins sage ich dir, du wirst demnächst mehr von mir kennen lernen."*

„Ja, Doc."

*„schluss mit der sentmentalität. ich will nach haus."*

„Hör mal, ich möchte für ein paar Tage zum See fahren aber da habe ich kein Internet. Ich kann dann nicht in den Chat kommen."

*„ )) hab viel spaß. was machst du denn da?"*

„Im Garten buddeln, Haus und Fenster putzen, mit dem Rad fahren, laufen, im Ort bummeln gehen, einfach Zeit für mich haben, nachdenken."

*„clausur?"*

„Ja! Das tut manchmal ganz gut. Und nach unseren letzten Gesprächen kann ich das."

*„du hast gelernt. du bist mein schatz!"*

„Du, ich hab dich nie gefragt, ob ich dich Doc nennen darf. Darf ich?"

*„ich finds lustig, sags weiter."*

„Mein Doc ☺."

*„ )) „*

*„liest du wieder alles durch?"*

„Ja sicher. Das wird heute länger dauern."

„Das sauge ich in mich auf, denn es gibt mir die Kraft, die ich so sehr brauche."

*„verrückte!"*

„Ja, mag sein."

*„aber mach dich nicht lustig über meine worte."*

„Nein, dazu habe ich keinen Grund."

„Was denkst du?"

*„dass du wahrscheinlich das wertvollste bist, was ich kenne."*

*„und warum sag ich das?"*

„Sagst du es mir?"

*„weil ich noch nie jemandem so viel über meine zukunft erzählt habe, nicht einmal meinen kindern."*

„Ich werde alles für mich behalten. Ich danke dir für dein Vertrauen."

*„bitte, das muss ich von dir erwarten. "*

„Das kannst du auch."

*„ bis bald, schätzchen. "*

„Ja, Doc, bis bald."

*„ was ist denn noch? "*

„Nichts, ich drück dich. Ich schmieg mich an dich."

*„ja, halt mich ganz fest!"*

*„ tschüss, meine kleine. "*

Tschüss, mein lieber Doc."

# Kapitel 8

Nun bin ich doch einigermaßen überrascht.
So habe ich meinen Doc noch nie erlebt. Er hat ein Herz! Er hat mich tief berührt, und wenn er das kann, kann ich das auch. Er ist nicht so kühl und unnahbar, wie er mich immer glauben machen will. Er ist genau so verletzlich, sensibel und emotional wie ich.
Mir gehen immer wieder seine Worte durch den Kopf. Ich frage mich, ob er das alles wirklich ernst meint. Mein Herz jubelt innerlich. Endlich hat er mir seine liebvolle Seite gezeigt. Ich durfte einen Blick in sein tiefstes Innerstes werfen. Mein Verstand stänkert natürlich sofort wieder dagegen. Er spielt mit dir, will dich nur einlullen. Solche Pläne macht niemand, wenn er die Frau nur von Bildern und vom Chat kennt. Ich möchte auf mein Herz hören. Er hat es mit diesem Gespräch sehr berührt.
Durch diese Gespräche wird mir DerDoc immer rätselhafter. Aber genau das macht ihn nun auch wieder besonders interessant. Ich möchte unbedingt mehr über ihn erfahren und versuche jedes vorhandene kleine Puzzleteil zu einem großen Bild zusammenzufügen.


„Na du, gut geschlafen?"
*„nein, du raubst mir den schlaf, du luder!"*
„Ich habe heute Nacht auch wach gelegen. Ich musste immer an dich und unser letztes Gespräch denken. Als du mir von deinen Plänen erzählt hast, habe ich mich so wohl gefühlt."
*„ )))"*
„Lach nicht, das ist mein Ernst!"
*„du kannst so schön plaudern, das beruhigt unglaublich."*

„Machst du dich über mich lustig?"

„*NEIN!*"

„Irgendwie krieg ich das immer noch nicht voreinander. Wie ist es möglich, so viel für einen Menschen zu empfinden, den ich weder gesehen, noch gesprochen habe."

„So etwas ist mir noch nie passiert. Ich kann einfach nicht fassen, dass so etwas geht und dass ich mich auch noch darauf einlassen kann."

„Du hast schon einen ganz besonderen Einfluss auf mich. Das meine ich durchaus positiv. Du lässt mich wieder fliegen. Und das, obwohl ich so oft voller Zweifel war."

„*ich weiß, das war schwer für dich. du warst stocksauer und wütend auf mich.*"

„Nein, sauer nicht, aber wütend und maßlos enttäuscht und immer wieder sehr, sehr traurig."

„*und dann kam die veränderung und die wärme ins herz.*"

„Ja. Was hat dich dazu bewogen?"

„Die Klausur? Habe ich diese Prüfung bestanden?"

„*es geht nicht ums bestehen, es geht um die klärung der gefühle.*"

„Ging es um die Klärung meiner Gefühle, oder wolltest du deine Gefühle klären?"

„*ich habe dich immer wieder weggeschickt, war gemein und verletzend zu dir, und trotzdem hast du dich immer wieder bei mir gemeldet.*"

„Du hast mir so weh getan."

„*es geht nicht ohne schmerz.*"

„*die seelische bindung erreicht eine andere kategorie.*"

„Aber das war so schlimm für mich. Es ist mir so schwer gefallen, weil ich dich nicht verstanden habe."

*„es hat dir gut getan, darauf kommt es an. "*

„Alles war so widersprüchlich. Irgendwann habe ich nur noch auf mein Herz gehört und mich an deine Worte erinnert. „Du bist ein Teil von mir.""

*„ ich möchte, dass du vorsichtiger bist. "*

*„ keine gespräche mehr mit anderen hier im chat, kein austausch von telefonnummern oder e-mail Adressen. hast du das verstanden? "*

„Ja, Doc."

*„ melde dich nie mit namen am telefon. "*

*„ mein password ist VERFÜHRER VON ENGELN"*

*„merk dir das!"*

„Ja, Doc."

„Machst du dir Sorgen um mich?"

*„ja, sei vorsichtig. so ein chat ist gefährlich. "*

*„keine gespräche mehr mit anderen!"*

*„ich möchte nicht, dass dir etwas passiert. "*

*„ICH BIN VERLIEBT!"*

„Oh, Doc! Ich bin auch verliebt. Ich danke dir für diese Worte."

„1000 Küsse!"

*„ich küss dich auch, kleine. "*


Ich hab`s gewusst!!! Ich hab`s gewusst!!! Niemand hält sich so lange im Chat auf und führt immer wieder diese Gespräche wenn das alles bedeutungslos ist. Es wird alles gut. Ich bin mir ganz sicher.

Fröhlich packe ich meine Sachen und fahre zum See raus. Ich fühle mich gut, bin voller Energie und beginne mit dem Frühjahrsputz. Als die Sonne heraus kommt, mache ich im Garten weiter und schneide die vertrockneten Stauden ab.

Mein Handy klingelt … Anonym. Max? Manchmal hat er seine Nummer unterdrückt.

Ich drücke auf den grünen Telefonhörer und sage einfach nur „Hallo?"

Eine wunderbare Stimme antwortet: *„Verführer von Engeln …!"* Völlig perplex drücke ich mein Handy fest ans Ohr und kann erst mal nichts sagen. Meine Gedanken überschlagen sich in meinem Kopf. Er ist es! Er ist es wirklich! Endlich hat er mich angerufen. Dabei hat er meine Telefonnummer doch schon seit vielen Wochen.

*„bist du noch da?"*

„Ja, ich bin noch da …" stammle ich ins Telefon. Mir fällt nichts ein, was ich ihm sagen könnte, ich bin viel zu überrascht.

*„meine kleine, deine stimme ist wunderbar!"*

Langsam gewinne ich meine Fassung zurück und wir telefonieren über eine halbe Stunde. Ich bin überglücklich endlich, nach dieser langen Zeit, seine Stimme zu hören. Wir reden und reden und wissen beide, wir passen zusammen. Alles ist gut!!!

Was für eine Entwicklung. Gedankenverloren sitze ich in der Sonne und lasse unser Gespräch Revue passieren. Nach all diesen langen und auch schwierigen Wochen so eine unglaubliche Wendung … Ich bin so glücklich! Damit habe ich nicht gerechnet.

Schade, dass ich hier kein Internet habe. Am liebsten möchte ich meinem Doc eine Mail oder eine Nachricht schreiben. Ich möchte meine guten Gedanken und meine unendliche Erleichterung so gerne mit ihm teilen.

Lieber Doc!

Vielen Dank für deinen Anruf. Damit hast du mich sehr, sehr glücklich gemacht. Auf diesen Moment habe ich schon eine gefühlte Ewigkeit gewartet, und nun ist es endlich passiert.

Du hast eine wunderbare Stimme. Sie passt zu dem Bild, was ich mir von dir gemacht habe. Außerdem war es sehr schön, mit dir über deine/ unsere Pläne reden zu können. Immer nur zu schreiben ist manchmal etwas mühselig.

Du bist dir deiner Sache schon sehr sicher. So hört es sich zumindest an. Alles hast du wohl überlegt und genau geplant. Du weißt, was du willst.

Ich weiß nur, dass ich dich will. Ich habe mich in dich verliebt und mit dir möchte ich einen Neubeginn wagen. Mein Herz sagt mir, wir gehören zusammen und haben eine gute Zukunft. Darauf freue ich mich, denn wir beiden habe eine schöne Zeit verdient.

Fühl dich umarmt und gedrückt,

deine Kleine

Ich speichere den Brief ab und werde ihn abschicken, sobald ich wieder zu Hause bin.

Zwei Tage später ruft er wieder an. Wieder anonym. Seine Telefonnummer gibt er mir sowieso nicht, und ich wage es nicht, ihn danach zu fragen. So langsam habe ich gelernt, es ist besser, wenn ich geduldig bin (und das fällt mir verdammt schwer ...).

Unsere Gespräche sind wunderbar. Diese Leichtigkeit überrascht mich. Wir lachen viel und sind sehr vertraut miteinander. Als wenn wir uns schon jahrelang kennen.

Meine Gedanken überschlagen sich. Ich frage mich ständig, ob er seine Pläne tatsächlich mit mir verwirklichen will. Er hat mir wieder und wieder versichert, dass ich seine Traumfrau bin und er mit mir glücklich werden möchte.

Die Tage am See haben mir gut getan. Ganz alleine viel Zeit für mich. Zeit zum Nachdenken. Klausur! Gedanken ordnen, neue Wege planen.

In der Stadt nimmt mich der Alltag in die Zange. Einziger Lichtblick, ich kann wieder ins Internet.

Als könnte er meine Gedanken lesen, schickt er mir einen wundervollen Brief.

Da vos so schön ist!

Es war ein herrlicher Wintertag. Wir hatten minus 17 Grad und strahlendblauen Himmel. Unser Durst nach dieser samtweichen, frischen, trockenen Luft, hatte uns den Anstieg zur Schatzalp durch den tief verschneiten Tannenwald machen lassen. Du hast die Eichhörnchen gefüttert, die sich zahm auf deine dick gefütterten Handschuhe setzten.

Oben angekommen, genossen wir diesen wunderschönen Rundblick, sahen die letzten Skifahrer, die Talabfahrt hinab gleiten. Die Sonne verschwand langsam hinter den Gipfeln und du spürtest, dass die Temperatur plötzlich deutlich abfiel. Jetzt noch das ganze Stück in der Dämmerung nach Hause laufen, ging dir durch den Kopf. Was er sich wohl dabei gedacht hat. Dann fiel dein Blick auf das Schild „Schlittelverleih", und ein Lächeln huschte über dein Gesicht.

Ich nahm den hinteren Platz auf dem antiken Gefährt ein, und du setztest dich zwischen meine Beine. Intuitiv presstest du dich fest gegen meinen Körper, erst etwas ängstlich, aber als der Schlitten richtig Fahrt aufnahm, konntest du begeistert lachen. Wir waren 20 Minuten bis zur Talstation unterwegs.

Zu Hause angekommen, gingen wir in die Küche, um das Abendessen vorzubereiten. Du hast dich um die Pasta gekümmert und ich fragte dich andauernd, ob ich den Salat vernünftig geputzt hatte. Dein mildes Lächeln in deinem Blick erfüllte mich mit großer Dankbarkeit.

Für den Ausklang dieses wunderschönen Tages hatte ich einen 1990 er Margaux ausgesucht. Dein Essen war vorzüglich. Wir lachten darüber, dass uns morgen niemand wegen des vielen Knoblauchs zu nahe kommen dürfte.

Deine zarte Haut war sanft gerötet von der Sonne und der Kälte, und von deinem Gefühl des großen Glücks. Ich nahm dich in den Arm und zog dich auf meinen Schoß, um dir ganz zärtlich den Nacken zu küssen. Da klingelte das Telefon.

Deine Tochter war dran. Sie war freundlich wie immer und wollte endlich erfahren, wie es dir in der Schweiz geht. Du setztest dich aufs Sofa schlugst die Beine übereinander und erzähltest von deinen Erlebnissen. Ich ließ dich nicht aus den Augen.

Was ist sie für eine wunderbare Frau. Was hat sie dir für neue Wege eröffnet. Was hast du für eine Liebe für sie …

Mein Blick fiel auf deine wunderschönen Beine. Dein Kleid war hoch gerutscht. Ich stand auf. Zielstrebig und ohne weiter zu überlegen, zog ich deine Schenkel auseinander. Du zeigtest grinsend auf den Telefonhörer … Zu spät! Mit einen kräftigen Ruck zerriss ich Strumpfhose und String.

Gerührt lese ich seinen Brief nun schon zum x-ten Male. Das ist genau das, was ich mir wirklich vorstellen kann. Ein neuer Anfang mit meinem Traummann. Es passt einfach alles. Wir ergänzen uns ganz wunderbar, können uns über alle möglichen Dinge austauschen und wir haben sogar beim Thema Sex ähnliche Vorlieben und Ideen. Mein Mr. Perfect!

Ich kann es kaum glauben, dass ich das erleben darf.

# Kapitel 9

*„kleine, deine bilder sind super"*

*„es ist unglaublich, wie wunderschön du geworden bist!"*

„Danke, Doc. Es bedeutet mir sehr viel, dass du das sagst."

„Du, ich habe heute etwas sehr Lustiges in der Stadt erlebt."

*„erzähl!"*

„Mir kam ein sehr nett aussehender Mann entgegen."

*„und?"*

„Er hat mich ein wenig frech angegrinst, und ich habe genauso frech zurück gegrinst."

*„weiter )"*

„Als er an mir vorbei war, hat er sich nach mir umgedreht, und ich mich nach ihm."

*„der mann hat geschmack! )))"*

„Und dann hat er eine andere Frau umgerannt."

*„gut!"*

„Ich musste so sehr lachen. Er aber auch. Nur die Frau fand es nicht komisch."

*„alles mein verdienst!"*

„Ja, Doc, das weiß ich. Kannst stolz auf dich sein."

„Ich küss dich!"

*„kuss zurück."*

„Du hast einen anderen Menschen aus mir gemacht."

*„einen, den ich sehr liebe!"*

*„ich weiß nicht, ob ich noch streng genug mit dir sein kann."*

„Keine Sorge, ich werde dir immer gehorsam dienen!"

*„meine brave, kleine subbi."*

„Ich weiß, wo ich hingehöre. Wenn du mir festen Halt gibst, ist alles gut."

Neuerdings kann ich auch am See mit meinem Computer ins Internet. In der Stadt habe ich mir einen umts-Stick installieren lassen. Das ist zwar etwas langsamer, aber eine ganze Woche ohne Internet? Das geht gar nicht! Entspannt packe ich meine Sachen und fahre los.

Ostern geht die Saison los. Alle Nachbarn sind da. Man trifft sich, wandert um den See und am Abend gibt es ein großes Fischessen. Max hat das Wochenende anders verplant. Ich bin alleine.

Zur Wanderung rund um den See gibt es ein großes Hallo am Treffpunkt. Fast jeder macht mir Komplimente. Ich sehe toll aus. Über den Winter habe ich 12 Kilo abgenommen, meine langen Haare habe ich zu einem Knoten hoch gesteckt und meine Augen strahlen voller Selbstbewusstsein. Ich bin perfekt geschminkt. Es ist mein Auftritt. Genau wie mein Doc es mir gesagt hat.

*„sie werden alle staunen und sehr beeindruckt sein ..."*

Natürlich hat er Recht behalten. Innerlich hüpft mein Herz vor lauter Begeisterung. Ich bin dankbar, dass er sich so sehr um mich bemüht hat. Mir geht es so gut wie schon lange nicht mehr. Am liebsten möchte ich ihn sofort anrufen oder eine sms schicken und meine Freude mit ihm teilen. Da ich seine Telefonnummer leider immer noch nicht habe, muss ich mich bis heute Nachmittag gedulden. Dann kann ich ihm wenigstens einen Brief oder eine Nachricht im Chat schicken.

„Hej, Doc. Schön dich zu sehen. Ich bin so froh, dass ich jetzt an überall ins Internet gehen kann."

„*mein kleines mädchen, das hast du gut gemacht. du bist nicht nur schön, sondern auch schlau.*"

„Hast du die Bilder bekommen? Wie gefällt dir mein Outfit für heute Abend?"

„*ja, sie sind da )))*, *du bist wunderschön.*"

„Gefällt dir der Rock?"

„*sehr schön, macht eine tolle figur.*"

„*so kannst du losgehen!*"

„Weißt du was? Heute Morgen habe ich mich sogar schon geschminkt, bevor ich zum Bäcker gefahren bin."

„Es war mir plötzlich wichtig. Als ich dabei war, habe ich mich richtig über mich amüsiert, und musste natürlich an dich denken."

„*gut so mädchen, das gehört ab jetzt immer dazu.*"

„Ja, scheint so, wenn ich das nun schon aus eigenem Antrieb mache."

„*ohne bist du nicht fertig!*"

„Das habe ich mir heute Morgen auch gedacht. War aber das erste Mal, dass mir so was in den Sinn kam."

„*es gehört nun zu dir, zu deinem stil, du musst es verinnerlichen.*"

„*wenn du jetzt in den spiegel siehst, musst du sehen, dass etwas fehlt.*"

„Ich habe da bisher keinen Sinn drin gesehen, es war mir nicht wichtig."

„*das ist nun anders, es gehört zu deinem frau sein dazu.*"

„*vergiss das nie!*"

„*du bist dann richtig gut, wenn alle frauen nicht mehr mit dir reden und alle männer sich um dich rotten.*"

„Ich bin dir sehr dankbar für deine Hilfe. Du machst mich glücklich."

„ich habe dir keinen honig ums maul geschmiert, sondern ehrlich gesagt, was nicht stimmt und was du verändern musst."

„Ich weiß, und das hat mir so gut gefallen. Du hast dich für mich, für meine Person interessiert."

„das kann auch nur ein mann, frauen haben da einen anderen blick."

„Genau das wundert mich immer wieder. Du bringst jedes Mal die Sache auf den Punkt."

„eine beratung durch eine freundin ist immer unehrlich, die will schließlich nicht, dass da eine konkurrentin entsteht."

„die raten dir zu einheitsklamotten, damit du bloß nicht auffällst, gewagtes ist tabu."

„Ehrlich gesagt, war mir das aber auch immer am liebsten."

„ ))) typisch meine kleine hanni!"

„Ja, Doc."

„sei HANNA!!! sei frau, senke nie den blick!"

„Ich brauchte eben erst jemanden, der mir sagt, wie es geht."

„Und den Blick habe ich auch immer gesenkt ☹."

„such dir einen fixpunkt 2 cm über der nasenwurzel eines jeden menschen, schau auf die stirn, dann guckst du immer nach oben!"

„das bist du!"

„die neue!"

„die starke!"

„die schöne!"

„Ja, Doc. Ich werde es ausprobieren."

„hast du ein schönes parfum?"

„Nur Proben."

„ist das dein ernst? das darf nicht wahr sein."

„das wirst du auf der stelle ändern."

„Ja, Doc, kannst du mir etwas empfehlen?"

*„giorgio/ beverly hills ist ganz schön. "*

*„du musst den geruchssinn befriedigen. "*

*„ein mann will mit allen sinnen verführt werden. "*

„Ich werde mich um alles kümmern."

*„so schätzchen, ich wünsche dir einen schönen tag. "*

*„kuss!"*

„Tschüss mein liebster Doc, ich küsse dich auch."

*„und lächle alle männer an!"*

Bisher hat jeder Rat, den er mir gegeben hat, gut funktioniert. Ein wenig nervös mache ich mich für den Abend zurecht. Heute ist die Generalprobe, oder ist das schon meine Premiere? Es ist wohl eher letzteres. Der erste große öffentliche Auftritt der neuen Hanna!

Alle Anwesenden kennen bisher nur die alte Hanna. Hanna in Jeans mit Bluse oder Shirt. Hanna ungeschminkt. Hanna mit Größe 42 – 44. Hanna still und zurückhaltend. Hanna im Hintergrund. Hanna im Schatten ihres Mannes.

Mein Herz klopft bis zum Hals als ich den großen Raum betrete. Um 0.30 Uhr bin ich wieder zu Hause und schalte als erstes den Rechner an. Innerer Jubel. Mein Doc wartet schon auf mich.

*„na du"*

*„wie war`s ? "*

„Sehr schön ☺."

*„ich will`s genau wissen. "*

„Am Ende war es mir fast schon etwas unangenehm."

*„ )))"*

„Jede Menge Leute kamen zu mir und haben mich auf meine sooo positive Veränderung angesprochen."

*„ )))"*

„Wirklich, fast jeder hat etwas zu mir gesagt, die Frauen und die Männer. Das war so schön. Hab immer nur in mich hinein gegrinst und dabei an dich gedacht."

*„alles positiv?"*

„Ja, Doc! Ich danke dir so sehr."

*„das freut mich sehr!!!"*

„Mich auch, es war ein toller Abend für mich."

„Hanna, der Rock steht dir super gut!"

„Hanna, wie viel hast du abgenommen?"

*„und deine haare?"*

„Hanna, deine Frisur ist perfekt für dich!"

„Hanna, du bist so schön geschminkt, deine Augen kommen wunderbar zur Geltung."

*„ )))"*

„Hanna, bist du verliebt???"

*„ ))))))))))))))"*

„Hanna, du strahlst ja so."

*„wissen die von dir und deinem mann?"*

„Nein, niemand, aber natürlich haben alle gefragt, wo meine Familie ist."

„Der eine oder andere wird sich seine Gedanken machen. Ich bin ja häufig alleine."

„Meine Schwester hat mich gefragt, ob ich auf die Pirsch gehen will."

*„ich bin so, so stolz auf dich!"*

„Habe ich mich wirklich so sehr verändert, dass ich kaum wieder zu erkennen bin?"

„Das ist mir heute ein paarmal gesagt worden, im positiven Sinn. Ich bin auch einige Male gefragt worden, was Max zu meiner Veränderung sagt. Da musste ich schon genau überlegen, was ich darauf antworten sollte."

*„du machst mich so glücklich ))). "*

„Dieser Abend war sehr schön für mich. Solche Reaktionen habe ich nicht erwartet. Übrigens bin ich heute von fast jedem Mann in den Arm genommen und gedrückt worden. Danke Doc. Ich küsse dich!"

„Sie haben mich mehrmals zu einem Glas Wein eingeladen und wollten sich alle mit mir unterhalten. Alle waren um mich herum. So habe ich das noch nie erlebt. Schließlich kennen sie mich doch schon seit vielen Jahren, aber so haben sie noch nie auf mich reagiert. So viele Komplimente, anerkennende Blicke und Beachtung, sie haben mich richtig bewundert!"

*„ich freue mich sehr, dass du einen solchen auftritt hattest. "*

*„du hast alles super gemacht. ich bin stolz, so eine tolle frau an meiner seite zu haben. "*

„Doc, ich bin so froh, dass du für mich da bist. Du hast mir so viel beigebracht. Danke! Danke! Danke!"

„Du hast viel aus mir gemacht, sehr viel."

*„nein!"*

„Nein?"

*„du warst schon immer viel, du wusstest es nur nicht. "*

„Auf jeden Fall hast du dafür gesorgt, dass ich glücklich sein kann."

---

„Bist du noch da?"

*„ja"*

*„weißt du was? "*

„Nein."

*„im fernsehen läuft eine reportage. "*

„Was gibt es da?"

*„meinen traum. "*

„Davos?"

„nein. "

„Was denn?"

„das wirst du noch erleben. "

„Du machst mich mal wieder neugierig."

„es geht um ein schiff. "

„Ein großes Schiff?"

„das schönste!"

„Queen Mary?"

„2"

„Wirklich???"

„ja"

„Das ist ja toll!"

„Schade, ich kann es nicht sehen. Ich habe hier keinen Fernseher."

„ ))) sehr fortschrittlich. "

„Möchtest du mit diesem Schiff eine Reise machen?"

„ja! hamburg, southampton, new york, zurück flug, 1 woche drüben. "

„Bestimmt eine tolle Reise."

„ja, dazu braucht man einen gültigen reisepass. "

„Dann hast du etwas besonders Schönes vor."

„hab mich bei cunard schon erkundigt. "

„Ist das die Reederei?"

„ja"

„das schlimme ist, die haben nur doppelkabinen, "

„Was ist daran so schlimm?"

„ich will keinen mann mit in der kabine haben. nun überlege ich, welche frau ich mitnehme ))). "

„Hast du schon eine Idee?"

„eine, die gesellschaftlich bestehen kann. "

„Ja, das ist wichtig!"

„eine, die mir die nächte versüßt."

„Das ist auch sehr wichtig."

„eine, die ich liebe!"

„Das ist noch viel wichtiger!"

„da kenn ich nur eine, aber die will nicht mit"

„Hast du sie schon gefragt?"

„kommst du mit?"

„nicht antworten!"

„Ja, Doc! Ich möchte sehr gerne mitkommen."

„zu spät"

„aber?"

„Kein aber. Ich bin nur sprachlos."

„dann werden wir das als unsere erste reise zu einem bestimmten zweck machen"

„Meinst du das ernst?"

„schläfst du schon?"

---

„Nein! Natürlich nicht! Es ist nur alles ein bisschen viel auf einmal."

„du wirst in ruhe über alles nachdenken!"

„Ja, Doc. Das werde ich!"

„morgen wird dein erstes wort ja oder nein sein."

„Ja, Doc."

„ich bin nicht böse, wenn du sagst, ich will (noch) nicht."

„aber ICH will es!"

„Ich soll es dir erst morgen sagen?"

„ja, behalte es in deinem herzen."

„kuss."

„Ich werde heute Nacht nicht schlafen können."

„ich will nicht für deine schlafstörungen verantwortlich sein."

„ich drück dich und schicke dir 1000 küsse."

„Doc, ich liebe dich. Schlaf gut."

*„ liest du wieder alles durch? "*

„Natürlich. Ich kann nicht anders."

*„ die ganze nacht? "*

„Ich kann sowieso nicht schlafen, bin viel zu aufgekratzt."

*„ du kleine romanze! "*

„Ich liebe dich!"

# Kapitel 10

„JA!"

*„dann soll es sein!"*

*„hast du geschlafen?"*

„Wenig, ich habe lange gelesen und sehr lange über uns nachgedacht."

*„hauptsache, du wirst nicht seekrank."*

„Ich habe ja einen guten Arzt dabei."

*„ich bin rücksichtslos, werde dich auch beim kotzen vögeln ))). "*

*„du wirst immer für mich bereit sein."*

„Ja, Doc. Ich möchte immer für dich da sein."

*„hoffentlich."*

„Sicher! Hast du Zweifel?"

*„nie."*

„Dann ist alles gut."

*„du bist viel zu sehr meine sub."*

„Ja, Doc, das bin ich."

*„und meine traumfrau."*

„Hast du gut geschlafen? Also ich meine, mich hat unser Gespräch gestern Nacht sehr berührt."

*„ich war unruhig, weil ich nicht verschlafen wollte, musste doch heute morgen noch meine hemden bügeln."*

„Machst du das selber???"

*„ich kann alles ))). "*

*„du hast da bestimmt noch geschlafen ..."*

„Nein, es wurde gerade hell, da bin ich aufgestanden und meine Runde gelaufen."

„Ich hatte den See für mich ganz alleine. Die Vögel haben für mich gesungen und sogar der Kuckuck hat gerufen. Ich bin gerannt, als ginge es um mein Leben. Ich habe gedacht, ich platze vor lauter Energie und Freude!

„*pass auf, so alleine da.*"

„Ja, mache ich. Als ich wieder zu Hause war, habe ich noch meine Übungen gemacht."

„*denkst du, ich mach nix?*"

„Nein, das denke ich nicht. Was machst du denn für Sport?"

„*jeden morgen eine halbe stunde auf dem crosstrainer und expanderübungen.*"

„*und ich habe ein abo für ne muckibude, da bin ich aber länger nicht gewesen.*"

„Dann musst du dich mal aufraffen. Ist doch blöde zu bezahlen und es nicht zu nutzen."

„Du,"

„*na?*"

„Ich war gestern Nacht völlig perplex, als du mir von dieser Reise mit der QM2 erzählt hast."

„*warum?*"

„Weil ich immer schon eine Reise mit einem Kreuzfahrtschiff machen wollte, und ich immer gesagt habe, wenn ich mal losfahre, dann nur mit der QM2!"

„*))) das geht mir genauso.*"

„*ich will nur die alte transatlantik-passage.*"

„*ich werde dich genießen, du wirst mich genießen, wir werden uns verzehren ...*"

„Doc, das ist alles so schön. Fast zu schön um wahr zu sein."

„*wir werden eine wunderbare kabine haben, mit balkon.*"

„Wirklich? Hast du schon alles geplant???"

„*na klar, denkst du unten drin? da kommt man nie raus, wenn es brennt.*"

„Du denkst genau wie ich. Manchmal ist mir das ein bisschen unheimlich."

„*hast du angst?*"

„Nein, aber ich komme aus dem Staunen nicht mehr heraus. Immer wieder haben wir die gleichen Gedanken."

*„wir sind uns schon sehr ähnlich."*

„Das glaube ich auch."

*„so viele gleiche vorlieben."*

*„so viele gleiche gefühle."*

*„so viel liebe."*

*„du wirst mein prachtweib sein."*

„Ich hoffe es ☺."

*„das will ich nicht mehr von dir hören, ich hoffe ist falsch!"*

„Ja, ich werde dein Prachtweib sein!"

*„ ))) du lernst schnell."*

*„ich will los, hab einen schönen tag und denke immer an mich."*

„Ja, Doc, das mache ich und dir auch einen schönen Tag."

*„ich melde mich, kuss."*


Was passiert da gerade mit mir? Mit ihm und mit uns? Er ist wie verwandelt. So liebevoll, so ganz anders als ich ihn bisher kennen gelernt habe. Dieser Mann hat zwei Seiten. Warum? Ich bin sicher, ich werde es irgendwann herausfinden. Im Moment genieße ich den Augenblick und bin einfach nur glücklich.

Heute Morgen, beim Laufen sind mir ein paar Verse in den Sinn gekommen. Ich wollte so gerne meine Gefühle, meinen Dank und meine Liebe ausdrücken …

Ich möchte ihm so gerne etwas zurückgeben. Ein kleines Geschenk. Und nun sitze ich tatsächlich am Computer und schreibe ein Gedicht. Das habe ich noch nie in meinem Leben getan und merkwürdiger Weise, geht es mir ganz leicht von der Hand. Meine Finger fliegen über die Tastatur und schreiben einfach drauf los …

Was für eine Erfahrung!

Zufrieden schicke ich ihm mein erstes „Werk".

## Sternenfinder

Du schaust in den Himmel, die Sterne an,
der eine auch andere, blinkt dann und wann.
Sie lächeln dir zu,
berühren dich kaum,
du hast einen Traum.

Ein Stern am Himmel
nur matt und klein,
kaum wahrnehmbar
im hellen Schein
der großen weiten Sternenschar.

Den schaust du dir an,
siehst genau hin
da steckt etwas besonderes drin.
Den holst du dir aus dem weiten Raum,
du hast einen Traum.

Sorgsam schließt du ihn ein in dein Herz,
nur du kennst seinen tiefen Schmerz.
Zeigst ihm neue Wege, eine neue Bahn
und endlich fängt er zu strahlen an.

Er leuchtet jetzt hell, warm ist sein Licht,
er strahlt nun ganz allein für dich.
Er füllt ihn aus, deinen Lebensraum,
du hast einen Traum.

Hanna, Frühjahr 2007

# Kapitel 11

Mein Auftritt zieht Kreise. Überall sorge ich für Gesprächsstoff. Ich habe mich nicht nur äußerlich sehr verändert. Tolle Figur, Kleidergröße 36, Haare lang und straff zurück gebunden, oder zum Knoten hochgesteckt, Make-up, Mascara und lackierte Fingernägel. Dazu weibliche, Figur betonende Garderobe – die Frau hat Stil!

Viel wichtiger aber ist meine innere Einstellung. Mein Selbstbewusstsein ist zurück. Ich bin stark und fühle mich so richtig wohl in meiner Haut. Ich habe meine Mitte wieder gefunden. Ich ruhe in mir selbst. All das strahle ich aus und genieße dabei jeden Augenblick.

Das ist die Hanna, die es vor langer Zeit schon einmal gegeben hat. Diese Hanna habe ich im Laufe meiner Ehe total vernachlässigt. Und nicht nur ich. Auch Max hat seinen Teil dazu beigetragen. Schleichend, kaum wahrnehmbar hat sich diese Entwicklung Stück für Stück in meinem Leben breit gemacht.

Natürlich verändert sich jeder Mensch im Laufe seines Lebens. Das ist normal. Nur muss man gehörig auf sich achten, dass man dabei nicht seine Persönlichkeit verliert. Und genau das ist mir passiert!

Jetzt heißt es wieder: Die Hanna ist so eine taffe Frau! Was der Max wohl dazu sagt? Warum gehen die beiden so häufig getrennte Wege? Hanna hat bestimmt einen Freund, oder nur einen heimlichen Liebhaber? Die Hanna muss wieder unter Menschen. Es ist nicht gut, wenn sie immer nur zu Hause ist. Der Max sollte sich mehr um sie kümmern. Sie ist doch so eine tolle Frau.

Diese und viele andere Kommentare bekomme ich nun mit. Direkt oder indirekt. Ich spüre die fragenden und forschenden Blicke. Von Kopf bis Fuß werde ich taxiert. Welch` ein Glück, dass ich alleine bin. So bleiben meinen Kindern alle Fragen und Kommentare erspart. Ich habe selbst genug damit zu tun, diese Reaktionen zu verarbeiten.

Ausgerechnet an diesem Wochenende kommt Max dann doch noch raus zum See. Natürlich wird er von allen Seiten über meinen grandiosen Auftritt informiert, und natürlich bekommt er manchen gut gemeinten Rat. Z.B. er solle doch besser auf mich achtgeben ... Das hat ihm natürlich nicht gepasst. Schließlich dreht sich sonst immer alles um ihn. Und dann erzählt er unseren Kindern am Telefon ich hätte im Bekanntenkreis eine Riesenshow abgezogen.

Ist es Missgunst oder Eifersucht? Er ist wirklich sauer. Hat mich einem richtigen Verhör unterzogen. Er versteht nicht, was da gerade mit mir passiert. Er begreift den Sinn meiner Veränderung nicht. Über den Grund dafür kann ich verständlicher Weise nicht mit ihm sprechen.

Eigentlich ist ja auch nichts geschehen, was er mir vorwerfen kann. Ich gehe nicht fremd. Habe ich einen Freund, einen Liebhaber? Allenfalls ist dieser Freund virtuell. Zählt das auch schon als fremd- gehen? Mein Doc ist mein Berater. Er baut mich auf, fördert mein Selbstbewusstsein, macht mir Mut, gibt mir Kraft und zeigt mir einen neuen Weg. Mehr ist da nicht – im Moment.

Alles Dinge, die Max lange Zeit nicht wichtig waren. Vielleicht doch ein bisschen? Es scheint, als führt meine Veränderung bei ihm zu einem Umdenken. Nun redet er plötzlich wieder mit mir. Er will einen gemeinsamen Weg mit mir weiter gehen, er will mich nicht verlieren.

So sitze ich nun zwischen den Stühlen und weiß nicht, wie ich mich entscheiden soll. Max und unserer Ehe noch eine weitere Chance geben? Auf mein Herz hören und auf ein gemeinsames

Leben mit Doc hoffen? Oder doch lieber meinem Verstand folgen? Einerseits platze ich vor Glück und Freude, andererseits habe ich große Angst vor den Konsequenzen einer Trennung und ich habe natürlich immer wieder meine Zweifel, ob Doc es wirklich ernst mit mir meint.

Brief von Doc

*guten morgen, meine hübsche kleine!*
*ich hatte hier gestern einen voll durchgeplanten tag. erst die vorträge, dann mittagessen im fischereihafenrestaurant, wieder vorträge und abends dann musical mama mia.*
*kam leider zu spät in den chat. du warst schon wieder off.*
*bei dir haben sich ja die ereignisse überschlagen. so wie du es schilderst, hat er sich entschlossen, um dich zu kämpfen. ich würde an deiner stelle jegliche konfrontation vermeiden. geh ihm aus dem weg, reiz ihn nicht.*
*da du die situation auch im hinblick auf deine jüngste nicht ändern kannst solltest du dich für ein jahr mit ihm arrangieren.*
*dann habe ich meine sachen hier geregelt, so dass unserem glück nichts mehr im wege steht.*
*weißt du, ich habe einfach angst, dass unsere junge, verliebte beziehung sonst durch diese dinge so stark belastet wird, dass sie schaden nehmen könnte.*
*du weißt, dass uns niemand unsere liebe nehmen kann. wir sind ein paar, du meine kleine, meine beste subbi. ich verlange jedoch, dass du deine ausbildung zur perfekten dame, begleiterin, verführerin und liebhaberin konsequent fortsetzt!*
*ich liebe dich,*
*dein DOC*

Mein lieber Doc!
Ich bin so froh über deinen Brief. Du hast mir wieder viel Zuversicht gegeben. Gestern Abend war ich wirklich ziemlich ratlos. Ich fühlte mich von ihm in die Enge getrieben.

Er hat ja längst mitbekommen, dass es einen Grund geben muss, weshalb ich ständig im Internet bin und ich mich auch so verändert habe. Er hat mir schon einige Male gesagt, dass er deutlich spürt, dass ich Geheimnisse vor ihm habe. Ich bin keine gute Schauspielerin, und er kennt mich zu gut.

Du hast sicher Recht, es ist die beste Lösung, wenn ich mich zunächst mit ihm arrangiere.

Meine Ausbildung werde ich natürlich konsequent weiter fortführen. Mit deiner Hilfe wird es mir auch gelingen. Das weiß ich. Du sollst stolz auf mich sein.

Doc, ich liebe dich und ich werde alles tun, was du von mir erwartest. Mir ist unsere Liebe genauso wichtig wie dir, und darum werden wir diese Zeit auch überstehen.

Deine Kleine


*meine geliebte kleine!*
*bin wieder heile zu hause gelandet. ganz lieben dank für deine nachricht. denke, dass das so zunächst für uns alle die beste lösung ist.*
*wir werden die zeit auch so nutzen können ))).*
*ich küsse dich,*
*dein DOC*


„Na du!"
*„na mein sonnenschein."*
*„tut mir leid, dass ich erst jetzt zeit für dich habe. heute war ein schlimmer tag."*

„Das ist schon in Ordnung."

*„weißt du, was ich jetzt gerne hätte?"*

„Nein, sag es mir."

*„möchte meinen kopf gerne in deinen schoß legen, und mir von dir die schläfen massieren lassen."*

„Das mache ich gerne für dich. Du hattest sicher einen anstrengenden Tag."

*„kleines, du tust mir gut!"*

„Danke, Doc!"

*„sag, wie weit bist du mit den tanzstunden?"*

„Ich habe Privatstunden genommen, um die Grundlagen wieder drauf zu haben. Das hat auch ganz gut geklappt. Nun möchte ich in einen Tanzkreis gehen, damit ich lerne, mich auf andere Partner einzustellen."

*„sehr gut, kleine. du musst es einfach können. die qm2 verlangt das ))) und ich erst recht )))!"*

„Ich lerne es. Du kannst dich auf mich verlassen. Ich möchte es ja selber gerne können, aber mein Mann ist der absolute Tanzmuffel und dann ist es natürlich verblieben."

*„ich will, dass man dich wahrnimmt! du sollst alle beeindrucken. gutes tanzen gehört dazu."*

„Das Wahrgenommen werden ist mir neulich am See schon gut gelungen. Ich stand mit 8 Männern alleine an der Theke."

*„klasse!"*

*„ich wusste, du bist die richtige für mich."*

*„so kleine, ich will nach hause und möchte mir was zu essen machen."*

„Was gibt es denn?"

*„gemüse aus dem wok mit hähnchen und ein paar sprossen."*

„Das machst du dir jetzt selber noch alles fertig?"

*„ja klar, ich habe immer gemüse im kühlschrank und während ich alles klein schnippel, ist zeit für mein weinchen )))."*

„Dann sieh zu, dass du nach Hause kommst. Es ist schon spät."

*„ich küsse dich, schätzchen."*

*„schick mir noch ein bild von dir. ich möchte alles sehen, dann kann ich besser einschlafen ..."*

„Ja, Doc, schlaf gut und bis morgen."

„Hallo, Doc ☺."

„Hab schon auf dich gewartet, wollte dich nicht schon wieder verpassen!"

*„bist ne liebe, hallo kleine."*

*„viel ärger zu hause?"*

„Es geht so. Die Kinder machen nun auch Front gegen mich."

*„stark sein kleines!"*

„Ich versuch`s."

„Sag mal Doc, du hast ja die Angaben in deinem Profil geändert."

*„was ist denn anders?"*

„Du schreibst, du kannst aufs Meer blicken. Wohnst du an der Küste?"

*„vielleicht zwischenahn )))?"*

„Sag doch mal. Bitte!"

*„du wirst es noch herausfinden."*

*„so, wie du alle meine nicks finden wirst."*

*„soll ich sie aufzählen?"*

„Ja, fang an."

*„ **DerDoc** "*

„Ja, mein Doc."

*„wie findest du **MeDoc**?"*

„Den habe ich noch nicht entdeckt."

*„ im focus der sinnlichkeit "*
„Ganz schön lang."
*„ herr der tränen "*
„Ich wusste es sofort! Hat dich das geärgert?"
*„ nein, nie!"*
„Und was hast du gedacht?"
*„ es hat mich gefreut!"*
„Du hast immer versucht, mich zu verunsichern."
*„ aber du erkennst meinen stil ... "*
„Es gibt tatsächlich bestimmte Dinge, an denen ich dich erkannt
habe."
*„ verführung von engeln "*
„Den habe ich auch sofort erkannt. Der war für mich."
*„jeder neue nick wird dir geläufig sein. "*
„Warum tust du das? Ich habe doch auch nur einen Nick."
*„ weil ich dich vernetzen will. "*
„Mir reicht mein Doc."
*„ dich umgarnen, dich verunsichern, dir die gewissheit geben,
dass ich immer da bin. "*
*„ einen nick kennst du noch nicht. es ist mein schönster. "*
„Erzähl!"
*„ Medikuss!"*
„Das bist du???"
*„ja "*
„Dann habe ich vor Monaten schon mal mit dir geschrieben,
erinnerst du dich?"
*„ klar, ich vergesse nix!"*
*„ warum erzähl ich dir das alles? "*
„Weil du ehrlich zu mir bist!"
*„ ))), welcher ist der schönste? "*
„DerDoc!"

*„soll er leben."*

„Ja. Damit habe ich dich gefunden..., und was man findet, darf man behalten ☺."

In unseren Gesprächen werden wir immer vertrauter miteinander. Im Chat und am Telefon. Wir telefonieren nun regelmäßig. An manchen Tagen bekomme ich drei Anrufe, oder sogar mehr. Manche dauern nur wenige Minuten, andere über eine Stunde. Natürlich ruft er mich immer nur mit unterdrückter Nummer an. Ab und zu ärgert mich das. Ich möchte ihn auch anrufen können. Besonders dann, wenn er sich über mehrere Tage gar nicht bei mir meldet, was immer mal wieder vorkommt.

Wenn ich ihm das sage, lacht er nur und erinnert mich daran, dass nur er die Regeln bestimmt. Um ihn nicht zu verärgern, schweige ich und bedränge ihn nicht weiter. Mir fällt auf, dass er in diesen Dingen sehr empfindlich reagiert. Er braucht die absolute Kontrolle. Ist das nur bei mir so? Macht er das in seiner Praxis auch so? Wie geht er mit seinen Kindern um? Fragen über Fragen ... Ich werde nicht schlau aus diesem Mann. Vor allem dann nicht, wenn er sich von seiner charmanten, liebvollen, zärtlichen und anschmiegsamen Seite zeigt. Das passt überhaupt nicht mit seinen anderen Reaktionen zusammen.

Nachdenklich lese ich unsere Gespräche aus dem Chat noch einmal durch. Ich versuche mehr über ihn heraus zu finden. Habe ich etwas übersehen? Was steht zwischen den Zeilen? Es sind immer nur winzig kleine Teilchen, die er von sich preisgibt. Über mich weiß er so gut wie alles. Ich habe ihm viel von mir erzählt. Oft habe ich mein Herz bei ihm ausgeschüttet und Trost gesucht. Es tut eben gut, wenn jemand zuhört. Und er hört ganz genau zu. Manchmal denke ich, exakt das gehört zu seinem Plan. Wissen ist Macht! Er hat Macht über mich.

# Kapitel 12

*Verführung von Engeln*

*„na du, schöne bilder."*

*„fester arsch, tolle titten!"*

*„ )))"*

„Danke, freut mich, wenn sie dir gefallen."

*„was liest du gerade? "*

„Der Zauberberg."

*„kommst du klar? "*

„Ja, war am Anfang etwas gewöhnungsbedürftig, aber jetzt geht`s. Diese Art der Sprache gibt es heute nicht mehr. Eigentlich schade."

*„ja, aber es ist balsam für die seele. "*

„Das stimmt. Ich mag es."

*„als kontrast kannst du Salz auf unserer Haut lesen. "*

*„es handelt von der liebe eines fischers mit einer intellektuellen, sehr sinnlich geschrieben. "*

„Den Titel habe ich schon mal gehört."

„Und du, liest du auch gerade etwas?"

*„ich hab ein bilderbuch ))): brennende fesseln von laura reese. "*

„Erzähl!"

*„das musst du dir ansehen, sehr schöne bilder, bilder die mich inspirieren. "*

„Du machst mich neugierig."

*„so kleine, ich werde erst mal gehen. "*

„Schon???"

„Was machst du heute noch?"

*„ich werde in den garten gehen und das buch weiter lesen. "*

„*es umschreibt in schönen worten und bildern, was deinem kör-per noch widerfahren wird.*"

„Na gut, dann viel Spaß dabei."

„Ich drück` dich!"

„*küsschen.*"

„Küsschen zurück ☺."

„*du wirst mich immer lieben!*"

„Ja, Doc, das stimmt!"

„*vergiss nie, ich bin auch dein dom.*"

„Nein, das vergesse ich nicht."

„*gut, wer bin ich sonst noch?*"

„Mein Herr der Tränen."

„Mein Medikuss."

„Mein Medoc."

„Mein Focus der Sinnlichkeit."

„Mein Herr der traurigen Engel."

„*du hast noch was vergessen*"

„???"

„*dein PAUL!*"

„Ja? Wirklich mein Paul?"

„ *)))* "

„Das gefällt mir."

„*56 jahre.*"

„Hab ich mir gedacht, 39 konnte niemals stimmen."

„*blöde tussi!*"

„Viele Männer in unserer Generation werden um die 30 zum ersten Mal Vater …"

„*nicht schlecht kombiniert, mrs. watson! )))*"

„*du überraschst mich, wie du das puzzle zusammensetzt.*"

„Paul, ich liebe dich!"

„*einen 56 jährigen, der das leben genießen will?*"

„Ja!"

*„ ok, bis später."*

Er hat mir seinen Namen genannt! Ich weiß endlich seinen Namen. Na ja, immerhin den Vornamen – wenn der denn stimmt. Ich habe immer noch kleine Zweifel was den Wahrheitsgehalt seiner Worte betrifft. Vieles, was er mir gesagt hat, klingt viel zu schön um wahr zu sein. Aber trotzdem halte ich mich daran fest. Man muss auch mal vertrauen können, schließlich gibt es auch ehrliche Menschen. Oder?

Zwei Tage später.

*„ du regst mich auf!"*

„Warum? Was habe ich falsch gemacht?"

*„ weißt du das wirklich nicht, USCHI?"*

„Warum Uschi?"

*„ weil das dein zweit, dritt oder viert nick ist!"*

*„ wie viele nicks benutzt du?"*

„Ich habe nur den einen nick, Engel wollen fliegen."

*„ ich glaub dir kein wort!"*

„Dann lass es!"

*„ du kannst es doch ruhig zugeben."*

„Ich gebe nichts zu, weil es nicht meiner ist. Schau dir doch das Bild an. Ich bin das nicht!"

„Warum glaubst du mir nicht? Kein Vertrauen?"

*„ sie hat mich angeschrieben und mir einen gruß geschickt."*

„Was ist daran so schlimm?"

*„ ist doch seltsam. unser gespräch war gerade beendet und dann schreibt sie mir."*

„Außer uns sind noch mehr Leute in diesem Chat."

„Weißt du was? Es verletzt mich, wenn du mir nicht glauben kannst oder willst. Außerdem hast du ja selber kein Problem damit, verschiedene Nicks zu benutzen."

*„meine nicks sind ein spiel, die nur für dich sind!"*

„Ich weiß, aber ich spiele kein Spiel mit dir!"

*„meine phantasie hat keine grenzen."*

*„ich werde nie einen nick wählen, der schon besteht und dann eine ziffer dahinter setzen."*

„Mehr als 20 passen aber nicht auf die Freundesliste."

*„darauf arbeite ich hin, dann wirst du löschen müssen."*

„Nee, ich lösche nichts von dir, dann bleiben sie in meinem Herzen."

*„sind sie denn da sicher?"*

„Ja. Warum zweifelst du immer noch?"

*„ich schick dir ein lächeln."*

*„ich verehre dich!"*

„Du verehrst mich?"

*„ich liebe dich!" )))*

„Du bist süß, mein lieber Paul!"

*„manchmal, kuss und weg."*


Dieser Mann ist eifersüchtig! Und egoman? Manchmal habe ich schon den Eindruck. Und dann ist er wieder so ganz anders. Ich werde immer noch nicht schlau aus ihm. Wahrscheinlich komme ich deshalb nicht von ihm los. Meine Neugierde wächst mit jedem Gespräch, und ich bin mir sicher, da steckt ein Plan dahinter. Sein Plan!


*„was machen die bücher?"*

„Der Zauberberg gefällt mir, habe ich fast durch."

*„du bist eine liebe, kleine romanze."*

„Mit Brennende Fesseln habe ich angefangen."

„ das wusste ich!"

„Das ist mir unheimlich!"

„ )))"

„Lach nicht!"

„ weiter"

„Die ersten 30 Seiten reichen mir schon."

„ was ist es? "

„Ich werde es wohl trotzdem lesen. Natürlich nur aus reiner Neugierde."

„ was ist es, was dich erschaudern lässt? "

„Ich kann es dir noch nicht sagen. Es ist bisher nur so ein Gefühl."

„ bin ich es? "

„Du, ich möchte erst noch ein bisschen weiter lesen bevor ich mehr dazu sage."

„ na gut"

„Aber ich denke, mein Gefühl täuscht mich nicht."

„ inwiefern? "

„So, wie du jetzt reagierst …"

„ sag es!"

„Nein noch nicht, aber bald."

„ doch, sag es!"

„Das kann ich noch nicht."

„ du kannst dich doch später noch korrigieren. "

„Ich bin mir noch nicht sicher, nach 30 Seiten."

„ los, dein erster eindruck. "

„Na gut. Es kommt mir vor, wie ein Drehbuch."

„ )))"

„Jetzt lachst du mich wieder aus."

„ nein, du beginnst zu verstehen. "

„Du meinst, es ist gut, wenn ich es weiter lese?"

*„ja, auf jeden fall."*

„Gut, dann heute Abend. Ich werde sicher davon träumen."

*„alpträume oder süße träume?"*

„Vielleicht ein süßer Alptraum?"

*„das ist auch eine variante."*

*„ich habe geträumt,"*

„Erzähl!"

*„habe dich zum bahnhof bestellt,"*

*„mitternacht, im roten flatterkleid,"*

„Hm."

*„der wind zeigt deine figur,"*

„Und dann?"

*„vor dem bahnhof eine rotte dieser kiffer, penner, alkis."*

„ ☹ Unbehagen!"

*„ich stehe im gebäude und sehe wie du aus einem schwarzen taxi aussteigst und richtung eingangstür läufst. die meute bemerkt dich, beginnt zu pöbeln."*

„Noch mehr Unbehagen."

*„alte fotze, wir wollen ficken, arme greifen nach dir."*

„Ich habe Angst!"

*„berühren dein kleid, du riechst alkohol und schweiß, – eklig!"*

*„und eine hand in deinen haaren,"*

„Paul, hör auf!"

*„fettige, schmierige finger berühren deinen nacken. zwei kerle haben sich vor dir aufgebaut, nesteln an ihren reißverschlüssen."*

„Ich möchte nichts mehr lesen!"

„Hör bitte auf!"

*„einer öffnet seine speckige jeans und du siehst seine versiffte unterhose. deine augen zeigen komplettes entsetzen."*

„Kein Wunder!"

„dann kommt ein großer, schwarzer mann aus dem schatten des eingangs."

„Mein DOM?"

„er fragt mit lauter stimme, meine dame, haben sie ein problem?"

„☺"

„du beginnst zu schluchzen. einer geht auf den schwarzen mann zu, bekommt einen kräftigen tritt in den unterleib."

„er brüllt und ergreift die flucht. die anderen folgen ihm."

„der schwarze mann legt schützend den arm um dich und zieht dich mit sich zur männertoilette. er greift dir sofort unter den rock und du lässt ihn gewähren. du bist dankbar und froh!"

„du stöhnst unter seinen fingern, die tief in dich eindringen. dann dreht er dich brutal um und fickt dich von hinten. du stützt dich an diesem dreckigen pissbecken ab, aber es macht dir nix. du bist glücklich ... "

„aus der traum. ))) "

„Wirst du mich nachts zum Bahnhof bestellen?"

„wusste, dass du das fragst."

„Du kennst mich gut."

„was meinst du? "

„Ich denke schon, ja."

„würdest du denn gehen? "

„Ja."

„dann brauche ich dich dort nicht hin zu schicken."

„ich liebe das spiel, aber noch mehr liebe ich dich."

„ich werde dich nie verletzen, dich immer schützen."

„Danke Paul, ich weiß das."

„kleine, willst du den traum erleben? "

„Ich weiß nicht so recht."

*„sag nein!"*

„Ich müsste meine Angst überwinden."

*„du sollst nein sagen!"*

„Nein!"

*„du musst immer ehrlich sein, hörst du."*

„Ich war ehrlich."

*„das weiß ich, und es war die einzig richtige antwort. ich schick dich doch nicht zum bahnhof. für wie bekloppt hältst du mich???"*

„Ich halte dich für sehr überlegt."

*„ich liebe dich. du bist ein teil von mir!"*

# Kapitel 13

Immer tiefer tauche ich in das Thema ein. Dom/ Sub das fasziniert mich. BDSM ist ein weites Feld. Es gibt so viele Spielarten, und ich bin erstaunt, was alles möglich ist. Ich lese viel und der Wunsch, die eine oder andere Variante einmal auszuprobieren, wächst. Ich möchte mich vorsichtig herantasten. Dazu brauche ich einen Mann an meiner Seite, auf den ich mich hundertprozentig verlassen kann. Einen Mann, dem ich ohne Einschränkungen vertrauen kann.

„Na du ☺!"

*„ da bist du ja, du bahnhofsmieze ))). "*

„Paul, ich habe das Buch gelesen."

„Es ist ein Drehbuch, und es fesselt mich."

*„ ich wusste es. "*

*„ so willst du es? "*

„Ja! Allerdings nicht alles."

*„ ))) keine angst? "*

„Mit dir nicht."

*„ mit mir erst recht! "*

„Oder so …, ehrlich gesagt, erregt es mich."

*„ ich kenn dich, du bist so. "*

„Warum bist du dir da so sicher?"

*„ ich habe längst ein psychogramm von dir erstellt. "*

„Hm."

*„ ja, hm "*

„Und was genau hast du über mich in Erfahrung gebracht?"

*„ das werde ich dir jetzt nicht sagen, aber sei sicher, ich kenne deine gedanken. "*

*„ ))) findest du es schlimm, transparent zu sein? "*

„Nein, ich bin wie ich bin. Mir ist schon lange klar, dass ich nichts vor dir verbergen kann."

*„frag mich was, ich antworte dir."*

„Bei welcher Gelegenheit ist das Bild von dir gemacht worden?"

*„ in der dunkelheit."*

„Ich habe nicht nach der Tageszeit gefragt."

*„ weiter!"*

„Warum ich?"

*„ weil du so hilflos bist."*

„Nicht zu renitent?"

*„ nein, habe ich nicht so empfunden."*

„Rede ich zu viel?"

*„ nein, ich brauche das?*

*„ weiter, schneller!"*

„Mensch Paul! Ich kann das nicht so schnell."

*„ schneller!"*

*„ spontan, komm!"*

„Bin ich zu neugierig, was dich betrifft?"

*„ blöde fragen nicht, weiter."*

„Bist du geschieden?"

*„ nein, weiter."*

„Witwer?"

*„ + "*

„+?"

*„ weiter!"*

„Stimmt deine Angabe, dass du Single bist?

*„ weiter!"*

„Seit wann lebst du deine Dominanz aus?"

*„ zurück!"*

„Zurück? Zu welcher Frage?"

*„ wo du hinwillst."*

„Du bringst mich ganz durcheinander."

„*los, weiter!*"

„Was soll das? Ich soll ganze Fragen schreiben und du ballerst nur ein Wort rüber."

„*das ist der DOM!*"

„Woher weißt du, dass ich wirklich deine Sub sein möchte?"

„*weil mein gefühl sehr sicher ist.*"

„Was muss ich alles aushalten können?"

„*emotional alles! körperlich nicht.*"

„*du bestimmst alles, was die grenzen angeht.*"

„Wirst du mich an meine Grenzen führen?"

„*ja, du wirst angst haben, zu meiner befriedigung.*"

„*du wirst immer sicher sein.*"

„*ich werde dich nie verletzen, körperlich.*"

„Ist das eine absolute Gewissheit?"

„*kleine, ich bin verrückt, aber ich werde dich nie verletzen, auch nicht emotional. immer nur alles bis an deine grenze. ich bin auch arzt, dein arzt.*"

„Zu welchem Zeitpunkt wusstest du, dass ich für dich die Richtige bin?"

„*als ich die ersten bilder von dir hatte.*"

„*ich war sehr glücklich.*"

„Warum?"

„*weil ich sah, dass du nicht perfekt warst.*"

„*ich wusste, dass ich dich formen kann.*"

„*du hattest mein mitleid*"

„Warum denn Mitleid?"

„*du warst das personifizierte unglück.*"

„Und das hat dich motiviert???"

„*ja, ich wollte dich, ich wollte dir neue wege eröffnen.*"

„Es ist mir noch nie passiert, dass sich jemand so intensiv um mich bemüht hat."

*„purer egoismus. "*

„Nur Egoismus?"

*„ meine sub soll die schönste sein. "*

„Schön sind andere auch."

*„ du bist intelligent. "*

*„ kommst aus gutem hause. "*

*„ und du bist in gewisser weise jungfräulich. "*

*„ du bist ein luder! "*

„Ja, vielleicht. Ich möchte das erleben und ich weiß, dass ich es mit dir kann."

*„ du willst einen neubeginn? "*

„Ja, mit dir."

„Als Dom."

„Als Freund."

„Als Beschützer."

„Als mein Mann!"

*„ du bist meine kleine. "*

*„ ich geh jetzt honey und schicke dir 1000 küsse. "*

„Doc, bist du sehr müde?"

*„ es geht. "*

„Darf ich dich noch etwas fragen?"

*„ immer! "*

„Erinnerst du dich an unser Gespräch vor einigen Monaten?

*„ wir hatten so viele. "*

„Ich meine unser erstes sehr langes Gespräch und du warst damals sehr offen zu mir und du hast mich sehr berührt."

*„ was meinst du? "*

„Du hast mir erzählt, dass du traurig bist und ein großes Problem hast …"

„Bist du deswegen immer noch traurig?"

*„ich bin eigentlich ein sehr fröhlicher mensch. "*

„Paul, ich möchte dich auf keinen Fall bedrängen, aber deine Worte gehen mir immer wieder durch den Kopf."

*„du bist ein phänomen!"*

---

„Bist du noch da?"

„Alles in Ordnung?"

*„ja alles. "*

„Hast du dieses Problem gelöst?"

*„das löst die natur. "*

„Ja, damals hast du mir gesagt, es löst sich von alleine."

*„hör jetzt auf, bitte!"*

„Ok, entschuldige bitte."

*„nein, du kannst nix dafür. "*

*„aber da du für alles ein feeling hast, weißt du sowieso, was los ist. "*

„Ich mache mir so meine Gedanken."

*„lass es bitte!"*

„Ok, ich werde dich nicht mehr darauf ansprechen."

*„ich liebe dich!"*

„Ich liebe dich auch Paul, und ich möchte immer für dich da sein."

*„meine liebe kleine, du kennst mich so gut. "*

„Ich liebe dich so sehr."

*„ ))) danke für alles. "*

„Paul, ich glaube, ich habe noch nie jemanden mit so einer Intensität geliebt. Ist das normal?"

*„ja kleine, weil du keine normale frau bist. "*

*„du bist ein ENGEL!"*

*„schlaf gut, schatz. "*

„Du auch, mein Lieber."
*„ich bin etwas aufgewühlt,"*
„Wegen mir?"
*„das wird schon wieder."*
„Tut mir leid, das wollte ich nicht."
*„du bist mein engel!"*
„Ja, das will ich gerne für dich sein"
*„schluss maus, es ist 2.30"*
„Gute Nacht!"

Meine Gefühle und Gedanken kreisen …


## Alles hat seine Zeit

*Zeit…, welche Zeit?*
*Die Zeit unseres Lebens?*
*Die Zeit, wie wir leben?*
*Die Zeit, die unser Leben bestimmt?*

*Die Zeit unserer Kindheit,*
*die Zeit unserer Jugend,*
*die Zeit unserer ersten Liebe …,*
*die Zeit des Erwachsen werdens,*
*die Zeit des Lernens.*

*Die Zeit neue Wege zu gehen,*
*die Zeit der Liebe unseres Lebens …?*
*Die Zeit eine Familie zu gründen,*
*die Zeit neue Rollen zu leben,*
*die Zeit Verantwortung zu übernehmen.*

*Die Zeit Erfahrungen zu sammeln,*
*die Zeit der Freude und des Glücks,*
*die Zeit der Enttäuschung und der Trauer,*
*die Zeit der Gefühle.*

*Die Zeit zu reifen,*
*die Zeit sich selber zu entdecken,*
*die Zeit neue Möglichkeiten zu nutzen,*
*die Zeit sich selbst zu finden.*

*Die Zeit etwas Neues zu beginnen,*
*die Zeit, dem Zauber des Anfangs zu vertrauen,*
*die Zeit sich fallen zu lassen,*
*die Zeit der Gewissheit.*

*Die Zeit des Vertrauens,*
*die Zeit unserer Liebe,*
*die Zeit unseres Lebens,*
*unsere gemeinsame Zeit!*

*Hanna*

# Kapitel 14

„Guten Morgen, mein lieber Paul. Hast du gut geschlafen?"

*„ich bin schon seit 6 auf."*

„Oh je, das ist aber früh."

*„habe jeden morgen eine verpflichtung."*

„Aha, ich frage lieber nicht."

*„frage!"*

„Nein, ich möchte das lieber nicht. Nicht aus Desinteresse."

„Du weißt schon, warum nicht."

*„ich weiß, und außerdem hast du selbst genug mist an den hacken."*

„Das ist vermutlich nicht miteinander zu vergleichen."

*„nein, da hast du recht."*

„Das wusste ich."

*„woher?"*

„Ich habe es mir gedacht. Du erzählst mir viel."

„Auch wenn du nichts sagst. Das sagt manchmal mehr als viele Worte."

*„du hast eine besondere gabe!"*

„Nein Paul, aber ich schaue genau hin und ich höre gut zu."

„Du hast manchmal sehr lange überlegt, bevor du meine Fragen beantwortet hast."

„Oder ich habe keine Antwort bekommen, bist mir auch einige Male ausgewichen."

*„du achtest auf alles."*

*„war es unser weiter-spiel in der letzten woche?"*

„Ja. Ich bin absichtlich nicht zurückgegangen, als du es mir gesagt hast."

*„bist sehr sensibel, kleines"*

„Du weißt, was ich meine?"

„ *klar!* “

„Ok, es tut mir leid.“

„ *kannst du dir meine situation vorstellen?* “

„Ja.“

„ *gut, dann weißt du alles.* “

„Ich glaube, ich habe so etwas ähnliches auch schon erlebt.“

„ *du, wieso du?* “

„Mit meinen Eltern.“

„Das war auch nicht einfach. Wir konnten nur warten.“

„ *kleine, du bist mein traum.* “

„ *meine fee!* “

„ *mein engel!* “

„ *meine gute macht!* “

„ *meine liebe!* “

„Jetzt lächle ich.“

„Ist schon irgendwie seltsam, wie sich das alles mit uns entwickelt hat.“

„ *ja, das ist wahr.* “

---

„ *ich habe einen menschen zu hause, den ich mal sehr geliebt habe, für den ich jetzt aber nur noch großes mitleid empfinde, es ist meine frau, sie hat ein metastasierendes mamma ca mit knochen, leber und hirnmetastasen.* “

„Paul, das tut mir sehr leid.“

„ *jetzt ist es raus.* “

„Ich weiß, wie schwer es ist, wenn keine Aussicht auf Heilung besteht.“

„ *ich wollte dich nicht damit belasten.* “

„ *wenn du jetzt sagst, ich will das alles nicht mehr, versteh ich das.* “

„Paul, das ist sehr rücksichtsvoll von dir, dass du mich nicht mit deinen Sorgen belasten willst."

*„die lebenserwartung ist übrigens weniger als ein jahr."*

„Ich habe das schon 2x erlebt und weiß, was in dir vorgeht."

„Es ist dieses Wechselbad der Gefühle."

*„seitdem ich dich habe, geht es mir richtig gut."*

„Das freut mich, Paul."

*„deswegen war ich so versessen auf deine vorsorge, verstehst du das jetzt?"*

„Das habe ich mir gedacht, aber ich bin selber sehr pingelig damit."

*„meine zweite frau soll mich überleben."*

„Oh Paul, sag doch nicht so was."

*„doch, das ist so und ich will jetzt noch 25 tolle jahre haben."*

„Ja, lass es uns versuchen!"

*„ )))"*

„Vielleicht will der liebe Gott das ja auch."

*„ich glaube nicht mehr."*

„Hast du den Glauben an Gott verloren?"

*„ja!"*

„Ist es so schlimm?"

*„ bring ihn mir zurück."*

„Ja, das möchte ich gerne versuchen."

„Wie lange ist deine Frau schon so krank?"

*„ 8 jahre."*

„Das ist eine sehr lange Zeit."

*„erst war es für 3 jahre gut, war brusterhaltend operiert worden, dann hatte sie rückenschmerzen, das wars."*

*„ich will dich nicht traurig machen."*

„Ist schon gut, ich denke, es hilft dir, wenn du darüber reden kannst."

„*gewiss.*"

„Ich finde es gut, dass du mir alles erzählt hast."

„Nun kann ich dich besser verstehen."

„Du bist ein ganz Lieber."

„*nein,* "

„*ein verliebter!*"

„*entlässt du mich erst mal?* "

„Ja, Paul, geh nur."

„Ich drück dich."

„*kuss!*"

„*wollte eigentlich nie drüber reden, schon gar nicht hier.* "

„Paul, es ist egal, wo man darüber redet."

„Fühlst du dich jetzt etwas besser?"

„*ja, danke für dein offenes ohr.* "

„*viel besser,* "

„Ich bin dankbar, wenn ich etwas für dich tun kann."

„*ich habe tränen in den augen, muss jetzt weg.* "

„Auch das muss manchmal sein."


Was muss dieser Mann alles aushalten? Zu Hause eine sterbenskranke Frau, viel Arbeit in der Praxis und dann kümmert er sich auch noch um mich. Hört mir zu, wenn mir zu Hause alles über den Kopf wächst, gibt mir gute Ratschläge und hilft mir, mich selbst und meinen Weg zu finden.

Erklärt das sein merkwürdiges Verhalten? Ist er manchmal so gemein und verletzend zu mir, weil ihm alles zu viel wird. Lässt er seinen Unmut an mir aus, weil er sonst niemanden hat? Oder hat das wirklich System und dient meiner „Erziehung" als Sub? Er will den bedingungslosen Gehorsam, und in diesem Punkt nimmt er seine Rolle sehr ernst und kennt keine Kompromisse.

Muss das so sein in einer Dom/ Sub Beziehung? Mir fehlt die Erfahrung. Ich kann das nicht beurteilen. Gut, ich habe viel zu diesem Thema gelesen, natürlich auch die Geschichte der O von Pauline Reage. Da wird diese Erniedrigung, diese Rücksichtslosigkeit auch beschrieben. Allerdings glaube ich, dass dieses Buch ein extremes Beispiel einer solchen Beziehung beschreibt. Ich stehe doch erst am Anfang und möchte langsam an all` diese möglichen Spielarten herangeführt werden. Mir fehlt die praktische Erfahrung und mir ist natürlich klar, dass Fantasie und Praxis bei diesem Thema meilenweit auseinander liegen können. Paul erwartet: Du kannst alles! Du machst alles! Wie soll das gehen??? Das kann er doch nicht von vornherein so festlegen, ich möchte doch erst einmal etwas versuchen.

Ausprobieren möchte ich schon einiges, aber was ist, wenn ich bestimmte Aufgaben nicht will, nicht ertragen kann? Gehört auch das zum bedingungslosen Gehorsam? Für mich gehört beiderseitiges Einverständnis dazu. Kein Zwang, kein Muss. Und vor allem Vertrauen. Ich muss mich auf Paul verlassen können. Er muss spüren, wenn ich mich nicht mehr wohl fühle. Er muss sich auf meine Situation einstellen, achtsam sein und wissen, wie weit er gehen darf. Kann er das?

Was mache ich mir für Gedanken? Wir haben uns noch nie gesehen. Mag sein, dass alle Pläne und Erwartungen bei einem ersten Treffen wie eine Seifenblase zerplatzen.

Nachricht von Paul:
*meine liebe kleine,*
*danke für deinen zuspruch. du bist mein größter schatz. darf ich dich um etwas bitten? schreib mir etwas von dir, eine schöne geschichte, dann habe ich eine kleine freude am ende des tages.*
*dein paul*

Die Nachricht zaubert mir ein Lächeln ins Gesicht. Was für eine Bitte. Natürlich schreibe ich für ihn. Wenn ich doch bloß mehr für meinen Paul tun könnte. Am Nachmittag habe ich Zeit und beginne zu schreiben. Die Finger fliegen über die Tastatur.

Am Wasser
Ich erzähle dir die Geschichte von einer Frau, einer Frau in den besten Jahren. Anne. Sie sitzt auf einem Stein am Wasser. Es gibt hier viele solcher Steine. Die meisten von ihnen sind riesig, rund und glatt, roter Granit. Das Wasser mit seiner urgewaltigen Kraft und die rauen Stürme in der kalten Jahreszeit haben diese Steine im Laufe einer langen Zeit so glatt geschliffen. Nun sind sie von der Sonne angenehm warm. Zwischen den Steinen findet sich, jetzt im Juli eine üppige Vegetation. Leuchtend gelbe Schlüsselblumen neben doldenförmigen, lilafarbenen Blüten, ganz viele winzig kleine weiße Blümchen und dazwischen in sattem grün, Schilfrohr und andere Gräser, die sich sanft im Wind wiegen.
Es ist still hier. Friedlich. Nur ab und zu schreien ein paar Möwen. Das Wasser plätschert gegen die Steine. Das Licht der Sonne spiegelt sich in mannigfaltigen Facetten im leicht gekräuselten Wasser. Es weht ein schwacher Wind. In der Ferne ziehen ein paar Segelboote vorbei. Obwohl es schon spät ist, steht die Sonne noch sehr hoch. Sommer in Skandinavien …
Anne ist gerne hier. Niemand stört sie. Hier hat sie Zeit für sich. Sie betrachtet ihr Spiegelbild im Wasser und lässt ihre Gedanken schweifen.
Sie hat sich sehr auf diese Reise gefreut. Erst die Fahrt mit dem Auto nach Rostock. Von dort mit der Fähre weiter über die Ostsee. Die Tour mit dem Fährschiff hat ihr gefallen. Bei der Abfahrt steht sie lange an der Reling und beobachtet das Treiben an

Land. Schaut zu, wie sie sich immer weiter von Deutschland und ihren Problemen entfernt. Sie bleibt so lange dort draußen im Wind stehen, bis auch der Leuchtturm von Warnemünde im Dunst verschwindet. Die Sonne ist untergegangen, sie fröstelt. Anne beschließt, in eines der Bordrestaurants zu gehen, um ein wenig zu essen.

Die See ist ruhig und der Wetterbericht für den kommenden Tag vielversprechend. Es wird also auf diesem Trip keine unangenehmen Überraschungen geben. Nach einer ruhigen, traumlosen Nacht bleibt noch Zeit für ein ausgiebiges Frühstück, bevor der Zielhafen Hanko erreicht wird. Von hier sind es noch rund 100 Kilometer durch die finnische Landschaft bis nach Helsinki. Vielleicht gibt es unterwegs sogar einen Elch zu sehen. Die Straße ist gesäumt von dunklen Wäldern, unterbrochen von kleinen Siedlungen mit den typischen bunt gestrichenen Häusern.

Diese Reise hat Anne perfekt organisiert. So wie immer, und sie ist, wie immer in den letzten Jahren, allein gefahren. Er hatte keine Zeit, sie zu begleiten.

Heute ist sie wieder an ihrem Platz. Der Weg hierher führt durch einen kurzes Waldstück. Versteckt zwischen den dichten, hohen Bäumen hat Anne ein hübsches, kleines Haus entdeckt. Es ist dunkelrot gestrichen, mit weißen Fensterläden. Wunderschön und häufig hier in dieser Art zu finden. Als sie am Haus vorbei geht bemerkt sie, es ist bewohnt. Ein schlanker Mann mittleren Alters sitzt auf der geräumigen Veranda und blättert in einer Zeitschrift. Er blickt kurz auf und grüßt freundlich zu ihr herüber. Lächelnd winkt sie zurück und geht weiter.

Anne sitzt schon eine ganze Weile am Wasser, ihre Arme um die Knie verschränkt. Sie mag diese Stille, diese Einsamkeit. Fasziniert beobachtet sie das abwechslungsreiche Farbenspiel von

Sonne und Wasser. Sie ist völlig in ihren Gedanken versunken. Plötzlich schreckt sie hoch. Ein Geräusch hinter ihr lässt sie herumfahren und sie schaut in das freundliche Gesicht eines Mannes. Es ist der dunkelhaarige Mann, den sie an der Waldhütte gesehen hat. Er zaubert eine Flasche gekühlten Prosecco und zwei Gläser hinter seinem Rücken hervor. Nette Idee, schießt es Anne durch den Kopf. Zu ihrer Verblüffung spricht er sie auf deutsch an. Lächelnd stellt er sich vor: „Ich bin Daniel aus Papenburg." Anne schmunzelt, auch aus Niedersachsen, denkt sie. Sehr schnell kommen die beiden ins Gespräch. Sie verstehen sich auf Anhieb und stellen überrascht fest, dass sie sich in vielerlei Hinsicht sehr ähnlich sind. Es gibt so viele Gemeinsamkeiten, Vorlieben, Interessen und auch einige Gewohnheiten.

Sie reden und lachen miteinander und genießen den köstlichen Sekt. Dann zeigt er ihr das hübsche Häuschen. Klein und gemütlich ist es. Genau nach Annes Geschmack eingerichtet. Ein Ort zum Wohlfühlen. Daniel kommt in den Sommermonaten häufig hier hoch in den Norden. Er macht hier Pause vom Alltag. Hier kann er die Seele baumeln lassen und Kraft tanken.

Er lädt sie zum Abendessen ein. Ohne ihre Antwort abzuwarten stellt er Brot und Käse, eine Flasche Wein und Salat auf den Tisch. Anne beobachtet ihn dabei. Seine Bewegungen sind ruhig und bedacht, mit einer eingespielten Routine. Sie spürt, wie sehr er sich über ihre Gesellschaft freut. Er redet so gewandt, ist sehr belesen und er sieht auch noch gut aus. Eigentlich zu gut, findet sie. Er ist sicher keiner, der viel allein ist.

Er hat sie etwas gefragt. Aber was? Sie war zu sehr mit ihren Gedanken und Beobachtungen beschäftigt, hat ihn nicht gehört. Grinsend wiederholt er seine Frage. Er will wissen, ob sie ihren Urlaub alleine verbringt. „Ja, wie immer", rutscht es ihr raus. Verlegen nagt sie an ihrer Unterlippe und senkt den Blick.

„Das habe ich mir gedacht, ich habe dich schon in den letzten Tagen beobachtet." „Du bist immer alleine unterwegs. Du wirkst so in dich gekehrt. Ich habe gleich gespürt, dass etwas nicht stimmt."

Er setzt sich zu ihr und nimmt sie fest in den Arm. Zögernd legt sie ihren Kopf an seine Brust und plötzlich fängt sie hemmungslos an zu weinen. Währenddessen streichelt er ihr immer wieder über den Kopf und redet leise und eindringlich auf sie ein. „Wirst sehen, alles wird gut. Ich bin für dich da." „Erzähl mir alles. Es wird dir helfen."

Anne kommt sich vor wie in einem Traum. Aber dies ist kein Traum. Zu deutlich fühlt sie den sanften Druck seiner Hände, sie nimmt seinen angenehmen männlichen Geruch wahr, den Duft seines Rasierwassers, sie hört seine leisen Worte, sie schmeckt den fruchtigen Rotwein und das Salz ihrer Tränen auf ihren Lippen. Als sie den Kopf hebt, blickt sie in seine dunklen, wissenden Augen.

Zum ersten Mal redet sie über alles was sie bedrückt. Er hört ihr schweigend zu und hält sie dabei fest in seinen kräftigen Armen. Am Ende ihrer Geschichte nimmt er sanft ihr Gesicht in seine Hände und küsst sie vorsichtig auf die Stirn und ihre Lippen. Mit geschlossenen Augen lässt sie sich auf ihn ein. Sie öffnet den Mund und erwidert zaghaft seine zarten Küsse. Daniel nimmt sie an die Hand führt sie in sein winziges Schlafzimmer. Die letzten Sonnenstrahlen tauchen den Raum in ein warmes Licht.

Sie steht vor ihm und schaut ihn stumm an. Langsam zieht er sie aus. Nackt und unsicher steht sie schließlich direkt vor ihm. Unglaublich sanft streichelt er über ihren Rücken, von den Schultern bis zum Po. Dabei zieht er sie ganz nah zu sich heran und bedeckt ihren Hals mit unendlich vielen, kleinen Küssen. Sie schließt die Augen und lässt ihn gewähren. Genießt sein Tun und merkt wie ihre starke Anspannung endlich von ihr abfällt. Nach einer Weile legen sie sich auf das gemütliche Bett. Zentimeter für Zentimeter erforscht er ihren Körper. Er streichelt sie mit seinen großen, warmen Händen. Er berührt ihre kleinen Brüste, streift flüchtig über ihren flachen Bauch, ertastet ihre straffen Oberschenkel und die Waden, bis hinunter zu ihren Füßen. Anne lässt all das mit sich geschehen. Sie spürt ihre wachsende Erregung in ihrem Schoß. Jede seiner Berührungen lösen heiße Schauer in ihrem Innern aus. Sie merkt, dass ihre Säfte zu fließen beginnen und auch Daniel ist die schimmernde Feuchtigkeit in ihrer Spalte nicht entgangen. Er spreizt ihre Beine und senkt seine Lippen auf ihre Scham. Er leckt an ihrem Kitzler, saugt an ihren Schamlippen, zieht sie weit auseinander und dringt mit seiner Zunge tief in sie ein.

Anne beginnt lustvoll zu stöhnen und sich unter seinen Lippen zu winden. Sie spürt, wie sich ihre tief empfundene Begierde in hemmungslose Geilheit verwandelt. Sie streckt ihm ihr Becken entgegen, möchte ihn vollständig in sich fühlen. Vorsichtig dringt er mit seinen Fingern in ihren Anus ein. Erschrocken zuckt sie zurück, aber Daniel hält sie fest. Sie kann sich ihm und seinen kraftvollen Händen nicht entziehen. Er weiß genau, wie er sie immer weiter treibt, immer weiter zu einem gewaltigen Orgasmus, wie sie ihn noch nie erlebt hat. Die Wellen ihrer Erregung rollen über sie hinweg, bis sie sich schließlich mit unglaublicher Heftigkeit über ihr brechen. Das Blut rauscht in ihren Ohren, ihr Herz schlägt mit rasendem Puls und ihr Unterleib zuckt in unbändiger Lust.

Ganz langsam findet Anne aus diesem Erlebnis ihren Weg zurück in die Wirklichkeit. Zurück in das Bewusstsein, dass sie das, was sie da gerade erlebt hat, schon seit langer Zeit vermisst hat. Sie hatte sich über die Jahre selbst verloren und dieser fremde Mann hat ihr einen Weg gezeigt, zu sich zurück zu finden. Das wurde ihr in dem Moment klar, als er sie mit seinen wunderbaren Augen ansah.

Hanna

# Kapitel 15

„Hallo, Paul"

*„ na, meine kleine, "*

„Hast du gelesen?"

*„ was? "*

„Ich habe dir eine Geschichte geschickt."

*„ moment, ich schaue nach, "*

*„ du musst jetzt warten, hörst du! "*

„Liest du jetzt?"

*„ja, ich mussss jetzt lesen. "*

---

*„ es ist wunderbar ))), "*

*„ es ist unglaublich schön! "*

*„ du musst kurzgeschichten schreiben!!! "*

„Wirklich?"

„Gefällt es dir?"

*„ doch, du musst mehr schreiben, es ist der wahnsinn. "*

„Glaube ich nicht."

*„ ich würd`s nicht sagen, es ist richtig gut! "*

„Danke! Du lässt mich lächeln."

*„ die geschichte erregt mich, hast du das wirklich so erlebt? "*

*„ es hört sich sehr real an. "*

„Ein Teil ist real, der größere Teil ist Fantasie."

„Das Haus gibt es, und ich bin auch dort gewesen, an meinem „Lieblingsplatz"!"

*„ und weiter? "*

„Den Mann gab es nicht."

*„ ))) "*

*„ den hätte ich dir gegönnt! "*

*„ möchtest du wieder hin? "*

„Ja, am liebsten mit dir. Ich möchte dir alles zeigen."

*„ich möchte das haus sehen."*

„Kann ich dir leider nicht zeigen."

*„warum?"*

„Hab' doch kein Bild."

*„nein, wir werden zusammen hinfahren,"*

*„das wird unsere zweite reise."*

„Ist das wirklich dein Ernst?"

*„natürlich,"*

*„vergiss das nicht!"*

„Ich vergesse nichts von alledem, was du mir sagst. Dafür ist das alles viel zu wichtig für mich."

*„das will ich hören." )))*

„Ich bin so froh, dass es dich gibt."

*„obwohl ich doch so viel ärger an dich heran getragen habe?"*

„Das ist schon ok, jetzt kann ich vieles besser verstehen."

*„unbeschwert wäre besser."*

„Das kann man sich nicht immer aussuchen."

*„danke,"*

*„aber wir können unser glück trotzdem genießen.""*

„Ja, Paul!"

*„manchmal zerreißt es mich, schatz."*

„Das kann ich mir denken. Für dich ist es noch viel schwieriger. Ich richte mich nach dir."

*„ja, vielleicht,"*

*„weißt du, es ist nur noch ein großes mitleid."*

*„sie war mal eine hübsche frau, glaub mir."*

„Ja, so eine Krankheit hinterlässt Spuren, nicht nur auf der Seele. Ich habe es erlebt."

*„fürchterliche spuren, das schlimmste aber ist die psychische veränderung wegen der hirnmetastasen."*

„Man ist so hilflos."
„Man kann nichts tun. Nicht mal du als Arzt."
„das ist es!"
„aber ich habe meine hoffnung wieder gefunden."
„mit dir weiß ich, es gibt ein leben danach."
„Paul, ich möchte deine Hoffnungen gerne erfüllen!"
„ja, du bist mein licht am ende des tunnels."
„kuss und weg."
„Tschüss, mein Lieber."


23.35 Uhr
Mein liebster Paul!
Es ist schon sehr spät, und du kommst heute wohl nicht mehr in
den Chat. Du wirst deine Gründe haben, und es ist ok für mich.
Ich wollte dir nur noch sagen, dass ich dir sehr dankbar für deine
Aufrichtigkeit bin. Es macht mich glücklich zu wissen, dass du
mir vertraust. Damit schaffen wir uns und unserer Liebe mit
jedem Tag eine breitere Basis. Und das gibt mir die Gewissheit,
wir haben eine gemeinsame Zukunft.
Schlaf gut, mein lieber Schatz,
deine Kleine


23.38 Uhr
das kann nicht sein! wir haben uns nur um wenige minuten verpasst.
kleine, ich bin dir sehr dankbar,
dein paul


5.53 Uhr
guten morgen kleines!
ich küss dir den schlaf aus den augen und wünsche dir einen
schönen tag.

*danke für alles,*
*dein Doc*


7.53 Uhr
Guten Morgen , mein Liebster!
Danke für deine Nachrichten. Es tut mir immer so gut von dir zu hören. Diese kleinen Gesten sind für mich so wichtig, wie die Luft zum Atmen.
Ich drücke dich ganz fest,
deine Kleine


„Schön, dass du da bist, ☺.“
*„na du langschläferin!“*
„Bin ich doch gar nicht.“
*„ach komm, nie bist du da. hab um 4.00 geguckt, um 6.00 und um 11.00.“*
„Das tut mir leid, aber ich gucke auch andauernd nach dir und jetzt warte ich schon seit 2 Stunden auf dich.“
*„ ))), ob ich dir das glauben kann ...“*
*„moment,“*
*„sie ist total unruhig.“*
„Oh je, geht es ihr schlecht?“
*„ja ziemlich.“*
„Das tut mir leid.“
*„hirndruckzeichen!“*
„Das ist nicht gut. Muss sie ins Krankenhaus?“
*„ich lass sie erstmal hier.“*
*„habe ihr gerade kortison gegeben, 2500 mg!“*
„Das ist aber viel. Oder?“
*„5-25 mg ist normal.“*
„Oh.“

„Paul, das tut mir so leid, das ist nicht einfach für dich."

*„ne, im moment bestimmt nicht. "*

„Ich möchte dich gerne trösten, lass dich mal drücken."

*„mein ältester ist hier, der hilft mir. "*

„Dann bist du wenigstens nicht ganz alleine."

*„aber er ist ja noch im studium und hat keine erfahrung und es ist seine mutter. "*

„Genau das habe ich auch gerade gedacht. Das ist eine sehr schwierige Situation."

*„ja, das ist wahr, schon sehr belastend. "*

„Paul, da braucht ihr jetzt alle viel Kraft."

---

„Sollen wir lieber später reden?"

*„kleine, ich kann im moment nicht, sie hat sich übergeben. "*

„Ok, kümmere dich, ich denke immer an dich, sei stark."

*„bis später, entschuldige bitte. "*

„Ist doch ok."


Stunden später


„Hallo mein Lieber, wie geht es dir?"

„Ich habe immer an dich gedacht. Magst du reden?"

*„nein!"*

„So schlimm? Ich möchte dir so gerne helfen."

*„du belastest nur!"*

„Empfindest du das wirklich so? Klar, dass es schwere Momente gibt, aber meinst du das jetzt ernst?"

*„ja!"*

„Ich möchte dir keine Schwierigkeiten machen."

*„dann geh!"*

„Paul, möchtest du das wirklich? Wir finden einen anderen Weg."

*„such dir einen anderen, hier sind doch genug kerle."*

„Warum sagst du das so? Das hatten wir doch alles geklärt."

*„ich weiß, dass du die ganze zeit mit anderen quatschst."*

„Du tust mir Unrecht. Warum dieses Misstrauen?"

*„du bist nicht ehrlich, ich will dich nicht mehr."*

„Warum tust du mir so weh. Ich bin ehrlich, und das weißt du auch genau."

„Glaub mir bitte."

„Wenn dir das alles zu viel wird, sollten wir es lassen."

*„dann bleib bei mir, ich will es ja auch."*

„Was soll das dann?"

„Ich bin seit Stunden online und warte auf dich."

„Ich mache mir Gedanken, möchte wissen, wie es dir geht."

*„scheiße, das ist alles."*

„Mensch Paul, ich weiß in welch schwieriger Situation du bist."

*„ich bin so fertig!"*

„Das kann ich mir denken."

*„ich will dich nicht belasten."*

„Und ich möchte dir helfen, dich unterstützen."

„Du belastest mich, wenn du mich wegschickst."

„Tu mir das bitte nicht an."

*„ich muss schlafen, ich kann nicht mehr!"*

„Ja Paul, ruh dich aus. Und zweifle bitte nie wieder an meiner Loyalität zu dir."

„Das habe ich nicht verdient."

*„nein, ok,"*

*„ich bin verrückt."*

3.30 Uhr

Lieber Paul,
ich möchte doch einfach nur für dich da sein. Ich weiß um deine schwierige Situation und ich weiß auch, dass man dann vielleicht in mancher Situation sehr sensibel reagiert. Dafür habe ich auch eine Menge Verständnis. Trotzdem möchte ich dir etwas zu unserem kurzen Gespräch von gestern Abend sagen.
Ich habe vorhin geschrieben, ich möchte dich nicht belasten. Das bezog sich einzig und alleine auf deine persönliche Situation. Wenn es dir lieber ist, werde ich mich zurückziehen und du kannst dich in Ruhe um deine Familie kümmern. Wenn ich aber für dich da sein soll, wenn du reden möchtest, dann werde ich immer für dich da sein. Paul, ich würde alles für dich tun und ich hoffe, du weißt das jetzt. Ich hoffe so sehr, dass du nie wieder an mir zweifeln wirst, das habe ich wirklich nicht verdient. Das tut mir so weh, das kann ich nicht mehr ertragen.
Paul, ich habe dir erst vor wenigen Tagen eine Mail geschrieben. Darin habe ich dir gesagt, was ich für dich empfinde, wie ich über unsere Zukunft denke und dass du für mich mein Lebensinhalt geworden bist. Ich schreibe das, weil ich es ehrlich meine. Ich weiß genau, was ich an dir habe. Ich möchte dich, sonst niemanden. Bitte Paul, lass mich nicht alleine. Ich kann auf dich warten, aber lass mich für dich da sein – nur für dich.
Ehrlich gesagt, weiß ich jetzt nicht mehr, wie ich mich verhalten soll Ich weiß um deine Sorgen, du musst und willst für deine Frau da sein. Da sind deine Kinder, die dich genauso dringend brauchen. Da ist noch dein Job, der dich sehr fordert, und bestimmt noch jede Menge anderer Verpflichtungen.

Und dann bin ich da. Und ich habe nichts Besseres zu tun, als mich bei dir auszuheulen, weil ich mich ungerecht von dir

behandelt fühle. Du hast nun wirklich Wichtigeres im Kopf. Paul, es tut mir leid. Ich wollte dich nicht auch noch belasten, kannst du mir verzeihen?
Hanna


7.30 Uhr

*liebe Hanna*

*bitte verzeih mir diesen ausfall,*
*ich hatte einfach sämliche objetktivität verloren, war emotional*
*über alle maßen aufgeladen*
*und du arme wurdest zum blitzableiter.*
*das tut mir so leid.*
*ich weiß, dass du eine solche behandlung nicht verdient hast, ich*
*glaube dir, wenn du sagst, du*
*liebst mich, weil ich es auch tue. und ich habe großes vertrauen*
*zu dir.*
*bitte nimm es auch als zeichen, dass du jetzt auch meine größte*
*seelennot kennst,*
*es wissen wirklich nur meine besten freunde.*
*du bist mein schatz und ich bin davon überzeigt, dass der wert*
*dieses schatzes noch unglaublich steigen wird.*
*danke*
*es küsst und umarmt dich herzlich*
*dein -so ungerechter-*

*Paul*


*ps: das ist jetzt die situation, in der ich deinen hintern bräuch-*
*te))*
*( ; )*

# Kapitel 16

Ich verstehe ihn ja, aber versteht er mich? Versucht er es überhaupt ein einziges Mal, sich in meine Umstände hineinzuversetzen? Mir geht es auch nicht immer gut. Im Moment muss ich mit meiner Entscheidung klar kommen, dass ich mich von meinem Mann trennen werde. Die Konsequenzen, die dieser Schritt für mich bedeutet, sind gravierend.

Für mich ist es dennoch der richtige Weg, mal völlig unabhängig von der Sache mit Paul. Er hat mich lediglich unterstützt, selbstbewusst und stark zu sein und mein Leben wieder selbst in die Hand zu nehmen. Anfangs war das auf jeden Fall so. Dass ich mich dann in ihn verliebt habe, war eigentlich nicht mein Plan. Und ehrlich gesagt, bin ich mir immer noch nicht sicher, ob er seine wunderbaren Ideen tatsächlich ernst meint.

Auf eine gewisse Art und Weise ist er immer noch eine Art Phantom für mich. Ich habe ein Foto, von dem ich nicht sicher weiß, wer auf diesem Bild abgebildet ist. Ich habe seine Buchstaben und Zahlen, ein paar wenige Informationen über ihn und seine Lebensumstände. Ich habe seine Briefe und Nachrichten. Ich habe seine warme Stimme am Telefon. Aber mir fehlt der Blick in seine Augen. Mir fehlt sein Name, seine Adresse, mir fehlt noch viel zu viel.

Unsere Ehe ist am Ende. Max und ich haben beide keinen Weg aus dieser Sackgasse heraus gefunden. Hilfe von außen zu suchen, z.B. eine Paartherapie, hat er vehement abgelehnt. Er meint, wir kriegen das bestimmt alleine hin. Wer`s glaubt ... Ich glaube es nicht. Vor einigen Jahren waren wir schon einmal an diesem Punkt. Wir haben uns dann zwar irgendwie zusammen gerauft, aber wir konnten nichts zum Positiven verändern. Wir haben uns im Kreis gedreht, sind uns aber keinen Schritt näher gekommen.

Irgendwie und irgendwann haben wir uns komplett aus den Augen verloren. Jeder war viel zu sehr mit seinen eigenen Aufgaben beschäftigt, als dass da noch Zeit und Gedanken für den anderen oder aber für sich selber waren. Wir waren beide unzufrieden und unglücklich. Diese Erkenntnis schreckt mich. Wir sind so unvorstellbar achtlos miteinander umgegangen. Alles war selbstverständlich, aber Dankbarkeit und Anerkennung für die Leistungen des jeweils anderen, gab es bei uns schon lange nicht mehr.

Ich mache Max keinen Vorwurf daraus. Wir haben beide unseren Teil dazu beigetragen, und wir haben beide nicht gemerkt, dass wir uns verlieren. Dieses Wissen macht mich besonders traurig. Nun hoffe ich, dass es uns gelingt, für uns beide trotz Trennung gute Perspektiven zu entwickeln und dabei unsere Kinder nicht auch noch zu verlieren. Egal, ob wir ein Paar sind oder nicht, wir sind und bleiben die Eltern unserer Kinder.

Vermutlich braucht Max noch eine ganze Weile, bis er meine Entscheidung akzeptieren und damit umgehen kann. Die Zeit, die er nun braucht, habe ich längst gehabt. Ich habe mich bereits seit Monaten mit diesem Thema gedanklich auseinander gesetzt und habe in diesen Wochen einen neuen Weg für mich entwickelt. Paul hat allerdings letztlich dafür gesorgt, dass ich den entscheidenden Schritt auch wirklich machen konnte.

Derjenige, der verlassen wird, ist eigentlich immer im Nachteil. Es passiert das Unvorstellbare, es passiert das, womit dieser Mensch nicht rechnet. Er ist unvorbereitet, auch wenn er es vielleicht erahnen kann.

Die Welt bleibt für einen Augenblick lang stehen – und wenn sie sich weiterdreht, ist nichts mehr so, wie es vorher war. Das braucht Zeit, viel Zeit.

Mit Max habe ich mehr als die Hälfte meines Lebens verbracht, mit vielen Höhen und Tiefen. Wir hatten richtig gute Zeiten zusammen, und besonders die möchte ich auch in guter Erinnerung behalten. Das alles lässt sich nicht so einfach wegwischen.

Im Moment fühle ich die Traurigkeit des Gescheitert seins.

Im Moment weiß ich keinen anderen Ausweg.

Im Moment kann ich nur diesen Weg gehen.

Im Moment hoffe ich darauf, dass wir uns eines Tages gelassen in die Augen schauen und gute Freunde sein können.

Das Leben geht weiter, und ich werde sehen, welche Überraschungen und Aufgaben es noch für mich bereithält.

Vordringlich muss ich mich nun um eine passende Wohnung und einen geeigneten Arbeitsplatz kümmern. Der Job im Callcenter war ein guter Test für mich. Ich wollte wissen, ob ich mit Ende vierzig überhaupt noch eine Chance auf dem Arbeitsmarkt habe. Es wird schwer, aber ich habe sie!

Nach einigen Rückschlägen, (weil zu alt, zu lange raus, nicht qualifiziert … usw.) habe ich beschlossen, mich auf meine Fähigkeiten zu besinnen. Ich bin stark, zuverlässig, ehrlich, vielseitig, freundlich, kann auch am Telefon lächeln, bin belastbar, flexibel, klug, intelligent, gefühlvoll und noch vieles mehr. Mit diesen Eigenschaften muss ich meinen Platz finden. Und ich werde ihn finden!

Als erstes brauche ich Abstand. Allen in Frage kommenden Wohnungsanzeigen in der Zeitung und im Internet gehe ich nach. Ich telefoniere, schreibe und besichtige. Es tut mir gut, eine Aufgabe zu haben. Außerdem geben mir diese Termine viele Gelegenheiten zu lernen. Ich probiere mich aus. Gehe auf die Menschen zu. Bin selbstbewusst, redegewandt, verhandlungssicher, freundlich und ich habe tatsächlich Erfolg. Ich bin richtig gut und ich bin stolz auf mich!

Und ich bin dankbar. Dankbar, Paul an meiner Seite zu wissen. Paul, der mich leitet, der mich führt, der meine Freude und meinen Erfolg mit mir teilt. Paul, der mich liebt?

„*na, kleine )))* "

„Na, mein lieber Schatz."

„*deine bilder sind wundervoll. deine verwandlung ist beeindru-ckend!* "

„Ich danke dir. Du machst mir mit diesem Kompliment eine große Freude!"

„*kleines, du wirst jetzt jemanden kennenlernen!* "

„Jetzt?"

„Wie?"

„Per Mail?"

„*ich geh jetzt.* "

„Bleib bitte."

„*du sollst zeit haben.* "

„Zeit wofür? Mir ein Bild ansehen und dann darüber Gedanken machen?"

„*ja!* "

„Gut, aber ich glaube nicht, dass ich Zeit brauche, um mir Gedanken zu machen. Ich habe mir schon lange Fragen gestellt und Gedanken gemacht."

„*bitte, ich bin bald wieder hier.* "

Also gut. Mit neugieriger Erwartung öffne ich mein E-Mail Postfach. Post von Paul, mit Anhang. Zögernd öffne ich ihn und ich „lerne jemanden kennen."

Einen gut aussehenden, schlanken Mann mit schwarzen! Haaren, dunklem Brillengestell, schwarzem Rolli und schwarzer Lederjacke, den Blick einem Bildschirm zugewandt.

Das ist er also? Auf diesem Bild sehe ich meinen Paul? Dieser Mann auf diesem Bild spricht mich sehr an. Und wer ist der Typ auf dem ersten Bild?

Lieber Paul,

ich finde es ok, wenn du mir Zeit geben willst, nur mag ich es nicht, wenn du einfach gehst, wenn ich reden möchte.

Mir war schon eine ganze Weile klar, dass die Möglichkeit bestand, dass du noch eine Überraschung auf Lager hast. Die ist aber für mich sehr positiv gewesen. Du bist mir nun nicht weniger sympathisch, was die Optik angeht. Alles andere ist sowieso klar. Falls du solche Gedanken hattest, die sind wirklich überflüssig.

Du hattest ja auch deine Gründe, dich zunächst bedeckt zu halten. Dazu fällt mir ein: Aus Anne wird Hanna..., erinnerst du dich?

Paul, ich vertraue dir, daran hat sich nichts geändert. Seit wir offen miteinander reden, weiß ich, du bist ehrlich zu mir. Ich glaube dir alles, was du jemals zu mir gesagt hast und was du jetzt zu mir sagst. Ich glaube an unsere gemeinsame Zukunft und an unsere Liebe. Paul, ich möchte für dich da sein, so wie ich mir wünsche, du bist für mich da. Mehr brauche ich nicht, um glücklich zu sein.

Manchmal verfluche ich diesen Chat. Er hat zu vielen Missverständnissen geführt. Auch zu Misstrauen, man stellt viel in Frage, man agiert im Chat sehr vorsichtig. Vielleicht manchmal zu vorsichtig. Andererseits sagt man hier im Chat nicht so schnell irgendetwas dahin. Ich zumindest überlege (meistens) sehr genau, was ich hier sage. Einfach, weil ich richtig verstanden werden möchte. Ich erkläre manche Dinge vielleicht zu ausführlich und genau, weil ich mir sicher sein will, dass es richtig bei dir ankommt...

Hier fehlt eben die Akustik, der Klang der Stimme, die Lautstärke, die Betonung, wie man etwas sagt, das Lächeln oder Grinsen, das Stirnrunzeln, die Rührung, die Tränen usw. Deshalb kann das Geschriebene leicht falsch interpretiert werden. Es hat aber auch mehr Gewicht, in mancher Hinsicht zumindest. Deshalb glaube ich auch an unsere gemeinsame Basis.

Du hast ja auch so deine Erfahrungen mit mir gemacht. Ich meine im Chat. Du hast von meiner unehrlichen Ader gesprochen, von meiner Orientierungslosigkeit, hast meine Zweifel erkannt. Hier wird das deutlich, was ich geschrieben habe. Im Chat kann einfach nicht alles so rüberkommen wie man es sich wünscht und wie es der Gesprächspartner verstehen soll. Es fehlen zu viele Komponenten, die ein normales Gespräch beinhalten. Und im Gegensatz zu einem Brief kommen die Gedanken manchmal zu schnell oder auch zu langsam rüber. Was wieder als unüberlegt oder als zu langes Zögern bewertet wird.

Trotz allem, möchte ich unsere Gespräche im Chat nicht mehr missen. Viele deiner Worte habe ich verinnerlicht, trage sie in meinem Herzen und werde sie auch nie vergessen. Weißt du, da ich so lange Zeit nur diese geschriebenen Worte von dir hatte, haben sie für mich einen sehr hohen Stellenwert gehabt und haben sie auch immer noch. Es war für mich das einzig Greifbare in dieser irrealen Chat-Welt. Deshalb habe ich mir auch angewöhnt, alles mehrmals nachzulesen. Ich wollte einfach nichts vergessen, nichts übersehen, nichts falsch verstanden haben, von dem was du mir erzählt hast. Und es war die einzige Möglichkeit, deine Nähe zu spüren.

Paul, als du mich am Anfang des Jahres gefragt hast (du warst in der Schweiz):" merkt er, dass du in eine Beziehung reinrutschst?" – kannst du dich erinnern? Das war in unserem ersten sehr langen Gespräch. Damals hast du mir das erste Mal deutlich gemacht, wie wichtig ich dir bin. Du hast mir auch gesagt: "lass dich scheiden und komm mit mir..." Hast alles Mögliche über meinen Mann wissen wollen, über meine persönlichen Verhältnisse und du hast mich gefragt, ob ich die Scheidung will.

Mich hat das zu diesem Zeitpunkt sehr beeindruckt. Mir war klar, du sagst oder fragst das nicht einfach so dahin. Weil du nie etwas so dahin gesagt hast. Was wir da redeten, war kein Chat-Gelaber.

Mir wurde bewusst, du musst dir deiner Sache sehr sicher sein. Ab diesem Moment wollte ich dich unbedingt persönlich kennen lernen, hab dich immer wieder nach einem Treffen gefragt. Ich wollte, dich endlich real. Um dich besser einschätzen zu können, um wirklich beurteilen zu können, ob du es ernst mit mir meinst. Und dann wollte ich auch Sex mit dir. Ich wollte von dir benutzt werden, so wie du es mir beschrieben hattest, ich wollte deine andere Seite kennen lernen.

Meine Ehe war mir zu diesem Zeitpunkt schon fast egal. Ich sah keine Notwendigkeit mehr, weiterhin treu zu sein. Ich war ja dabei, mich zu entwickeln. Ich stand schon so unter deinem Einfluss. Es konnte nur noch in deine Richtung gehen.

Jeder Schritt in deine Richtung, tat mir gut, ich hab es ja selber gemerkt. Mit jedem Schritt zu dir, habe ich dir mehr vertraut. Bis aus diesem Vertrauen eben mehr wurde. Dieses längst vergessene Ziehen im Bauch, dieses Herzklopfen, wenn du online kamst, dieses Gefühl, wenn du mich „deine Kleine" genannt hast.

Ich habe mich gefragt, ob ich noch ganz richtig im Kopf bin. Ich habe Gefühle für einen Menschen entwickelt, den ich noch nie gesehen oder gesprochen hatte, von dem ich ein Bild hatte, ich mir aber nicht sicher war, ob es ihn wirklich darstellt, Gefühle, die mir zwar bekannt vorkamen, aber die es schon sehr lange nicht mehr in meinem Leben gab.

Ja, und dann hast du es mir selber gesagt: "Ich sag`s nicht gern, aber verliebt bin ich schon..." und ich hab dir gesagt, „du Doc, ich auch"

Das war "das erste Mal". Diese Sätze trage ich in mir, denn das war für mich der Moment, in dem mir klar wurde, ich liebe dich wirklich.

Paul, daran hat sich nichts geändert.

Deine Kleine


„Na du, hast du meinen Brief gelesen?"

*„ja"*

„Hast du verstanden, was ich dir geschrieben habe?"

*„ja"*

---

„Warum sagst du nichts?"

„Was hast du von mir erwartet?"

*„dass du hinwirfst natürlich, aber nix dergleichen!"*

„Warum das denn? Glaubst du wirklich, ich mache unsere Liebe von einem Bild abhängig?"

„Können wir bitte darüber reden?"

*„ich muss erst mal zu ihr, weißt du,"*

„Ok"

*„danke, bis nachher."*


5.30 Uhr

*liebste,*

*gestern abend war zu viel unruhe. ich kann nur mit dir reden, wenn ich mich voll auf dich konzentrieren kann. ich denke viel an dich und bin voll mit liebe für meine süße kleine.*

*dein paul*


6.30 Uhr

Guten Morgen Liebster!

Es tut so gut zu wissen, was du für mich empfindest.

Deine Kleine

„Da bist du ja."

*„alles gut bei dir?"*

„Ja, passt schon. Ich habe wahrscheinlich eine Wohnung."

*„gut, das macht vieles einfacher."*

*„erzähl"*

„2 Zimmer, Küche, Bad, Balkon."

„Eine Küchenzeile ist drin, alles frisch gestrichen, neuer Fußboden, keine Kaution."

„Die Miete ist bezahlbar."

*„hört sich gut an, mach es."*

„Ja, wenn sie mich wollen …"

*„natürlich wollen sie dich."*

„Sie melden sich Anfang nächster Woche."

*„du wirst neue erfahrungen machen."*

„Was meinst du damit?"

*„du wirst lernen zu gehorchen."*

„Aber ich gehorche dir doch."

„Genau so, wie du es von mir erwartest."

„Ich werde tun, was du mir sagst."

*„ohne kritik?"*

*„ohne zu schreien?"*

„Das Schreien ist dein Problem. Du wirst einen Weg finden."

*„ja, du willst es nicht anders."*

„Nein, ich will es nicht anders. Ich möchte diese Erfahrung machen."

*„schatz, du bist ein teil von mir, deine schmerzen sind meine schmerzen."*

„Ja, Paul, so wird es sein."

*„wir haben nur unterschiedliche empfindungen."*

„Erklär mir das."

*„dein schmerz ist direkt, meiner im herzen."*

„Ja.“

*„ wirst du es trotzdem können? “*

„Wirst du mir so wehtun können, dass der Schmerz zur Lust wird?“

*„ ich werde dir große schmerzen bereiten, du wirst mich hassen. “*

„Paul, bist du Sadist?“

*„ schon etwas. “*

„Wir werden sehen, was ich ertragen kann.“

*„ hast du angst vor mir? “*

„Respekt.“

*„ hannilein, ich verspreche dir, ich werde nix gegen deinen willen tun. “*

*„ du bekommst ein safeword, sag es und alles ist ok. “*

„Ja, Paul, ich vertraue dir.“

*„ bist du enttäuscht? “*

„Enttäuscht, warum?“

*„ ich habe mich geoutet. “*

„Wieso geoutet? Das wusste ich doch.“

„Was meinst du denn?“

„Geht es dir nur noch darum, mich benutzen zu können?“

*„ja!“*

„Du liebst mich nicht?“

*„jetzt hab ich dich endlich!“ ))*

„Spiel nicht mit mir!“

*„ endlich deinen widerstand verspürt. “*

*„ liebst du mich? “*

„Ja.“

*„ merkst du sie jetzt? “*

„Sie?“

*„ die fürchterliche arroganz )))? “*

*„sag es!"*

„Nein."

*„antworte"*

„Nein."

*„mein gott, du machst mich wahnsinnig!"*

„Ich will nicht antworten."

*„antworte!"*

*„sag es deinem DOM!"*

„Nein, ich kann nicht."

*„auch nicht, wenn dein dom dich so liebt, dass er ohne dich nicht mehr leben kann?"*

*„sag es!"*

„Ja, ich merke sie, deine fürchterliche Arroganz."

*„das war das spiel der DOMINANZ, kleines."*

„Ja Paul, ich weiß, dass du stärker bist."

„Das habe ich längst gelernt."

*„darfst es auch nie vergessen."*

*„tränen?"*

„Nein."

Das gebe ich nicht zu. Natürlich laufen mir die Tränen übers Gesicht.

*„ok"*

*„hass?"*

„Nein."

*„enttäuschung?"*

„Ich weiß nicht."

*„das war die falsche antwort."*

„Nein."

*„werde ich dich nur benutzen?"*

„Nein."

„falsch, zeitweise ja!"

„Ja."

„werde ich dich lieben?"

„Ja."

„falsch"

„ich liebe dich bereits"

„Warum bringst du mich so durcheinander?"

„werde ich zärtlich sein?"

„Nein."

„falsch, "

„immer, nur mit kurzen unterbrechungen nicht. "

„Ja."

„ ))) "

„du hast 0 punkte in diesem test!"

„Ich bin ganz durcheinander."


Ich weine.


„du bist doch keine blöde kuh. wie kommt das? "

„Weiß ich nicht."

„sag es mir ins ohr. "

„Nein."

„komm mein mäuschen, sag es mir. "

„Nein, ich weiß es nicht."

„ich will`s hören, ich bitte dich. "

„Du hast mich wieder so verunsichert."

„warum? "

„Ich wusste nicht mehr, ob du mich liebst."

„kleine, du erkennst nie den übergang zum spiel ))). "

„Du bist eben sehr überzeugend."

„*was denkst du denn, dass ich meine kleine, die alles für mich tut, aufgeben würde?*"

„Nein, das denke ich nicht."

„ *))) du denkst nicht.* "

„Doch, und manchmal viel zu viel, anstatt auf mein Herz zu hören."

„ *du weißt immer was ich denke.* "

„ *das hast du mir schon so oft gezeigt.* "

„ *du hast das zweite gesicht, du kennst immer meine gedanken!* "

„Das glaube ich nicht. Ich bin ich, sonst nichts. Sonst könntest du mich nicht so verunsichern."

„ *du hast uns doch wohl nicht ernsthaft in zweifel gezogen.* "

„ *wie bekloppt bist du eigentlich?* "

„ *hör mal, hast du alles vergessen?* "

„ *du bist ...* "

„Nein Paul, das habe ich nicht, aber wenn du mich fragst, ob ich enttäuscht bin. Was soll ich denn dann denken???"

„ *du bist ...* "

„Und du mir dann noch sagst, du hast dich geoutet ..., wie soll ich das denn verstehen?"

„ *antworte!* "

„Blöd."

„ *du bist ...* "

„Saublöd."

„ *wenn die richtige antwort jetzt nicht kommt, bin ich weg.* "

„Ich bin verliebt."

„ *du bist ...* "

„Sub."

„ *... ein teil von mir!!!* "

„ *ich bin weg.* "

„Lass mich nicht allein!"

„ *ich bin ...* "

„ … ein Teil von dir.“

*„ wie kann ich dich da alleine lassen?*

*„ merk dir das endlich!“*

*„ egal was kommt, “*

*„ du bist ein teil von mir!“*

„Ja, Paul, es tut mir leid.“

*„ ich muss jetzt etwas essen. “*

„Ja, mach das.“

*„ lächle mich an!“*

„ ☺“

*„ das ist mir zu wenig!“*

„ ☺ ☺ ☺“

*„ danke, du bist mein schatz!“*

„Paul, drück mich mal, halt mich ganz fest.“

*„ ((( ))) “*

„ ☺“

„Jetzt kann ich wieder lachen.“

*„ darf ich jetzt gehen? “*

„Ja, iss endlich etwas.“

„Es tut mir leid, ich habe es nicht verstanden.“

*„ schätzchen, es muss immer was neues geben. “*

„Ja, ich muss und werde es lernen.“

*„ hab ich doch schon immer gesagt. “*

„Du bist sooo klug.“

*„ sagen wir mal, etwas weniger blöd als du!“ )))*

„Kommst du später noch mal?“

*„ warum denn das? “*

„Weil ich es möchte.“

*„ dann wird es so sein. “*

„Guten Appetit!“

*„ danke, und schick mir ne mail. “*

*„ ich mache mir jetzt einen wein auf. “*

„Ne Mail?"

*„ja, deine gefühle, "*

„Ok, aber später, ich muss das erst sacken lassen."

*„ok, ich liebe deine briefe!"*

*„und weg. "*

Lieber Paul!
Wieder eine neue Aufgabe für mich: Meine Gefühle.
Ja, was habe ich jetzt für Gefühle. Wie waren meine Gefühle
während unseres Gespräches?

Das erste, was mir dazu einfällt, ist deine Spezialität: Du bist
unberechenbar!
Es fällt mir manchmal unglaublich schwer, dich einzuschätzen.
Obwohl mein Puzzle schon so viele neue Teile bekommen hat.
Es gibt Momente, ja Tage, da bin ich mir meiner Sache hundertprozentig sicher. Dann weiß ich genau wie du denkst, wie du
tickst und was du fühlst.
Und dann, von einem Moment auf den anderen, ist alles total
anders. Beginnt dann dein Spiel? Ja, ich glaube, das ist es. Dann
schaffst du es, mich völlig zu verunsichern. Zumindest im Chat.
Ich kann dich nicht sehen, ich kann dich nicht hören, das er-
schwert die Sache zusätzlich. Nur wenn ich es mir recht überlege und ich dich richtig einschätze, wird mir die Realität auch
nichts bringen. Ich glaube, du wirst es auch in meiner Gegen-
wart perfekt beherrschen, mich zu verunsichern. Du wirst mir
keine Chance geben, dein Spiel zu erkennen. Jedenfalls nicht bei
den ersten Begegnungen.
Dazu kommt, und das bitte ich zu berücksichtigen, mir fehlt
jegliche Erfahrung in diesem Spiel. Natürlich will ich mich darauf einlassen. Nach allem, was ich bisher so gelesen habe und

auch was du mir erzählt hast, ist mein Wunsch es selber zu erleben, eher größer geworden.

Aber Theorie und Praxis klaffen hier vermutlich, wie in so vielen Fällen, sehr weit auseinander.

Ich werde also meine Erfahrungen machen müssen. Mein einziger Vorteil, ja da bin ich mir sicher, ich bin bei dir in guten Händen. Du wirst mich führen und leiten, du wirst wissen, was gut für mich ist, was ich brauche, was ich ertragen kann.

Du hast gesagt, du bist "etwas Sadist". Gibt es so was? Kann man irgendwas *etwas* sein? Das bezweifle ich. Du bist Sadist.

Du hast gesagt, du wirst mir große Schmerzen bereiten. So große Schmerzen, dass ich dich hassen werde. Das glaube ich dir, genauso wie ich dir alles andere glaube, was du mir sagst oder gesagt hast.

Mich beruhigt eine Tatsache. Du bist Arzt. Und ich habe gesagt: Wir werden sehen, was ich ertragen kann. Ich vertraue dir. Du wirst einen Weg finden, der sich mit deinen sadistischen Neigungen, deinem Berufsethos und meiner Schmerzgrenze vereinbaren lässt. Also werde ich versuchen, mich fallen zu lassen, wenn ich dir ausgeliefert bin.

Konkret zu unserem Gespräch möchte ich dir folgendes sagen. Du hast mich verunsichert, hast Antworten von mir erwartet, von denen ich vorher wusste, es ist immer die falsche Antwort. Gerade so, wie es dir beliebt. Deshalb wollte ich nicht antworten. Deshalb habe ich geweint. Und weil du mich so genau kennst, weil du so überzeugend bist, erkenne ich den Übergang zum Spiel (noch) nicht.

Für einen Moment habe ich wirklich alles in Zweifel gezogen, was du zu mir gesagt hast. Nur nicht meine Liebe zu dir. Das ist das einzige, wo du mich nicht verunsichern kannst.

Deine Kleine

Noch ein bisschen was zum Lesen !

**Engel wollen fliegen ...**

*Nur du kennst meinen Schmerz,*
*weißt, dass ich ihn brauche.*
*Nur du gibst mir den Schmerz,*
*den ich so sehr will.*
*Diese Freude an meinem Schmerz,*
*dessen Grenze du immer weiter verschiebst.*
*Unerbittlich bist du, ohne Kompromisse,*
*streng und einfühlsam führst du mich*
*in meinen Schmerz,*
*damit dein Engel fliegen kann ...*

*Glücklich darf ich sein, wenn ich dir diene.*
*Mit Freude im Herzen erfülle ich deine Wünsche.*
*Mich ausliefern an meinen Herrn,*
*mein Herz stolpert.*
*Meine Angst vor dem Ungewissen,*
*kehrst du um in grenzenloses Vertrauen.*
*Anweisungen, die keinen Widerspruch dulden,*
*nicht fragen – nur zuhören, nicht denken – nur tun.*
*Das ist der Weg,*
*damit dein Engel fliegen kann ...*

*Stärke erlangen im Schmerz,*
*Erniedrigung lässt mich wachsen,*
*gibt mir Erfüllung und Glück.*
*Meine Verantwortung gebe ich dir,*
*weiß meine Bestimmung, mein Ziel.*

*Ich gehöre nur dir.*
*Freigegeben zum Missbrauch*
*will benutzt werden – willenlos.*
*Mich fallen lassen in endlose Tiefen,*
*damit dein Engel fliegen kann ...*

*Hanna*


*liebste hanni*


*ich danke dir für deine briefe, du verstehst es immer wieder so*
*wunderbar, deine gefühle in worte zu fassen, um so größer wird*
*in mir das verlangen, dir die schreie der lust und der angst zu*
*entreißen, die wir beide für die komplette erfüllung brauchen.*
*wir sind für einander gemacht, nur wir gehören zusammen und*
*deswegen können wir auch aufeinander warten. ich danke dir*
*trotzdem für dein großes verständnis und verspreche dir die*
*ganze härte deines doms.*
*ich liebe dich hanni du bist ein teil von mir, und zwar mein herz.*
*dein paul*

# Kapitel 17

Lieber Paul!

Noch einmal bin ich am See. Es ist das letzte Mal. Darum verbringe ich diese Tage mit dem Bewusstsein, alles was ich hier mache, zum letzten Mal hier zu tun.

Ich habe noch einmal Ordnung gemacht. Kompletter Hausputz, inklusive Fenster und Garten. Denn ich möchte hier alles ordentlich an Max übergeben. Heute regnet es Bindfäden, so kann ich in Ruhe im Haus aufräumen und meine persönlichen Dinge, die ich gerne mitnehmen möchte, einpacken.

Meine innere Ruhe ist mir ein wenig unheimlich. Die letzten Wochen waren schrecklich, so dass ich meinen endgültigen Abschied jetzt beinahe als Erleichterung empfinde. Max hat kein Wort mehr mit mir gesprochen. Wenn er etwas von mir wollte, hat er es über die Kinder ausrichten lassen.

Er ist unglaublich verletzt. Er kommt mit der Situation nicht klar und will mich mit seinem Verhalten abstrafen. Ich kann ihn verstehen und schlucke meine Gefühle und Argumente runter. Wir haben genug geredet. Es ist vorbei. Wir brauchen Abstand. Deshalb versuche ich nach vorne zu schauen und positiv zu denken. Ich muss meinen Weg gehen, und ich werde das schaffen. Ich will es schaffen.

Welch` ein Glück. Am Nachmittag reißt der Himmel auf und die Sonne lockt mich nach draußen. Mit dem Rad und meiner Kamera mache ich mich auf meine Abschiedsrunde um den See. Alles, was mir wichtig ist, fotografiere ich. So entsteht eine wunderschöne bebilderte Tour, die ich in einem Fotobuch für mich festhalten kann. Meine Erinnerungen …

Im Garten fange ich an. Jetzt im Hochsommer ist er in voller Blütenpracht. Am Zaun gedeihen üppige Clematis in weiß und lila. Dazwischen leuchten die Blüten der wunderschönen Kletterhortensien. Pflocks und viele Lupinen in lila, rot und weiß, gleich daneben leuchtendgelbes Johanniskraut und blauer Rittersporn. Über allem steht der mächtige Ginkgo Baum, der von Chinesen und Japanern wegen seiner Lebenskraft und Wunderverheißungen verehrt wird.

Am liebsten möchte ich von jeder Blüte ein Foto machen. Dieser Garten ist mein kleines Paradies und ich weiß, er wird mir sehr fehlen.

Mit dem Fahrrad mache ich mich auf den Weg. Am Hafen paddeln kleine Entenküken mit ihrer Mama übers Wasser. Im dichten Schilf verstecken sie sich vor meinen neugierigen Blicken. Die Bootsvermietung ist fast ausgebucht. Bei dem schönen Wetter wollen die Ausflügler mit Ruder- oder Paddelbooten auf den See hinaus. Weiter geht es durch das Naturschutzgebiet. Vom Deich aus kann ich etliche Vögel wie die Uferschnepfe, den großen Brachvogel, Haubentaucher, Blesshühner und jede Menge Grau- und Kanadagänse beobachten. Auf dem See ist eine Vielzahl von Seglern unterwegs.

Heute habe ich Glück. Die Störche machen mit ihren Jungvögeln erste Flugversuche. Es ist eine wahre Freude, dabei zu zuschauen. Auf der Südseite des Sees ist es ruhig. Keine Menschen mehr, nur noch Natur und Stille. In diesem Teil des Naturschutzgebietes verirren sich nur wenig Leute. Auf einer Bank mache ich eine längere Pause. Der Wind spielt mit meinen Haaren, sie haben sich aus dem Zopf gelöst. In der warmen Sonne hänge ich meinen Gedanken nach. Mein ganzes Leben lang habe ich hier den größten Teil meiner Freizeit verbracht. Die Wochenenden, die Schulferien, hier habe ich supertolle Kindersommer verlebt. Baden, Muscheln suchen, Frösche fangen, Fische angeln, segeln, Freunde gefunden, Max kennen gelernt und irgendwann habe ich mich hier in ihn verliebt. Dieser See ist meine zweite Heimat.

Der Deich ist dicht gesäumt von den schönsten Sommerblumen. Margeriten, Kornblumen, Sumpfdotterblumen, Spitzwegerich und viele mehr, leuchten am Wegesrand. Auf den saftigen Weiden grast friedlich das Vieh und lässt sich auch von einem verschreckt abspringenden Rehbock nicht aus der Ruhe bringen. Hier gibt es noch die viel zitierte heile Welt.

Auf der Westseite des Sees findet eine Regatta statt. Gut 20 Optimisten kämpfen auf der Dreiecksbahn um Ruhm und Ehre. So habe ich auch einmal angefangen. Am Segelclub ist viel Betrieb. Einige bekannte Leute winken und grüßen herüber.

Ich mag nicht anhalten, bitte keine Gespräche. Heute nicht. Heute möchte ich den Moment nur für mich haben. Diese Momente gilt es zu bewahren. Es sind meine kostbaren Erinnerungen.

Im weiteren Verlauf meiner Tour bekomme ich noch einen Graureiher zu sehen. Konzentriert steht er im seichten Uferbereich und wartet auf seine nächste Mahlzeit. Er hat bald Erfolg. Ein dicker Fisch zappelt kurze Zeit später in seinem langen Schnabel.

Das war eine schöne Runde. Ich habe mir viel Zeit gelassen und konnte tolle Fotos machen. Sie werden meine Erinnerungen wach halten und mir in Stunden der Sehnsucht hoffentlich Trost geben. Ich bin dankbar für diese schöne Zeit.

Abschied nehmen und ein neues Leben, nein ein anderes Leben beginnen. Jetzt freue ich mich darauf! Ich bin bereit für diesen Schritt. Gut, lieber Paul, dass du mich begleitest. Mein Neubeginn!

Ich erzähle dir immer wieder von mir, von meinen und von unseren Plänen. Dabei weiß ich, deine Gedanken drehen sich im Moment um ganz andere Dinge. Verzeih mir bitte meinen

Egoismus. Nur du bist wirklich der Einzige, der weiß, was in mir vorgeht, der Einzige, mit dem ich offen über alles reden kann. Manchmal muss ich meine Gedanken einfach loswerden. Verstehst du das?

Es bedeutet mir ebenso viel, an deinen Gedanken teilhaben zu dürfen.

Also, du sollst wissen, ich bin immer für dich da. Meine Gedanken sind bei dir.

In Liebe,
Hanna

*kleine sub,*
*es ist deine zeit des abschieds zu hause, deine zeit der sentimentalität.*
*da musst du durch!*
*dein DOM*

Lieber Paul!

Ich nutze meine Zeit und es geht mir gut dabei. Vermutlich überholt mich meine Sentimentalität, Traurigkeit und dgl. mehr, wenn ich erst allein in meiner kleinen Wohnung bin. Davor fürchte ich mich ein bisschen.

Einfach ist das nicht, aber ich weiß, dass ich in dir einen guten Freund habe. Nein, nicht nur einen guten Freund. Das ist viel mehr, was du für mich bist. Das weißt du auch.

Du gibst mir die Kraft, die ich brauche,
du gibst mir das Selbstbewusstsein, dass ich nicht hatte,
du gibst mir die Liebe, die ich so sehr vermisst habe,
du gibst mir die Geborgenheit, die ich so lange gesucht habe,
du gibst mir meine Sexualität zurück, die ich völlig verloren glaubte,
du gibst mir meine Zufriedenheit, die mich wieder strahlen lässt,

du gibst mir mein Glück zurück, dieses Kribbeln und Ziehen in meinem Bauch,
du gibst mir eine Zukunft, unsere Zukunft
Dafür danke ich dir.
Deine kleine Sub


Es ist geschafft, ich bin umgezogen und richte mich in meinem neuen Leben ein. Der erste Schritt. Als nächstes werde ich mich um eine gute Arbeit kümmern. Meine Tage sind ausgefüllt, denn ich habe viel zu erledigen. Es freut mich, wenn meine Kinder mich besuchen und mich ein wenig unterstützen.
Zu Hause halten sie es nicht aus. Da ist andauernd dicke Luft. Max hat ständig schlechte Laune. Es geht ihm nicht gut.
Paul ruft an. Ich gehe in mein Schlafzimmer. Dort kann ich einigermaßen ungestört reden. Seine Stimme klingt völlig fertig. Er erzählt mir, dass er in den nächsten Tagen mit seiner totkranken Frau nach München fahren wird. Dort gibt es eine Klinik die eine neue Therapiemöglichkeit entwickelt hat. Die Metastasen können dort punktgenau mit einem Laser bestrahlt werden, um sie zu zerstören. Ein kleiner Hoffnungsschimmer.
Die Johanniter organisieren den Krankentransport. Wir reden sehr lange über den Sinn oder Unsinn dieser Maßnahme. Seine Kinder haben ihn gebeten, diese Chance zu nutzen. Es ist wie der Griff nach einem rettenden Strohhalm. Als Arzt weiß er um die Aussichtslosigkeit dieser Therapie. Die Krankheit seiner Frau ist viel zu weit fortgeschritten.
Nachdem meine Kinder gegangen sind, schreibe ich Paul einen Brief.


Mein lieber Paul,
lass dich erst mal von mir drücken. Komm zu mir. Leg dich hin, deinen Kopf in meinen Schoß und lass dir zärtlich über deine

Haare streicheln. Versuche dich zu entspannen. Schließe einfach deine Augen und denke immer daran, ich bin für dich da.

Als du vorhin angerufen hast, habe ich deine große Verzweiflung gespürt. Deine Hilflosigkeit, nichts tun zu können. Vielleicht ist diese Therapie sinnlos, aber sie gibt Hoffnung, wenigstens auf etwas Linderung der Beschwerden.

Ich kann mir vorstellen, welche Gedanken dir im Kopf herumgehen. Zumal du die medizinischen Aspekte genau kennst und sie auch beurteilen kannst. Gerade das wird dir zu schaffen machen. Dieses hin- und hergerissen sein, dieses zwischen den Stühlen sitzen. Gefühle und rationales Denken in dieser Situation auf einen Nenner zu bringen, auch deiner Familie gegenüber, ist sehr schwierig, wenn es überhaupt möglich ist.

Weißt du Paul, lass den Dingen ihren Lauf. Alles wird sich regeln. Setz dich nicht unter Druck. Du möchtest es steuern, du möchtest es selbst in der Hand haben. Aber es gibt Situationen, die wir nicht beeinflussen können. Sei einfach für sie da, für deine Frau und für deine Kinder. Dann wird alles gut, auch für dich.

Ach Paul, ich möchte so gerne mehr für dich tun. Ich möchte dir noch einmal sagen, du kannst dir sicher sein, so wie du für deine Familie da bist, bin ich für dich da.

Ich möchte dir Kraft geben und den Glauben an eine gute Zukunft. Komm einfach zu mir, wenn dir danach ist. Im Chat oder am Telefon ich höre dir zu wenn du reden möchtest. Ich teile deine Gefühle und Gedanken.

Vorhin am Telefon wollte ich dir das gerne deutlicher zeigen und sagen, aber ich musste sehr vorsichtig sein. Meine Kinder waren bei mir. Natürlich haben die beiden auch gefragt, mit wem ich so lange telefoniert habe. Und was diese Fragen angeht, habe ich inzwischen recht gut gelernt Ausreden zu finden. Aber es muss einfach sein. Ich möchte uns und unsere Liebe schützen. Im Moment habe ich keine andere Wahl. Das weißt du.

Na ja, was rede ich? Dir geht es ja genauso. Du verstehst mich, so wie ich dich verstehe. Wir fühlen gleich, wir denken gleich, unsere Wünsche, unsere Fantasien, unsere Interessen gleichen sich. Wir werden den gleichen Weg gehen.

Deine Hanna

In den kommenden Tagen schicke ich dutzende Nachrichten an Paul. Ich möchte wissen wie es ihm geht, ob alles gut verläuft. Ich möchte ihm nah sein. Ständig schaue ich nach Antworten von ihm, aber er ist wie vom Erdboden verschluckt. Wahrscheinlich erlebt er gerade die schlimmste Zeit seines Lebens. Meine Gedanken sind bei ihm.

Ein Brief noch. Das muss sein. Ich hoffe, er versteht mich.

Mein geliebter Paul,

6 Tage 14 Stunden 15 Minuten sind nun schon seit unserem letzten Telefongespräch vergangen. So lange haben wir nichts von einander gehört. Für mich eine viel zu lange Zeit. Aber du wirst deine Gründe haben, dass du dich nicht meldest. Allein die Gewissheit, ich kann dir vertrauen, lässt mich diese Zeit überstehen. Obwohl ich zugeben muss, es fällt mir wirklich sehr schwer. Ich vermisse dich einfach so sehr.

Ich weiß ja, ich soll das nicht, weil du immer bei mir bist; und trotzdem ist es so. Ich vermisse dich! Ich kann nicht ohne dich sein und muss ständig an dich denken. Weißt du, es bedrückt mich sehr, zu wissen, dass es dir wahrscheinlich nicht gut geht, dass du eine schwere Zeit hast und dass ich dir nicht helfen kann. Du willst mich nicht mit deinen Sorgen belasten, so hast du es mal zu mir gesagt, aber eigentlich erreichst du damit genau das Gegenteil. Je weniger ich von deinen Sorgen weiß, umso mehr Gedanken mache ich mir, umso mehr belastet mich das alles. Schließ mich bitte nicht so aus.

Ok, genug von diesen Gedanken. Ich möchte nach vorne schauen, zusammen mit dir. Wir schaffen das. Hoffentlich.

So mein Schatz, jetzt werde ich noch ein wenig in meinem Buch lesen. Du weißt schon, das Drehbuch. Viele Szenen habe ich mir schon eingeprägt. Wieder und wieder habe ich sie gelesen, und jedes Mal dieselben Gefühle dabei gehabt. Du hast mir versprochen, ich werde alles das erleben. Paul, ich hoffe, du wirst dein Versprechen halten. Je öfter ich dieses Buch zur Hand nehme um so größer wird mein Verlangen das alles mit dir zu erleben.

Schlaf gut mein Geliebter,

deine Kleine

Am nächsten Morgen, endlich eine Nachricht.

*du sollst nicht fragen, ich bin bei dir, habe eine auszeit, bin naechste wo wieder da.*

*dein dom*

Keine Gefühle, nur Kälte und Abwehr. Lass mich in Ruhe!

Warum schreibt er nächste mit ae?

Traurig lese ich seine Worte. Es muss ihm sehr schlecht gehen und er will das alleine durchstehen. Trotzdem schicke ich ihm noch eine Nachricht. Ich kann nicht anders.

Lieber Paul!
Immer wieder frage ich mich, wie es dir geht, wie du die Tage in München verbringst. Wenn ich dir helfen kann, lass es mich bitte wissen. Diese Zeit ist für uns beide schwer. Für dich noch schwerer, als für mich. Ich möchte dir Kraft und Zuversicht geben.
Deine Hanna

### Allein ...?

*Ich bin allein, Gedanken kreisen nur um dich.*
*Suchen dich, wie Motten das Licht.*

*Gedanken der Sehnsucht, möchte dich spüren.*
*Gedanken der Ohnmacht, wann wirst du mich führen?*

*Möchte dir geben, was ich nur kann,*
*will dir gehören, nimmst du mich an?*

*Schmerzen im Herzen was fühlt mein Herr?*
*Hoffnung, Vertrauen, das braucht auch er.*

*Fragen nach Zukunft. Wann fängt Zukunft an?*
*Gibt`s unsere Zukunft, und was wird dann?*

*Hast du noch Kraft, wie geht es dir?*
*Wer fängt dich auf, im Jetzt und im Hier?*

*Einst Pläne gemacht für glückliche Zeiten.*
*Fantasie, Illusion oder wirklich Wirklichkeiten?*

*Ganz fest daran glauben, das kostet uns viel.*
*Hoffnung, Glaube, Bauchgefühl – am Ende unser großes Ziel?*

*Ein langer Weg, kein Ende in Sicht,*
*manchmal vielleicht ein ganz kleines Licht.*

*Bald sind wir eins, so oft schon gedacht,*
*und wieder nicht alles richtig gemacht?*

*Fragen ohne Antwort, im Kreis die Gedanken*
*kein Ausweg für mich, überall Schranken?*

*Zeit verrinnt, unsere beste Zeit?*
*Zeit im Raum der Ewigkeit – warten auf Glückseligkeit.*

*Hanna*


*„nun reiss dich zusammen, bin bald wieder da kleine sub!"*

Diese Antwort habe ich wirklich nicht erwartet. Was soll denn
das? Ich möchte für ihn da sein, und er weist mich eiskalt zurück. Er ist nur genervt. So empfinde ich es. Für ein Spiel ist er
wohl nicht in der richtigen Verfassung. Was ist passiert? Wie
schlimm ist es?
Ich halte meine Fragen zurück und warte.
21 Tage, 2 kurze Nachrichten und viele traurige Gedanken.
Dann endlich ein lang ersehnter Guten– Morgen–Gruß:

*„guten morgen, kleine. ich bin da."*

Darf ich mich nun wieder bei ihm melden? Ich weiß es nicht. Wie wird er reagieren? Ich schreibe ihm trotzdem einen Brief.

Lieber Paul,
nun sitze ich mal wieder am Rechner, lasse den Chat im Hintergrund laufen und hoffe, endlich mal wieder mit dir reden zu können.
Du fehlst mir so sehr, genauso wie mir unsere Gespräche so sehr fehlen.
Meine Gedanken kreisen nur um dich.
Frage mich, wie es dir geht, was du machst, welche Gedanken dich bewegen.
Frage mich, ob du mich an deinen Gedanken teilhaben lässt.
Ich soll keine Fragen stellen. Ich respektiere deinen Wunsch, aber ich möchte dich an meinen Gedanken teilhaben lassen.
Ich frage mich, was du von mir erwartest. Ich meine, wie soll ich mich verhalten?
Soll ich dir meine Gedanken schreiben, erwartest du von mir Stärke oder darf ich dir auch von meinen Ängsten erzählen?
Es kommt mir so vor, als stecke ich gerade in einer sauschweren Prüfung auf die ich mich nicht vorbereitet bin. Ist das meine alles entscheidende Prüfung? Das verunsichert mich, weil ich Angst habe Fehler zu machen, weil ich mich dabei fühle, wie bei einer Mathearbeit, für die ich nicht gelernt habe (und das ist nie gut gegangen).
Ich rede mir ein, du tust nur das, was für mich gut ist. Das gibt mir die Zuversicht für jeden neuen Tag.
Du weißt, wie schwer es mir fällt, diese Tage ohne dich zu verbringen. Bei allem was ich tue, hoffe ich, es ist in deinem Sinn. Bei einigen Dingen bin ich mir deiner Zustimmung sicher.

Du hast mir mal gesagt, ich müsse meine Rolle als Frau verinnerlichen. Ich denke, dieses Ziel habe ich nun erreicht, oder bin diesem Ziel doch schon ziemlich nah gekommen. Du kannst das besser beurteilen.

Ich trage nur noch Röcke, schminke mich, trage Schuhe mit Absätzen, senke meinen Blick nicht mehr (na ja, meistens – aber ich arbeite daran), und ich fühle mich richtig gut dabei. Ich kann mich jetzt mit dieser Rolle identifizieren, ich kann dazu stehen. Das war mir vor gar nicht so langer Zeit nicht möglich. Du hast mir diesen Weg gezeigt. Das werde ich nie vergessen.

Weißt du, ich mache inzwischen das, was du von mir erwartest. Aber bei meinen zahlreichen Bemühungen, weiß ich nie, ob ich nun endlich deinen hohen Ansprüchen genüge. Da fehlt mir im Moment einfach deine direkte Ansprache. Deine Meinung ist mir sehr, sehr wichtig.

Gestern war ich wieder mit meiner Freundin im Wald laufen (im strömenden Regen… ☺). Dabei haben wir uns auch über das Thema Partnerschaft unterhalten. Nicht über dich, aber darüber, dass ich mir eigentlich immer einen Partner gewünscht habe, der mich an die Hand nimmt, dem ich blind vertrauen kann, der immer für mich da ist, der weiß, was für mich gut ist. Jemand, der mich führt, der mich aber auch in seine starken Arme nimmt, bei dem ich mich fallen lassen kann.

Natürlich auch einen Partner, für den ich da sein darf, für den ich alles tun darf, dem ich alle Wünsche erfüllen darf. Das ist es, was ich möchte. Das macht mich sehr glücklich. Bei dir habe ich das Gefühl, alles passt.

All diese Dinge sind mir in den vergangenen Monaten klar geworden. Ich habe viel über die vergangenen Jahre, über mich, über meine Situation, über meine Ehe nachgedacht. Zeit und Ruhe hatte ich genug für diese Gedanken.

Habe lange geglaubt, es gibt keinen anderen Weg für mich. Und als ich einen anderen Weg für mich gesehen hatte, musste ich erst einmal den Mut finden, diesen Weg auch zu gehen. Daran hattest du einen entscheidenden Anteil.

Nichts ändert sich, außer ich ändere mich. Alles ändert sich, sobald ich mich verändere.

So ähnlich habe ich es Max am Anfang des Jahres geschrieben. Ich wusste es damals schon, dass ich zunächst mich verändern musste, um die Situation verändern zu können. Weißt du, und genau diese Gedanken hatte ich auch schon Silvester. Ich stand mit meinem Glas Sekt in der Hand draußen in der Kälte, habe in den Himmel geschaut, die Raketen gesehen und Gott gebeten, mir die Kraft für einen neuen Anfang zu geben, mir einen Weg zu zeigen.
Ich habe mir vorgenommen: Dieses Jahr mache ich alles anders, dann gehe ich meinen neuen Weg!
Ja, und dann kam dieser Tag, als du mir diesen Satz gesagt hast. Meinen Satz. Diesen einen ganz besonderen Satz, der so viel bewirkt hat. Dieser Satz, der nicht nur meinen Kopf verändert hat. Er hat mein ganzes Leben verändert.
Deine Hanna

*„sub, dein brief rührt mich an. ich rufe dich nachher an."*

Ein kurzer Anruf am Mittag. Deine Stimme klingt müde. Du fragst kurz, wie es mir geht. Ich erzähle, aber habe das Gefühl, dass du mir gar nicht zuhörst. Fragen stelle ich nicht. Ich traue mich nicht. Du bist völlig verändert. Unsere wunderbare Nähe ist einer kühlen Distanz gewichen. Was ist passiert?

Ein paar Tage später schickst du mir eine Nachricht.

*„du wirst mich nicht mehr verarschen!"*

Entsetzt schaue ich auf deine Worte. Ich habe nichts dergleichen getan. Seit seinem Anruf haben wir nicht mehr geschrieben oder telefoniert. Ich habe keine Ahnung was los ist. Langsam kriecht mal wieder diese schreckliche Verzweiflung in mir hoch. Was soll das? Ich dachte, zwischen uns ist alles gut, und nun wieder so eine Reaktion, die ich nicht deuten, nicht verstehen kann, und die mich nun auch wahnsinnig sauer macht.

Lieber Paul!
Was habe ich denn jetzt schon wieder falsch gemacht???
Sag mir was los ist. Ich habe keine Ahnung, warum du mich so anpöbelst.
Hanna

Funkstille! Langsam werde ich richtig wütend, aber ich halte mich zurück. Schreibe ihm keine einzige Nachricht mehr und sitze das jetzt aus. Vermutlich hat er es sich in seiner Schmollecke gemütlich gemacht. Das habe ich inzwischen gelernt. Er kann unglaublich schnell und ewig lange beleidigt sein. Gut. Dann soll er schmollen.
Hoffentlich meldet er sich bald. Ich vermisse ihn. Aber das werde ich ihm auf keinen Fall sagen!

# Kapitel 18

Für heute habe ich mir einen Termin bei meinem zukünftigen Arbeitgeber geben lassen. Er weiß allerdings noch nichts von seinem Glück. Ich werde diesen Termin als mein Vorstellungsgespräch nutzen und ihm meine Bewerbungsmappe persönlich übergeben. Das ist sicherlich eine äußerst unkonventionelle Art für eine Bewerbung, aber meine persönlichen Umstände erfordern diese Maßnahme. Meine schriftlichen Bewerbungen bekomme ich bisher alle mit einer Absage oder überhaupt nicht zurück. Also muss ich den Chef in diesem Gespräch davon überzeugen, dass er mich einstellen möchte.

Mit Bedacht wähle ich ein schickes Kleid aus. Es ist schmal geschnitten, hat einen kleinen Ausschnitt und kurze Ärmel. Die Haare binde ich zurück und ich schminke mich nur dezent. Ich bin aufgeregt. Das ist meine Chance und ich will sie erfolgreich nutzen. Nie den Blick senken, sei selbstbewusst!

Pünktlich erreiche ich die Praxis. Ich soll im Wartebereich Platz nehmen. Mir wird ein Kaffee angeboten, denn er verspätet sich. Meine Gedanken stolpern durcheinander. Jetzt reiß dich zusammen, ermahne ich mich. Ich konzentriere mich auf meine Atmung und werde etwas ruhiger. Zur Ablenkung beobachte ich das geschäftige Treiben an der Anmeldung.

Die große Eingangstür öffnet sich und er kommt herein. Freundlich begrüßt er mich und bittet mich in den Behandlungsraum. „Was kann ich für Sie tun?" Natürlich denkt er, ich komme als Patientin.

Also, durchatmen, Augen zu und durch! Ich erzähle ihm meine Geschichte: Trennung, lange Jahre Hausfrau und Mutter mit vielen guten Fähigkeiten und dringend auf der Suche nach einem Arbeitsplatz. Damit überreiche ich ihm meine Bewerbungsmappe und hoffe, er gibt mir meine Chance.

Zunächst ist er ziemlich verblüfft. Damit hat er natürlich nicht gerechnet. Mit einem Lächeln gibt er mir zu verstehen, dass er tatsächlich eine Kraft im Bereich der Anmeldung des Gesundheitszentrums einstellen möchte. Allerdings muss er erst Rücksprache mit der Abteilungsleiterin halten und will sich dann wieder bei mir melden.

Innerlich jubelnd mache ich mich auf den Heimweg. Er hat mich nicht gleich rausgeschmissen. Das ist schon ein kleiner Erfolg. Also abwarten und hoffen. Alles wird gut.

Warten ist nicht gerade meine Stärke. Nach zwei langen Wochen klingelt endlich das Telefon. Die Abteilungsleiterin ist am Apparat. Sie lädt mich zu einem weiteren Gespräch ein. Ich bin so unsagbar froh. Drei Tage später ist es so weit. Das Treffen verläuft in entspannter Atmosphäre und am Ende gibt sie mir direkt eine Zusage. 20 Stunden in der Woche kann ich ab dem nächsten Monat dort arbeiten. Befristeter Vertrag, wenig Geld, wechselnde Arbeitszeiten. Keine tollen Bedingungen, aber es ist ein Anfang.

Zufrieden gehe ich nach Hause. Am liebsten möchte ich Paul von meinem Erfolg berichten aber der hat immer noch keine Sprechstunde für mich.

Wie lange soll das noch so weiter gehen. Mehrmals am Tag öffne ich mein Postfach und gehe in den Chat. Er ist häufig online, aber jedes Mal, wenn ich ihn anschreibe, geht er off. Meine Verzweiflung geht über in Wut. Aus Wut wird Traurigkeit und maßlose Enttäuschung. Seit seiner letzten Nachricht, sind Wochen vergangen. Ich weiß nicht, was ich falsch gemacht habe. Dieses Verhalten kann ich nicht verstehen. Ich weiß nur, er ist unheimlich schnell beleidigt und eingeschnappt wie ein kleines Kind. Ist seine Frau gestorben? Ist er deshalb so schräg drauf?

Aussitzen funktioniert nicht. Ich habe es versucht, aber anscheinend beeindruckt es ihn nicht. Also ändere ich mein Verhalten.

Tue so, als sei nichts gewesen, und schicke ihm freundliche Nachrichten an alle seine Nicks. Mal an den einen, mal an den anderen. Ich wünsche ihm einen schönen guten Morgen, am Abend sage ich ihm gute Nacht und ab und zu schreibe ich ihm was ich mache und wie es mir geht. Na ja, ich schreibe ihm, es geht mir gut.

Vor ihm möchte ich nicht zugeben, wie schlecht es mir wirklich geht, wie sehr ich ihn vermisse, und mir unsere Gespräche und seine Nähe fehlen. Er braucht nicht zu wissen, wie oft ich um unsere Liebe weine. Immer wieder lese ich mir seine Briefe, Nachrichten und die vielen Gespräche durch. Ich kann nicht glauben, dass das alles vorbei sein soll. Was ist mit seinen Zukunftsplänen? Er hat mir doch so oft gesagt, wie sehr er mich liebt.

Wie naiv bin ich eigentlich? Es sind doch nur Worte, aneinandergereihte Worte, die zu Sätzen wurden. Ich habe mich in ein Phantom verknallt, und nun hat dieses Phantom beschlossen, einen anderen Weg zu gehen. So einfach ist das. Vielleicht hat er sich längst eine andere gesucht, die er dann genau so verarscht wie mich. So oft, wie er sich im Chat herumtreibt würde mich das nicht wundern. Und dennoch kann ich mich nicht von ihm lösen.

Mein Kopf sagt, er ist ein Idiot, ein Spinner, ein Lügner. Vergiss ihn! Mein Herz sagt, er hat dir immer wieder versichert, er liebt dich. Das sagt keiner, der es nicht wirklich ernst meint, und diese ganzen Pläne macht man dann auch nicht. Er ist eine verantwortungsvoller Ehemann, Vater und Arzt. Er wird niemals so weit gehen, dich so zu verletzen.

Daran halte ich mich fest. Diese Gedanken sind mein Rettungsanker. Ich will es einfach nicht wahr haben, dass er mich verraten hat. Ich will und kann das nicht glauben. Dafür ist zu viel in meinem Leben passiert.

Nach über 10 Wochen ruft er mich an. Zum Glück bin ich allein zu Hause. Seine Stimme klingt hart.

*„willst du für mich da sein?“*
„Paul, schön, dass du dich endlich meldest.“
*„antworte!“* fährt er mich barsch an.
„Ja.“
*„ohne widerspruch tun, was ich von dir verlange?“*

Ich zögere mit meiner Antwort.

*„antworte!“* brüllt er ins Telefon.
„Ja.“
*„das heißt: Ja, HERR!“*

Er beginnt sein Spiel?

„Ja, Herr.“
*„dann komm jetzt für mich!“*
*„mach es dir!“*
*„sing für mich!“*

Ich kann es nicht fassen. Was soll das jetzt. Wochenlang meldet er sich nicht, und nun so eine Unverfrorenheit. Die Tränen rollen über mein Gesicht, ich kann mein Schluchzen nicht unterdrücken.

*„tu was ich dir sage“* herrscht er mich erneut an.

Ich kriege kein Wort heraus, kämpfe mit meinen Tränen und meinen Gedanken.

„*was ist nun?*"

„Ich kann nicht …", bringe ich weinend raus.

„*du willst nicht gehorchen?*" bellt er mich an.

„Ich kann nicht …"

„*du bist nutzlos, eine wie dich kann ich nicht gebrauchen.*"

„*ich geh.*"

„Bitte, Paul, bleib bei mir. Ich habe dich so vermisst. Lass mich nicht wieder alleine." flehe ich ihn an.

Er lacht nur.

„*ich frage dich zum letzten mal. willst du meine sub sein, und mir dienen?*"

„Ja, Paul." schluchze ich ins Telefon.

„*ja, HERR!!!*"

„*verstanden?*"

„Ja, Herr."

„*also, mach`s dir.*"

„*ich hab nicht ewig zeit.*"

Ich fange an mich zu befriedigen. Dabei weine ich stille Tränen.

„*sing für mich!*"

„*ich will was hören.*"

Ich stöhne in den Hörer und spiele ihm einen Höhepunkt vor.

„*für den anfang nicht schlecht.*"

„*arbeite an dir und lass das flennen!*"

Aus.

Er hat einfach aufgelegt. Weinend liege ich auf meinem Bett. Ich kann nicht glauben, was ich da gerade erlebt habe. So war er noch nie zu mir.

Mit diesem Anruf ändert sich alles. Zu allen möglichen Zeiten ruft er mich an und verlangt, dass ich für ihn kommen soll. Mitten in der Nacht holt er mich aus dem tiefsten Schlaf, bei der Arbeit schickt er mich zur Toilette, auf meiner Laufrunde verlangt er auf der Straße oder im Wald einen Orgasmus von mir, oder sogar wenn ich Besuch habe. Egal in welcher Situation er mich anruft, ich habe zu gehorchen. Manchmal mehrmals am Tag. Einwände meinerseits quittiert er mit der Frage, ob ich ihm nicht mehr dienen will.

Seine Forderungen haben mir sogar eine Abmahnung bei der Arbeit eingebracht. Mein Handy vibriert, während ich einem Patienten seinen Terminplan erkläre. Es ist bereits sein dritter Anruf in kurzer Zeit. Noch einmal wage ich es nicht, Paul zu ignorieren. Ich drücke auf den grünen Hörer und sage ihm, dass ich sofort für ihn da bin. Ich bitte meine Kollegin, sich um meinen Patienten zu kümmern und flüchte mit meinem Telefon auf die Toilette.

Natürlich wird mein unmögliches Verhalten meinem Chef zugetragen, und natürlich kann ich ihm keine Erklärung geben. So geht das nicht weiter. Ich darf mich nicht mehr so von Paul tyrannisieren lassen. Ich bin auf meinen Job angewiesen.

Langsam glaube ich, er will mich nur testen. Er will meinen uneingeschränkten Gehorsam, sonst nichts. Keine Gefühle, keine zärtlichen Gesten, keine Gespräche und damit keine Fragen meinerseits. Er blockt alles ab. Ich habe ihm zu gehorchen und ihm zu dienen. Sonst nichts. Meine Einwände interessieren ihn nicht. Stattdessen droht er mir, alles zu beenden.

Unsere eigenartige Beziehung bekommt eine merkwürdige Qualität. Mit Liebe und Gefühlen hat das nichts mehr zu tun. Er zeigt sich von einer kalten, unnahbaren Seite. Er hält mich auf Distanz und ich weiß nicht, wie ich damit umgehen soll. Einerseits bin ich froh, wenn er sich überhaupt bei mir meldet, andererseits fehlt mir seine Wärme und seine Fürsorge.

In meiner Vorstellung möchte ich im „normalen Leben" eine liebevolle Beziehung zu Paul. Beim Sex will ich die Unterwerfung das Dienen und das Ausgeliefert sein. Im Moment erlebe ich nur Letzteres. Er dominiert und manipuliert mich nach seinem Belieben und dabei trampelt er wie ein Elefant auf meinen Gefühlen herum. Im Chat gibt er mir seine Anweisungen die ich zu befolgen habe. Als Beweis für meinen Gehorsam habe ich Fotos zu schicken.

Manchmal bekomme ich ein kleines Lob von ihm. Manchmal ist er zufrieden. Manchmal bin ich am Ende meiner Kraft. Ich kann nicht mehr. Er hat mich klein gemacht. Ganz klein. Ich schreibe ihm.


Du hast gesagt, ich werde dich hassen.

Paul, hast du das damit gemeint?

Ich habe dich anders verstanden. Ich habe gedacht, ich werde dich hassen, wenn du mich physisch leiden lässt.

Du gibst mir nicht einmal die Gelegenheit dies zu erfahren.

Ja, vielleicht werde ich dich nun hassen. Ich werde dich hassen, weil …

…du mir so viel versprochen hast,

…du mir gesagt hast, du holst mich zu dir,

…du mit mir zusammen leben wolltest,

…du mir von deinen Plänen erzählt hast,

…du für mich die Geschichte „Da vos so schön ist!" geschrieben hast,

…du mir in deinen wenigen Briefen und manchem Gespräch deine Gefühle gezeigt hast,

…du mir geschrieben hast, welche Liebe du für mich hast,

…du mir gesagt hast, ich wäre das Wichtigste für dich, – dein größter Schatz

…du mir gesagt hast, ich kann dir vertrauen,

…du mir gesagt hat, du wirst mir niemals schaden,

…du behauptest mein DOM zu sein,

…du mir den Schmerz der Lust versprochen hast,

…du mir alles in der Welt des bdsm zeigen willst,

…du mich so lange in dem Glauben gelassen hast, ich bedeute dir was,

…du seit viel zu langer Zeit mit meinen Gefühlen gespielt hast,

…du mich von Anfang an nur belogen hast,

…du mir gesagt hast, du bist der Beste.


Ja Paul, du bist der BESTE! Du hast das beste Spiel deines Lebens mit mir gespielt. Verrat!


Paul, wie fühlt man sich als Lügner?

Wie fühlst du dich, wenn ich dich als hinterhältigen Mistkerl bezeichne?

Was geht dir durch den Kopf, wenn ich dir sage, dass ich mich noch niemals derart in einem Menschen getäuscht habe?

Ist es ein gutes Gefühl, von einem Menschen geliebt zu werden und dabei zu wissen, dass man diesen Menschen bis in seine tiefste Seele verletzen wird?

Ist es eine Genugtuung für dich, mich so am Boden zu sehen?

Kannst du diese Stärke und Macht über mich genießen?

Fühlst du dich gut, wenn du dich feige unter dem Deckmantel deiner sorgsam bewahrten Anonymität versteckst?

Bist du wirklich der integre Mann mit Format, den ich immer in dir gesehen habe?

Paul, was bist du nur für ein Mensch?

Bist du ein Mensch? Ein Mensch hat Gefühle. Manchmal hast du mir deine Gefühle gezeigt.

Bist du ehrlich und fair? So ehrlich, wie du es von mir erwartest?

Bist du ein liebenswerter, zuverlässiger und vertrauenswürdiger Mann?

Bist du tatsächlich ein guter, fürsorglicher Vater für deine Kinder?

Ein Vater, der mit großem Stolz und hoher Achtung von seinen Kindern erzählt hat?

Bist du ein angesehener, verantwortungsvoller und leidenschaftlicher Mediziner?

Ein Arzt, der das uneingeschränkte Vertrauen von so vielen Patienten genießt?

Bist du wirklich der treu sorgende Ehemann für deine so schwer krebskranke Frau?

Der Mann, der unglaublich mit seiner Frau leidet und ihr gerade deshalb ein würdiges Sterben zu Hause ermöglicht?

Du hast mir einmal erzählt, du hast deinen Glauben verloren.

Du hast dir gewünscht, ich möge ihn dir wiedergeben.

Paul, ich habe das versucht. Ich habe versucht dir Kraft zu geben.

Ich wollte dir das Gefühl geben, dass du nicht alleine bist. Ich wollte einfach für dich da sein.

Und nun hast du mir meinen Glauben genommen!

Warum? Warum hast du das getan?

Warum hast du mir mehrfach versichert, dass du all das, was du zu mir gesagt hast, was du mir versprochen hast, ehrlich gemeint hast?

Ich kann nicht mehr an das Gute im Menschen glauben.

Ich kann nicht mehr vertrauen.

Du hast eine verbrannte Seele zurück gelassen. Meine Seele.

Dein Verhalten ist feige, hinterhältig und menschenverachtend.

Es entspricht nicht den Regeln für einen verantwortungsvollen Dom und seiner Sub.

Ein guter Dom weiß um seine Verantwortung.

Ein guter DOM kann einer Frau in die Augen sehen, ohne dass ihre Seele Schaden nimmt.

Er kann ihr Herz berühren, ohne es zu brechen.

Er kann sie führen, ohne sie zu beherrschen.

Mir gegenüber wirst du dich nicht erklären. Du bist zu schwach.

Du kannst deine Verantwortung als Dom nicht für mich zu tragen.

Als Mensch kannst du diese Verantwortung noch weniger tragen.

Du kannst nicht vertrauen, erwartest es aber von mir.

Du bist nicht für mich da, wenn ich dich brauche. Du lässt mich allein.

Du hast nicht den Mut und die Stärke mir gegenüber zu stehen.

Du kannst mir nicht in die Augen sehen. Du wirst wissen warum.

Wenn du Größe und Stärke zeigen kannst, dann schreibst du mir.

Dann erklärst du mir alles.

Dann sagst du mir deinen vollen Namen.

Dann gibst du mir deine Telefonnummer und sagst mir, wo du wohnst.

Dann triffst du dich mit mir.

Dann offenbarst du dich mir.

Dann sagst du mir die Wahrheit.
Du tust all das, was du immer von mir erwartest.

Warum hast du geglaubt, ich werde dich in eine Falle tappen lassen?
Du hast von Anfang an genau das mit mir vorgehabt.
Warum hast du um deine Existenz gefürchtet?
Du hattest nur das Ziel meine Existenz zu vernichten.
Einer, der glaubt, der Beste zu sein, der verhält sich anders.
Ein guter und ehrlicher Mann findet bessere Wege.
Vor allen Dingen steht er zu dem was er tut und was er sagt.
Als Dom achtest du mich immer.
Als Mensch erkennst du, dass ich dich liebe.
Ich liebe dich von ganzem Herzen.
Ja Paul, ich liebe dich noch immer, ich liebe dich trotz deines schäbigen Verhaltens.
Ich kann dir nicht erklären, warum ich so empfinde.
Ist das meine Bestimmung?
Ich habe dir sehr oft gesagt, ich liebe dich mehr als alles andere auf dieser Welt.
Hast du diese Liebe verdient? Weißt du sie zu schätzen?
Vielleicht bist du noch nie in deinem Leben wirklich geliebt worden,
vielleicht kannst du diese Liebe deshalb nicht achten und erwidern.
Vielleicht hast du aus diesem Grunde keinen Respekt vor den Gefühlen anderer Menschen.
Irgendwann wirst du dich verantworten müssen, für das was du getan hast.
Vielleicht hast du dann die Kraft, Stärke zu zeigen.
Deine Hanna

Das musste mal sein. Endlich habe ich es geschafft, mir meine Gedanken, meine Wut, meinen Ärger, mein Unverständnis und meine Traurigkeit von der Seele zu schreiben. Ich habe mich endlich getraut alles zu sagen, was mich schon lange bewegt. Vielleicht bewirkt es sogar etwas in ihm. Eigentlich ist mir seine Reaktion egal. Die ganze Sache mit ihm ist total verkorkst. Er wird toben, eingeschnappt sein, oder er wird gar nicht reagieren. Es geschieht (wie erwartet) nichts. Er geht einfach darüber hinweg. Er tut so, als wäre nichts gewesen. Wahrscheinlich hat er sich über meinen Wutausbruch köstlich amüsiert. Es ist ihm scheißegal! Ich habe mich nur zum Affen gemacht. Egal. Aber wenigstens habe ich mal richtig Dampf abgelassen.

Die Monate vergehen, und ich bin mehr und mehr von ihm abhängig. Jedes nette Wort, was äußerst selten vorkommt, nehme ich an wie ein besonderes Geschenk. Ich stelle ihm keine Fragen mehr, beginne keine Gespräche mehr, erzähle nicht mehr von mir und ich antworte nur noch mit ja oder nein. Mein Handy ist mein ständiger Begleiter geworden. Röcke und Kleider müssen unbedingt Taschen haben, damit ich es jederzeit bei mir habe. Er verlangt, dass ich Tag und Nacht für ihn erreichbar bin. Er will die absolute Kontrolle über mich. Verpasse ich mal einen seiner Anrufe, gibt es richtig Ärger und er straft mich mit unerträglicher Ignoranz ab.

Seine Anrufe und Aufgaben sind alles, was mir geblieben ist. Ich bin emotional am Ende. Aber finde einfach keinen Weg, mich von ihm zu lösen. Genau genommen gibt er mir auch keine Chance. Er weiß, welche Macht er über mich hat.

Bei meiner Arbeit finde ich meinen Ausgleich. Sicher, auch dort muss ich jederzeit für ihn erreichbar sein, aber ich erlebe dort die vielen persönlichen und netten Momente mit den Patienten.

Hier habe ich Wolfgang kennen gelernt. Er hat regelmäßig zwei Termine in der Woche. Fast jedes Mal reden wir ein paar Worte miteinander. Ich mag ihn. Er ist ausgesprochen nett und höflich, und obendrein noch sehr attraktiv. Ja, und an einem Freitagnachmittag hat er mich zu einem Glas Wein eingeladen. Das war mir eine große Freude und natürlich habe ich seine Einladung dankend angenommen.

Wir hatten einen wunderbaren Abend in einem gemütlichen Lokal in der Altstadt. Wir konnten über Gott und die Welt reden und haben uns richtig gut verstanden. Seitdem sehen wir uns häufiger. Manchmal treffen wir uns zu einem ausgedehnten Waldspaziergang, oder wir sind am Wochenende mit dem Rad unterwegs. Wir gehen zusammen schön essen und ab und zu machen wir einen kleinen Stadtbummel. Mit ihm erlebe ich die Normalität in meinem Leben, die mir Paul nicht geben will.

Ich genieße diese Treffen. Wenn ich mit ihm zusammen bin, traue ich mich sogar, das Handy auszuschalten. Oft habe ich Glück und Paul hat nicht angerufen. Dann brauche ich mir keine Entschuldigungen oder Ausreden auszudenken. Es geht mir gut. Wolfgang ist da und bekommt immer mehr Raum in meinem Leben. Ich merke deutlich, ihm liegt sehr viel an mir. Mir geht es ähnlich, aber dennoch kann ich mich (noch) nicht auf eine Beziehung mit ihm einlassen. Paul ist zwar irgendwie völlig irreal und es scheint so, dass das auch so bleiben wird, aber er hat immer noch sehr viel Einfluss auf mich. Er steht immer wieder zwischen Wolfgang und mir.

Dabei habe ich es so satt, weiter auf Paul zu warten. Manchmal habe ich das Gefühl, ich verpasse gerade die beste Zeit meines Lebens, weil ich sie nur mit warten verbringe. Wie lange soll das noch so weitergehen?

An einem Sommertag bekomme ich nach langer Zeit eine Nachricht von ihm.

*„guten morgen, meine liebste kleine, habe heute einen etwas anderen tag. meine frau hat ihren letzten geburtstag! 1000 küsse, dein paul"*

Sie lebt also noch …, offenbar nicht mehr lange, denke ich. Ist sie der Grund für Pauls merkwürdiges Verhalten. Seit er mit ihr in München in dieser Spezialklinik war, ist er so verändert. Ist diese Nachricht ein Schritt auf mich zu? Ich schreibe ihm einen kurzen Brief.

Lieber Paul!
Danke für deine Nachricht. Heute wird kein einfacher Tag für euch sein. Versuche das Beste daraus zu machen. Ein blöder Rat, ich weiß. Die Situation ist so schwierig, aber was bleibt, ist die Erinnerung, und es soll eine gute Erinnerung bleiben. Deshalb wünsche ich dir einen schönen Tag.
In Liebe, Hanna

*„danke dir, du schatz meines lebens!"*

Warum genügt ein einziger Satz, um mich glauben zu machen, alles wird gut? Meine Gefühle fahren mal wieder Achterbahn und ich habe keine Ahnung, wie ich damit umgehen soll.

# Kapitel 19

Das war ein kurzer und selten gewordener Gefühlsausbruch. War das jetzt ernst gemeint? Er meldet sich nur noch ein oder zwei Mal in der Woche. An den Wochenenden höre ich gar nichts mehr von ihm. Was macht er in dieser Zeit? Muss er seine kranke Frau pflegen? Den Gedanken, dass ich diesen Mann in diesem Leben noch persönlich kennenlernen soll, habe ich längst verworfen.

Bei einem unserer nun seltenen Gespräche, erzähle ich ihm von meiner bevorstehenden Urlaubswoche in Travemünde.

*„das ist meine heimat. "*
„Du kommst aus Travemünde???"
*„ich bin dort in der nähe aufgewachsen. "*
„Es ist so schön dort."
*„ja, ich habe schöne erinnerungen. "*
„Ich habe ein kleines Appartement gemietet."
*„ wo ist es? "*
„Nähe Möwenstein."
*„ kenn ich. "*
*„ wann genau bist du dort? "*
„In der ersten Oktoberwoche."
*„ gut, lass dich überraschen ))). "*

Auf meine Nachfragen geht er natürlich nicht ein. Stattdessen soll ich etwas für ihn tun … So drückt er sich neuerdings aus, wenn er Sex am Telefon will. Und ich gehorche. Das heißt, ich spiele ihm vor, dass ich gehorche. Ich will das alles nicht mehr. Nicht so. Ich will eine reale Beziehung und nicht mehr seine blöden Spielchen am Telefon.

Meine Urlaubswoche an der Ostsee ist (fast) perfekt. Tolles Wetter, lange Spaziergänge am Strand, den kräftigen Wind um die Nase pusten lassen und den Kopf frei bekommen. Ich bin allein mit meinen Hoffnungen und unerfüllten Träumen. Von Paul keine Nachricht und auch kein einziger Anruf in dieser Zeit.

Warum fragt er mich genau aus, wenn er von vornherein weiß, dass er mich nicht treffen will? Warum weckt er immer wieder diese dämlichen Hoffnungen in mir? Das macht mich fix und fertig, und immer wieder kommt dieser schreckliche Gedanke in mir hoch, dass das genau seine Absicht ist. Er will mich fertig machen. Er weiß genau, dass ich es schon längst nicht mehr schaffe, mich ihm zu entziehen. Ich gehöre ihm.

Traurig schicke ich ihm meine Gedanken von einem langen Spaziergang am Brodtener Ufer.

**Gedanken am Strand**

*Steile Küste,*
*weiter Strand,*
*Spuren der Zeit*
*im weißen Sand.*
*Geruch von Salz,*
*von fauligem Schlick,*
*schäumendes Meer in meinem Blick.*

*Gedanken kreisen,*
*suchen dich.*
*Schmerz der Sehnsucht*
*spüre ich.*
*Tief im Herzen*
*bist du nah,*
*mach bald unsere Liebe wahr.*

Kalter Wind
berührt mich nicht,
warm streichelt die Sonne
mein Gesicht.
Meine Spuren
im feuchten Sand,
verwischt vom Meer an diesem Strand.

Deine Worte
berühren mich zart,
sind kleine Geschenke,
sorgsam verwahrt.
Sie nähren die Seele,
geben mir Kraft.
Damit ich sie tragen kann, diese Last.

Wolken fliegen
tief ins Land.
Möwen ziehen
ihre Kreise.
Glück im Herzen
still und leise.
Fühl` mich dir nah auf meine Weise.

Meine Hoffnung,
tief verborgen
lässt mich immer
weiter gehen.
Diesen Weg,
der zu dir führt,
kann doch nicht das Ende sehen.

Hanna – Travemünde, im Oktober 2008

Über zwei lange Jahre geht das schon so mit ihm. Innige Nähe und kalte Abweisung habe ich in dieser Zeit durch ihn erfahren. Diese Zeit hat mich geprägt und sehr vorsichtig gemacht. Meine verletzte Seele kann nicht mehr vertrauen.

Paul hat mir in dieser Zeit immer wieder konkrete Termine genannt, an denen er zu mir kommen wollte, oder er hat mir Hoffnungen auf ein Treffen an zig verschiedenen Orten gemacht. In die Tat umgesetzt hat er diese Ideen bisher nie. Im Frühjahr 2009 bekomme ich eine konkrete Anweisung von ihm. Ich frage mich, ob er mich wirklich besuchen will, oder will er nur mal wieder unerfüllte Hoffnungen in mir wecken?

*„deponiere deinen wohnungsschlüssel draußen und schick mir fotos, wo ich ihn finden kann!"*
*„ich will freien zugang!"*

Meint er das ernst? Will er mich wirklich treffen? Wieder mal ...?
Pflichtgemäß, aber wenig überzeugt, befolge ich seine Anweisungen. Meine Neugierde ist zu groß, nach allem was ich bisher mit diesem Mann erlebt habe.

*„ich komme am vatertag, halte dich bereit für mich!"*

Das ist in der nächsten Woche. Zweifel über Zweifel. Ich habe schon so oft gehofft, ihn endlich zu sehen und er hat mich jedes Mal enttäuscht. Weshalb sollte es dieses Mal anders sein? Ich habe geweint, geflucht, meine Gedanken in Gedichten verarbeitet und immer wieder und immer mehr die Achtung vor mir selbst verloren. Ich will das nicht mehr!
In der Nacht auf Himmelfahrt schlafe ich schlecht. Mein Schlüssel liegt draußen am beschriebenen Platz. Ständig horche ich auf

und schrecke bei jedem kleinsten Geräusch aus dem Hausflur hoch. Gegen 5.00 Uhr stehe ich auf. Ich habe keine Ruhe. Nach dem Duschen mache ich mich sorgfältig zurecht. Schwarzer String, spitzenbesetzter BH, schwarze Halterlose, schwarzes Kleid, dezent geschminkt, Haare straff zurück. Er hat mir oft genug gesagt, was er von mir erwartet.

9.00 Uhr. Unruhig kontrolliere ich meine Mails und die Chat-Nachrichten. Nichts. Er war auch nicht online. Ich versuche zu lesen. Horche immer wieder auf mein Türschloss. Gehe vor das Haus, um ihn zu erwarten. Nichts. 11.00 Uhr – nichts. 14.00 Uhr – nichts. Langsam steigen Tränen der Wut und Enttäuschung in mir hoch. Die Stunden vergehen und mir wird klar, er wird nicht mehr kommen.

Ich ziehe mich um, verlasse meine Wohnung und mache einen langen Spaziergang. Die frische Luft tut mir gut. Es ärgert mich, dass ich bei diesem schönen Wetter so lange vergeblich auf ihn gewartet habe. Diesen Tag hätte ich viel besser nutzen können. Reine Zeitverschwendung, sagt meine innere Stimme. Ich habe ihm geglaubt, ich habe ihm vertraut. Mal wieder.

Am Abend schicke ich ihm eine Nachricht:

Lieber Paul!
Ich bin sehr traurig,
Hanna

**Engel in deiner Hand**

*Deine Worte, begleiten mich,*
*tragen mich durch jeden Tag.*
*Lassen mich leben, ohne dich,*
*auch wenn ich kaum mehr leben mag.*

*Geben mir Kraft, lächeln mir zu*
*nehmen mir alles, dafür sorgst du.*

*Meine Seele, sie ist dein.*
*In deiner Hand fühl` ich mich klein.*
*Habe keinen Willen mehr,*
*gebe meine Achtung her.*
*Sklavin weiß, so soll es sein,*
*vertraut nur ihrem Herrn allein.*

*Viele Tränen weine ich,*
*still und leise nur für dich.*
*Tränen, zeigen meinen Schmerz.*
*Wie lange noch, fragt mich mein Herz.*
*Es stellt mir Fragen – immerzu,*
*Antworten, die kennst nur du.*

*Dein Engel fliegt schon lang nicht mehr.*
*Zerdrückte Flügel machen`s schwer.*
*Hab` mich in deine Hand begeben,*
*seitdem bestimmst nur du mein Leben.*

*Das war mein Wunsch,*
*den hast du erfüllt,*
*nur meine Sehnsucht nicht gestillt.*
*Das Begehren, mich verzehren,*
*nach deiner harten, strengen Hand.*
*Wolltest mich führen,*
*ich sollte dich spüren,*
*bis ich meine Erfüllung fand.*

*Hanna, Himmelfahrt 2009*

*„was sollen diese vorwürfe. wenn ich sage, dass ich komme,*
*hältst du dich für mich bereit!"*
*„samstag!"*

Was bildet dieser blöde Kerl sich eigentlich ein? Hat er sie noch
alle? Samstag? Am Ende erzählt er mir noch es war immer von
Samstag die Rede.

Wieder eine schlechte Nacht, wieder viel zu viele Gedanken,
wieder diese Hoffnung.

Mein letzter Versuch? Ja, das soll er sein. Der absolut letzte Versuch, ihm zu glauben.

Also bereite ich mich gehorsam auf ihn vor. Alles wieder auf
Anfang. Duschen, ankleiden, schminken, hoffen, warten. Es ist
bereits 9.00 Uhr und ich werde schon wieder unruhig. Kontrolliere zum x-ten Male meine Nachrichten. Nichts. Um 11.00 Uhr
bin ich mit meinen Nerven am Ende.

Heulend verkrieche ich mich in meinem Bett. Die Wimperntu-
sche läuft mir über das Gesicht, die Nase ist rot vom vielen Putzen. Wütend knalle ich meine Pumps an die Wand.

Da höre ich den Schlüssel in meiner Wohnungstür. Mir stockt
der Atem. Die Tür wird geöffnet und plötzlich steht ein großer,
schwarzer Labrador freundlich schwanzwedelnd in meinem
Schlafzimmer. Schwere, behäbige Schritte im Flur. Und dann
steht er vor mir. Ein großer Mann mit einem riesigen Bauch in
schwarzer Hose, schwarzer Jacke und einer dunklen Sonnenbril-
le im Gesicht.

Er packt mich hart am Oberarm, reißt mich hoch und zwingt
mich ihn zu küssen. Dann greift er in den Ausschnitt meines
Kleides und drückt meine Brust schmerzhaft zusammen. Ich bin
völlig schockiert, wie gelähmt. Seine zweite Hand findet ihren
Weg unter meinen Rock und seine Finger stoßen brutal in die
Spalte zwischen meinen Beinen.

Endlich reagiere ich und versuche mich seinem festen Griff zu entziehen. Dieser Mann kann unmöglich mein Paul sein! Dieser Mann entspricht in keiner Weise meiner Vorstellung von ihm. Dieser Mann ist nicht der Mann auf dem Foto, das Paul mir geschickt hat. Das kann alles nicht wahr sein. Aber wer soll das sonst sein???

Er sieht mein Entsetzen, meine Abwehr. Mit einem spöttischen Grinsen nimmt er seine Brille ab. Ich sehe in eiskalte, stahlblaue Augen. Dann schnauzt er mich an: „Wasch dein Gesicht, du siehst furchtbar aus!"

Es ist seine Stimme! Es muss Paul sein! Ich flüchte ins Bad, schaue entgeistert in den Spiegel und frage mich, was ich jetzt tun soll. Zu allem Überfluss bemerke ich, dass ich erregt bin. Mein String ist nicht feucht, sondern nass. Meine Gedanken überschlagen sich, da wird die Tür aufgerissen.

Paul zerrt mich zurück ins Schlafzimmer. „Zieh dich aus!" „Lass die Strümpfe an."

Während ich mich langsam ausziehe, holt er eine große, schwarze Tasche aus dem Flur. Er wirft sie aufs Bett und kippt den Inhalt achtlos aus. Ich sehe Kabelbinder, Klebeband, Wäscheklammern, eine sehr große Gurke und eine Augenbinde.

„Leg dich aufs Bett!", poltert er.

Ich rühre mich nicht. Da gibt er mir einen heftigen Stoß und ich falle rücklings auf die Matratze. Ohne zu zögern fesselt er mich mit den Kabelbindern ans Bettgestell. Erst die Hände, dann die Füße. Er zieht die Kabelbinder so fest zu, dass sie schmerzhaft in die Haut schneiden. Mit weit gespreizten Beinen liege ich hilflos auf meinem Bett. Angst kriecht in mir hoch. Ich will gerade lauthals protestieren, da stopft er mir meinen Slip in den Mund.

So habe ich mir unser erstes Treffen garantiert nicht vorgestellt.

Grinsend steht er vor mir und betrachtet mich. „Jetzt gehörst du mir!"

Mit seinen großen Händen berührt er mich überall. Streichelt sanft über meine Brüste, meinen Bauch, meine sorgfältig rasierte Scham. Mir klopft das Herz bis zum Hals. Das ist sie nun die Wirklichkeit.

Zielstrebig finden seine Finger ihren Weg in meine nasse Spalte. Er flüstert in mein Ohr: „Darauf hast du schon lange gewartet, du kleine, geile Schlampe." Ich winde mich in meinen Fesseln und beginne tatsächlich seine Behandlung zu genießen. Es dauert nicht lange, und ich erlebe meinen ersten Orgasmus unter seinen Händen.

Er steht am Fußende meines Bettes und lächelt zufrieden. „Na Kleine, geht es dir gut?"

Ich kann nur nicken. Ja, mir geht es wirklich gut. Das ist er also, dieser besondere Kick. Während ich darüber nachdenke, was als nächstes kommt, verbindet er mir die Augen. Augenblicklich erhöht sich mein Puls. Was hat er vor? Ich versuche zu hören was nun passiert. Es raschelt. Irgendetwas macht ein leises Knackgeräusch und dann spüre ich ihn wieder. Seine Hände streicheln meine Brüste, ziehen an meinen Nippeln und dann durchzuckt mich ein heftiger Schmerz. Das Knacken kam von einer Wäscheklammer, die er über meiner empfindlichen Brustwarze mit Schwung zuschnappen lässt. Es dauert nicht lange, und die andere Seite erfährt dieselbe Zuwendung.

Zärtlich streichelt er mir über meine Wange und meint: „Das siehst wundervoll aus. Ich liebe es!"

Nach einer Weile fühlt sich der Schmerz gut an und ich empfinde großes Verlangen, als er mit einer weichen Feder meine eingequetschten Nippel streichelt. Erregt strecke ich ihm mein Becken entgegen.

„Du liebst es auch!" ist seine begeisterte Reaktion. Ich versuche zu lächeln. Der Slip in meinem Mund lässt aus dem Lächeln nur eine Grimasse werden. Er befreit mich davon und fordert: „Kleine, sing für mich!"

Ein dicker Dildo, (oder ist es die Gurke?) gleitet mühelos in meine nasse Fotze. Er fickt mich erst langsam, dann immer heftiger, was meine Lust nur noch mehr steigert. Mein Stöhnen und Schreien wird immer lauter und für einen Augenblick, fürchte ich, meine Nachbarn könnten gleich klingeln. Paul hat die gleiche Befürchtung und bringt mich entschlossen mit einem Streifen Klebeband auf meinem Mund zur Ruhe.

Seine Hände sind überall. Sie erkunden jeden Quadratzentimeter meines Körpers. Es dauert nicht lange und ich bekomme den nächsten Orgasmus. In heftigen Zuckungen windet sich mein Unterleib – was für eine Erfahrung.

Mein Dom löst die Klammern und streichelt voller Stolz über meinen Körper. Er liebkost meine Nippel mit seinen Lippen, küsst mich überall und will mich schmecken. Ich genieße jede seiner Berührungen und spüre, dass ich schon bald den nächsten Höhepunkt erreichen werde.

Er nestelt an seiner Hose, dann kniet er sich über mein Gesicht und schiebt mir seinen Schwanz in den Mund. „Blas ihn mir, sei meine gehorsame, brave Sub." Ich habe keine Wahl. Er weiß, ich kann das nicht und trotzdem fickt er mich in den Mund. Kurz vor seinem Höhepunkt zieht er sich zurück und spritzt seinen Saft auf meinen Bauch und meine Brüste. Er zieht die Augenbinde runter und küsst mich voller Zärtlichkeit.

Mit einem Messer löst er meine Fesseln und wirft die Decke über mich. Erschöpft schließe ich für einen kurzen Moment die Augen. Als ich wieder wach werde, bin ich allein. Er ist weg. Er ist ohne ein Wort gegangen.

# Kapitel 20

Weinend sitze ich auf meinem Bett. Was war das jetzt? Das Ende einer irrealen Beziehung mit einer Vergewaltigung? Oder unser Start in eine bessere Zukunft und meine ersten realen Erfahrungen zum Thema bdsm?

Warum ist er ohne ein Wort gegangen? Es war unser erstes Treffen! Kein einziges Wort, keine Vertrautheiten, nur Sex der etwas anderen Art. Zugegeben, er hat mir auf diese Weise heftige Orgasmen beschert, wie ich sie nie zuvor erfahren habe, aber auch diese Erfahrung hinterlässt einen schalen Beigeschmack. Ich fühle mich benutzt, beschmutzt, gedemütigt und bin enttäuscht. Enttäuscht von seiner kalten Art, mit mir umzuspringen. Da war keine Zuneigung oder gar Liebe erkennbar. Nichts von all dem, was er mir in hunderten Gesprächen weiß gemacht hat.

So etwas habe ich noch nie erlebt. Ich bin völlig verunsichert. So viele Fragen, so viele Gedanken. Was soll ich tun?

Eine heiße Dusche. Ich muss mich waschen und ich brauche Entspannung. Und danach einen langen Spaziergang, damit ich Ordnung in meine Gedanken bringen kann. Mein Handy lasse ich zu Hause. Ich will nicht mit ihm reden, aber wahrscheinlich meldet er sich ohnehin nicht.

Vielleicht gehörte das alles zu seinem Spiel. Er liebt es, sich zu inszenieren. Er hat meine Überraschung, mein Entsetzen erwartet, und er hat diesen Moment für sich genutzt. Was ist er bloß für ein Typ? Ich habe zwar mit den Jahren etliche Puzzleteile gesammelt, aber sie passen nicht richtig zusammen. Sie ergeben kein exaktes Bild. Es gibt viel zu viele Widersprüche.

Sein Foto muss mindestens 10, wenn nicht sogar 15 Jahre alt sein. Ich habe einen Mann kennengelernt, der behäbig, schwerfällig und extrem übergewichtig war und noch dazu ungepflegte

Kleidung trug. Schlecht rasiert und mit ausgeprägten Tränensäcken stand er lächelnd vor mir und genoss seine Macht über mich, nachdem er mich gefesselt hatte und ich ihm hilflos ausgeliefert war.

Das ist sein Kick! Das hatte er mir in vielen Gesprächen und Briefen beschrieben. Das will er leben. Das zieht er erbarmungslos durch.

Drei lange Tage lässt er nichts von sich hören. Kein Anruf, keine Nachricht. Nichts! Ich weiß immer noch nicht, wie ich mit dem Erlebten umgehen soll. Immer wieder drängt sich mir der Gedanke auf, dass es ihm immer nur um sich geht. Er ist ein Egoist, wie er im Buche steht. Wie es mir geht ist ihm scheißegal.

Diese Gedanken machen mich unendlich traurig. Besonders deshalb, weil er offenbar durch und durch unehrlich ist. Das Bild, was er von sich gemalt hat, ist einfach nicht stimmig. Ich bin maßlos wütend – auf mich selber. Warum bin ich auf diesen Mistkerl hereingefallen, warum habe ich mich ausgerechnet in so einen Knallkopp verliebt?

Ich merke, ich stecke viel zu tief in dieser Geschichte drin. Alleine komme ich aus dieser Nummer nicht heraus. Ich weiß, ich muss den Kontakt unbedingt abbrechen. Es ist zu meinem eigenen Schutz.

Pfingstsamstag ruft er mich an. Er verliert kein Wort über unsere erste Begegnung. Fragt nicht einmal, wie es mir geht. Stattdessen bestellt er mich am 2. Feiertag zu sich nach Hause!!!

Ich glaube, ich habe nicht richtig verstanden.

*„pfingstmontag wirst du mir wieder dienen!"*
*„du wirst zu mir kommen."*

Schweigend sitze ich in meinem Wohnzimmer und überlege. Das sind nur noch 2 Tage. Ich kann herausfinden, wo er wohnt. Vielleicht erfahre ich seinen Namen. Warum will er, dass ich zu ihm komme? Ist seine Frau jetzt tot? War das am letzten Wochenende nur eine Prüfung? Ich werde nicht schlau aus ihm.

*„noch da?"*

*„was ist nun?"*

„Ich werde zu dir kommen."

„Wohin soll ich fahren."

*„du fährst um 10.00 uhr los!"*

„Wohin???"

*„a1, richtung norden."*

*„du bekommst weitere anweisungen."*

„Und dann?"

*„ich melde mich."*

Lachend legt er auf.

Wieder so ein saublödes Spiel! Das ist mein erster Gedanke. Allerdings, auch endlich eine Möglichkeit, mehr über ihn herauszufinden. Ich werde also Richtung Norden fahren.
In unseren Gesprächen hat er viele Andeutungen gemacht, aber konkret ist er nie geworden.

*„guck richtung ostfriesland."*

*„ostfriesland fängt in jever an ..."*

„Du wohnst in Jever?"

*„du wirst alles erfahren, schatz."*

„Warum machst du so ein Geheimnis daraus?"

*„kleine, ich muss wieder zu ihr."*

So ist es jedes Mal. Wenn ich zu viele Fragen stelle, ist er weg. Er weicht mir aus. Warum?

Pfingstmontag, 10.00 Uhr! Ich fahre auf die Autobahn. Mein Handy und Headset liegen griffbereit auf dem Beifahrersitz. Nach ca. einer dreiviertel Stunde klingelt das Telefon.

*„wie weit bist du? "*
„Vechta."
*„am ahlhorner dreieck fährst du auf die A 29. "*
„Wie weit?"
*„sage ich dir noch. "*
*„was hast du an? "*
„Ich trage ein ärmelloses, enges Kleid."
„Strümpfe und keine Unterwäsche."
„So, wie du es mir gesagt hast."
*„gut, fahr weiter. "*

Die Fahrt geht weiter. Nur kurze, knappe Anweisungen. Kein persönliches Wort. Seine Kälte ärgert mich, aber ich schlucke meinen Unmut runter. Ich will endlich wissen, wo er wohnt, und vielleicht erfahre ich noch mehr über ihn. Also spiele ich sein Spiel mit.

*„wie weit bist du? "*
„Oldenburg."
*„fahr weiter. "*

Was wird das? Langsam werde ich ein wenig nervös. Interessiert ihn nur mein jeweiliger Standort? Eine halbe Stunde später, der nächste Anruf.

*„wo bist du? "*
„Kurz vor Wilhelmshaven."

*„du fährst bis fedderwarden, dann auf die bundesstraße nach hooksiel."*

„Ist es noch weit?"

*„fahr einfach."*

*„beeil dich!"*

Ich komme ganz gut voran. Die Autobahn ist frei und ich habe bald die genannte Abfahrt erreicht. Kurz vor Hooksiel der nächste Anruf. Er nennt mir die Adresse!

*„in einem geöffneten briefkasten findest du einen schlüssel."*

*„du gehst ins haus, 1. etage links."*

Er legt sofort auf. Nach einer Viertelstunde erreiche ich das Ziel. Ein rotes Backsteinhaus. Am Haus sind sechs Briefkästen, eine Klappe ist nicht verschlossen. Tatsächlich finde ich einen Schlüssel darin. Zögernd betrete ich das Haus und gehe die Treppe in die erste Etage hinauf. Einen Moment überlege ich, ob ich klingeln soll, aber dann entscheide ich mich Pauls Anweisungen besser genau zu befolgen.

Ich öffne vorsichtig die Tür. Es ist stockdunkel. Neben dem Eingang taste ich nach einem Lichtschalter. Es bleibt dunkel. Als ich einen Schritt voran mache, fällt die Tür hinter mir ins Schloss. Plötzlich packt mich eine Hand von hinten und hält mir den Mund zu, damit ich nicht schreien kann. Vor lauter Schreck fahre ich heftig zusammen.

Er dreht mir sofort meinen Arm auf den Rücken und stößt mich vorwärts. Die ganze Wohnung ist dunkel. Im Wohnraum sind die Jalousien einen Spalt weit hoch gezogen. Ich kann meine Umgebung nur schemenhaft erkennen.

Nicht noch so einen Überfall. Ich will mich wehren, aber er drückt mich mit seinem Gewicht auf das Sofa und flüstert mit scharfer Stimme:

*„du gehörst mir!"*
*„keinen ton, sonst wirst du es bereuen."*

Jetzt habe ich wirklich Angst. Er ist so schwer. Dagegen komme ich nicht an. Ich wage nicht, mich zu wehren. Mit einer geschickten Bewegung knebelt er mich mit einem Schal. Dann zieht er mit einem Kabelbinder meine Handgelenke zusammen.

*„ich mag keine überraschungen."*
*„versuch gar nicht erst, dich zu wehren."*

Ich nicke in der Dunkelheit und folge nur noch seinen Anweisungen. Beinahe zärtlich schiebt er mein Kleid hoch und streichelt mit seinen Händen über meine Beine und den Bauch bis zu den Brüsten. Er ist zufrieden, nimmt mein Gesicht in seine Hände und küsst mich auf Stirn und Nase und meinen verschlossenen Mund.

Zu meiner Überraschung stelle ich fest, dass mich diese Situation wieder sehr erregt. Ich spüre diese geile Feuchtigkeit zwischen meinen Beinen und wünsche mir, dass er mich endlich berührt. Natürlich hat er es längst gemerkt, lässt mich aber noch eine Weile zappeln. Eher zufällig fährt er mit seinen Fingern sanft über meine Scham, womit er mir jedes Mal ein lustvolles Stöhnen entlockt. Dann widmet er sich meinen Brüsten. Schwer liegt er auf mir. Seine Hände kneten und streicheln meine kleinen, festen Kugeln. Die harten Nippel begeistern ihn. Wie ein

Baby saugt er daran. Er kann nicht genug davon bekommen, was mich bei dieser Intensität völlig verrückt macht. Meine Erregung ist unbeschreiblich. Er hat ein Einsehen mit mir, und schiebt mir einen vibrierenden Dildo in mein Fötzchen. Gleichzeitig bearbeitet er mit schnellen Bewegungen seiner Finger meine Klit. Nach wenigen Minuten erlebe ich einen intensiven Orgasmus. Er spürt das rhythmische Zucken meines Unterleibs. Mein heftiges Stöhnen wird zum Glück durch den Knebel gedämpft.

*„steh auf, stütz dich mit den unterarmen auf dem sofa ab!"*

Gehorsam folge ich seiner Anweisung. Beinahe sanft streichelt er über mein rundes Hinterteil. Ich genieße seine Berührungen und entspanne mich. Plötzlich holt er aus und seine Hand schlägt kräftig zu. Ich zucke zurück. Worauf er mich natürlich ärgerlich zurechtweist:
*„halt gefälligst still!"*
*„sei dankbar, für alles was ich dir gebe."*
Er hat leicht reden, denke ich. Das tat richtig weh. Ich habe seinen Schlag nicht erwartet. Mühsam versuche ich ihm verständlich zu machen, dass das zu viel war. Er greift in meine Haare, reißt meinen Kopf zurück und flüstert mir ins Ohr:

*„genieß es, du hast keine wahl!"*

Ich nicke verunsichert und bekomme einen Kuss auf die Stirn. Nun gibt er mir Zeit zwischen den Schlägen. Abwechselnd streichelt und schlägt er mich. Und dann prüft er, wie es mir, bzw. meiner Lustgrotte gefällt. Meine Säfte fließen und hinterlassen eine feuchte Spur an der Innenseite meiner Schenkel. Mit seinen

Füßen spreizt er meine Beine noch ein wenig mehr. Er meint es wirklich gut mit mir und fickt mich mit dem Dildo bis zur Erschöpfung. Ich komme mehrmals hintereinander, was ihn zu weiteren Aktivitäten veranlasst.

Keine Ahnung, wie lange er sich nun schon um mich kümmert. Im Dämmerlicht habe ich jedes Zeitgefühl verloren. Unvermittelt schneidet er meine Fesseln durch und löst den Knebel.

*„na kleine, bist du gekommen?" fragt er mich grinsend.*

„Ja, Paul."

*„bedank dich!"*

„Danke, Paul!"

*„ich bin dein Dom, dein HERR!"*

„Danke, Herr!"

*„schon besser."*

*„so, kleine, ich muss los."*

*„räum hier auf und zieh die tür hinter dir zu."*

*„und beeil dich, hörst du."*

Mit diesen Worten geht er aus dem Raum und verlässt die Wohnung. Regungslos bleibe ich sitzen. Er überrascht mich immer wieder. Ich suche im Dunkeln nach einem Lichtschalter. Nichts passiert. Ist der Strom abgeschaltet? Draußen ist es fast dunkel. Nachdem ich die Jalousien geöffnet habe, kann ich mich etwas besser orientieren. Im Wohnraum befindet sich eine Küchenecke. Auf der Arbeitsplatte liegen jede Menge Krümel, ein schmutziger Teller, ein benutztes Messer. Der Kühlschrank ist leer und stinkt. Offenbar ist er lange nicht in Gebrauch gewesen, und noch länger nicht gereinigt worden.

Auch das Badezimmer ist in einem traurigen Zustand. Ich möchte diese Dusche nicht benutzen. Der Abfluss ist verstopft mit vielen schwarzen Haaren. Auf der Spiegelablage liegt dicker Staub, das Waschbecken ist stumpf und fleckig. In einer Ecke liegt ein Berg mit schmutziger Wäsche. Hier hat schon lange niemand mehr sauber gemacht. Mein Telefon klingelt.

*„bist du immer noch in der wohnung?"*
„Ja, ich muss mich frisch machen."
*„beeil dich gefälligst und geh!"*
„Ja, ich bin gleich soweit."

Er legt auf. Warum drängelt er so? Was hat er zu verbergen. Meine Neugierde ist geweckt und ich sehe mich noch einmal etwas intensiver um. Im Flur finde ich den Sicherungskasten und schalte den Hauptschalter ein. Ich habe Licht!
In einem weiteren Zimmer steht ein Stockbett. Ein Kinderzimmer? Die Betten sind nicht bezogen. Dann betrete ich einen größeren Raum. Das muss das Schlafzimmer sein. Weiße, zerknüllte Bettwäsche. Es riecht muffig. Hier muss dringend gelüftet werden.
Zurück im Wohnraum ziehe ich mich an. Eine Dusche muss warten, bis ich wieder zu Hause bin. Im hellen Schein der Lampe schaue ich mich noch einmal in Ruhe um. Auf der Fensterbank finde ich ein Buch über Heilpflanzen. Darin ein Aufkleber mit seinem Namen und der Praxisadresse! Ich kann es nicht fassen. Endlich weiß ich mehr. In meiner Handtasche suche ich Stift und Zettel als mein Handy erneut klingelt.

*„bist du endlich unterwegs?"* herrscht er mich an.
„Gleich, ich kann meinen zweiten Schuh nicht finden.", lüge ich.
*„wie blöd bist du?"*

194

„Es ist stockdunkel!"

*„nun mach und fahr dann endlich!"*

Offensichtlich passt es ihm nicht, dass ich immer noch in der Wohnung bin. Er ist richtig aufgebracht. Sorgfältig notiere ich mir seinen Namen, die Adresse und Telefonnummer. War es seine Absicht? Sollte ich das Buch finden? Oder war es nur eine Nachlässigkeit von ihm? Ich vermag es nicht zu sagen. Und was ist das für eine Wohnung? Die Art der Einrichtung lässt auf eine Ferienwohnung schließen. Gehört sie ihm, oder hat er sie gemietet?

Noch einmal gehe ich durch alle Räume. Ich präge mir alles genau ein und suche nach weiteren Hinweisen. Es muss ja einen Grund haben, warum er so ein Geheimnis um seine Person macht.

Ich schließe die Rollläden, schalte den Hauptschalter wieder aus, ziehe die Wohnungstür hinter mir zu und verlasse das Haus. Im Auto suche ich mit Hilfe des Navis die gefundene Adresse als das Handy zum dritten Mal klingelt.

*„wie weit bist du?"*

„Bin im Auto und will jetzt fahren."

*„gut."*

Gut! Kein gute Fahrt – kein nichts. So ist er. Inzwischen ist die Strecke berechnet. Es sind nur knapp 30 km. Also entscheide ich mich, diesen kleinen Umweg zu machen. Nach kurzer Zeit habe ich das Ziel erreicht. Ein Mehrfamilienhaus, im Erdgeschoss die Praxis. Sein Auto steht vor der Tür. Für einen kurzen Moment möchte ich aussteigen, klingeln und ihn zur Rede stellen. Aber da ich inzwischen seine heftigen Reaktionen kenne, verwerfe ich diese Idee. Er mag keine Überraschungen.

Es ist nicht so besonders klug, ihm sofort mein Wissen auf die Nase zu binden. Ich werde nach Hause fahren und nun im Internet sicher noch mehr über ihn in Erfahrung bringen können. Inzwischen ist es stockdunkel geworden und ein riesiger orangefarbener Vollmond begleitet mich auf meinem Rückweg. Dieses Bild werde ich nie vergessen. Nun benötige ich wesentlich mehr Zeit für die Strecke. Langsam fahre ich über die Autobahn, meine Gedanken kreisen und basteln an meinem Puzzle. Er muss einen triftigen Grund für sein Verhalten haben. Was verheimlicht er mir?

# Kapitel 21

*„maus, du warst perfekt!"*

*„du hast mich sehr beeindruckt."*

„Danke."

*„du bringst alles mit."*

*„die ruhe und geborgenheit einer ehefrau,"*

*„die lust einer jungverliebten,"*

*„die verruchtheit einer hafennutte,"*

*„die tugenden einer zofe."*

„Worauf beziehst du dich?"

*„auf dich!"*

„Du hast eine Ehefrau."

*„nicht mehr lange."*

*„..."*

*„ich weiß inzwischen, dass du dich an alles ran traust."*

*„du hast die scheu verloren, jede scheu, jede scham."*

„Ist das nun gut oder schlecht?"

*„ ))) du kennst mich!"*

„Wirklich?"

„Du hast so viele Geheimnisse."

*„du siehst dich endlich als frau, du hast erkannt, welche macht in dir steckt."*

*„du musst nur mit den fingern schnippen und die männer liegen dir zu füßen."*

*„historisch hatten die frauen immer die macht, die männer haben es nur nicht gemerkt,"*

*„sie haben ihre fäden geschickt im hintergrund gesponnen,"*

*„sie haben durch ihre erotische ausstrahlung alles bei den männern erreichen können."*

„Bei dir erreiche ich nichts!"

*„der mann ist schwanzgesteuert ... ))). "*

„Paul, ich brauche keine Macht, schon gar nicht über dich."

„Ich brauche einen Mann an meiner Seite, dem ich blind vertrauen kann, der in jeder Hinsicht ehrlich ist, und der mir das Gefühl gibt, dass ich ihm wichtig bin."

*„du sollst deine position als frau ausnutzen."*

*„glaub bloß nicht, dass es jeder gelingt. das können nur die klugen und die schönen."*

*„eine frau wie du!"*

„Ausnutzen hört sich so negativ an."

„Nutzt <u>du</u> mich aus?"

*„kleine, ich liebe dich!"*

„Und warum machst du dann so ein Geheimnis um deine Person?"

„Warum gibst du mir deine Telefonnummer nicht?"

„Warum sagst du mir weder deinen Namen, noch deine Adresse."

„Gehört dir die Wohnung in Hooksiel?"

„Paul, deine Worte und dein Verhalten passen nicht zusammen."

„WARUM?"

*„der schmuck des mannes ist seine frau, sonst braucht er nix!"*

*„wenn er sie dann noch liebt, ist es das totale glück."*

„Paul, bitte beantworte meine Fragen."

*„ich werde dir alles sagen – bald."*


Und schon ist er weg. Wie jedes Mal. Wenn ihm meine Fragen zu anstrengend werden, oder er sich in die Enge getrieben fühlt, haut er ab. Er weicht mir aus, aber er erzählt mir ständig, wie sehr er mich liebt. Wenn er wüsste, was ich jetzt weiß. Ich mag mir seine Reaktion gar nicht ausmalen.

Im Internet habe ich nicht viel über ihn gefunden. Eine Website von seiner Praxis gibt es nicht. Er ist in Lübeck zur Schule ge-

gangen und er hat in Braunschweig und Göttingen studiert. Im
Moment kann ich mit diesen Informationen nichts anfangen.

Er spielt weiter sein Spiel mit mir. Tagelang meldet er sich nicht,
um dann zigmal an einem Tag anzurufen oder Nachrichten auf
dem PC zu verschicken. Dieses Verhalten macht mich fertig. Ich
muss mir eingestehen, ich vermisse ihn, wenn ich nichts von
ihm höre. Er fehlt mir. Dabei verhält er sich wie ein Oberarsch-
loch. So geht man doch nicht miteinander um. Schon gar nicht,
wenn man sich angeblich liebt. Warum finde ich aus dieser
Nummer keinen Ausweg?

Wenn er sich meldet, will er Telefonsex oder besondere Bilder
von mir, vorzugsweise nackt. Er schreibt mir vor, was ich anzu-
ziehen habe, er schreibt mir vor, dass ich rund um die Uhr für
ihn erreichbar sein soll, und er erwartet bedingungslosen Gehorsam. Und wenn ich etwas von ihm erwarte …, z.B. nur ein paar
Antworten auf meine Fragen, dann erklärt er mir, dass ich als
Sub keinerlei Anspruch auf irgendwelche Informationen habe.
Aha!

Die Monate gehen dahin. Es ist Herbst geworden.

Mein Telefon klingelt. Die Nummer kenne ich nicht.

Meine Verwunderung könnte nicht größer sein. Paul meldet sich.

*„kleine, ich vermisse dich. du bist mein größtes glück!"*

Bevor ich in meiner Überraschung eine Antwort geben kann,
legt er auf. Er hat tatsächlich seine Mobilnummer preisgege-
ben!!! Ist gerade ein Wunder geschehen? Ich überlege, ob ich
zurückrufen soll, da klingelt es schon wieder. Es ist die gleiche
Nummer.

*„warum probierst du es nicht aus?"*

„Was?"

*„ testen!"*

*„ teste, ob die nummer stimmt )))!"*

Weg ist er wieder. Ich speichere die Nummer als allererstes ab und dann rufe ich zurück. Dieses Mal meldet er sich mit:

*„ verführung von engeln. "*

und lacht dabei aus vollem Halse. Er schafft es immer wieder mich zu überrumpeln. Ich weiß nicht, wie ich darauf reagieren soll.

*„ sag was, kleine. "*
„Danke!"
*„ mehr nicht? "*
„Paul, ich bin sehr überrascht. Woher dein plötzlicher Sinneswandel?"
*„ warum so misstrauisch? "*
„Wundert dich das wirklich???"
„Das könnte möglicherweise mit deinem Verhalten zusammen hängen ..."
„Denk einfach mal darüber nach!"
*„ kleine, ich liebe dich!!! ))) "*

Es ist zwecklos. Er lässt sich nicht packen. Er ist aalglatt. Ich muss meine Gedanken verändern und einfach die kleinen Momente des Glücks genießen. Ich mache es jetzt so wie er. Ich lebe den Augenblick und mache mir das Leben nicht mehr schwer mit meinen ewigen Grübeleien.
Das funktioniert sogar. Wenn er sich meldet, oder wenn wir uns sehen, freue ich mich. Wenn er sich nicht meldet, oder wir uns

auch nicht sehen, ist es auch in Ordnung. Mit dieser Einstellung geht es mir viel besser, wenngleich ich immer noch versuche, aus diesem „Beziehungspuzzle" ein Bild zusammen zu setzen. Einige Wochen später, steht er auf einem Samstagmorgen plötzlich in meiner Wohnung. Ohne Vorankündigung! Er hat ja seit seinem ersten Besuch meinen Schlüssel. Das hat er so bestimmt. Ich bin gerade im Bad und trockne mich ab. Er nimmt sich, was er will. Mich!

Er zieht mich an den nassen Haaren ins Schlafzimmer und verlangt, dass ich es mir mache. Dabei soll ich ihm in die Augen sehen. Er steht da, und sieht mir zu. Als ich fertig bin, nimmt er mich lächelnd in den Arm und küsst mich voller Zärtlichkeit.

*„das hat mir gefallen!"*

*„danke!"*

Mit diesen Worten dreht er sich um und geht.

Bis zum Jahresende 2009 bekomme ich noch ein paar dieser Überraschungsbesuche von ihm. Für eine Stunde oder zwei ist er dann bei mir. Manchmal erlebe ich in dieser Zeit wirklich wunderbare Momente mit ihm. Es entwickelt sich sogar so etwas wie Normalität. Wir frühstücken zusammen, erzählen uns von unseren Erlebnissen, oder er legt seinen Kopf in meinen Schoß, lässt sich von mir über die Haare streicheln, genießt meine Massage und ist ganz still. Wie nah wir uns dann sind. Wir schweigen und verstehen uns ohne Worte.

Er ist mit einem Mal so liebebedürftig, so anhänglich, ein großer Mann, der sich auch mal anlehnen möchte, um Kraft zu tanken. Nicht der immer bestimmende harte Dom, nicht dieser herrische Kerl, der keinen Widerspruch duldet. Er ist ganz weich und sucht meine Nähe. Ich halte ihn und wiege ihn in meinen Armen.

Ja, mein Paul hat viele Gesichter. Er zeigt sich mir von vielen Seiten und langsam lerne ich ihn immer besser kennen.

Er ist ein Mann mit einer harten Schale, aber darunter verbirgt sich der berühmte butterweiche Kern. Manchmal scheint er mir unglaublich verletzlich, voller Zweifel und voller Ängste. Und dafür liebe ich ihn immer mehr.

Er mag das Spiel, er ist ein Gambler. So hat er sich selber einmal bezeichnet. Wenn er spielt, hat er die Fäden in der Hand, und ist immer in der Lage, mich zu überraschen, positiv und negativ. Dann ist er hart und unnachgiebig und macht mir sogar ein wenig Angst, oder aber er ist unvorstellbar liebevoll und zärtlich.

Läuft es nicht nach seiner Nase und nehme ich nicht genug Rücksicht auf ihn, zieht er sich sofort zurück und ist extrem beleidigt. Umgekehrt ist es ihm allerdings völlig egal, wenn ich in Tränen ausbreche und total fertig bin. Anstatt mich aufzufangen ist er rücksichtslos und verletzend zu mir.

Ist das Absicht? Will er mich klein machen? Er zeigt zeitweise so extreme Verhaltensveränderungen, man könnte meinen er hat eine Persönlichkeitsstörung oder ähnliches. Davon habe ich natürlich keine Ahnung, aber ich habe so einen wechselhaften Mensch noch nie erlebt und deshalb ist das vielleicht eine mögliche Erklärung.

In der Adventszeit lädt er mich ein zu einem Kurzurlaub. Zum ersten Mal will er gleich mehrere Tage mit mir zusammen verbringen.

*„nimm urlaub, wir beide fahren weg!"*
„Ich kann meine Überstunden abfeiern."
*„gute idee, nimm zwei tage vor dem ersten advent!"*

Es hat geklappt. Ich bekomme diese Tage frei und schreibe ihm in fröhlicher Stimmung diese gute Nachricht. Ich freue mich so.

Wir werden etwas mehr Zeit miteinander verbringen. Wohin es geht, verrät er mir natürlich nicht, aber daran bin ich inzwischen gewöhnt. Ich stelle keine Fragen mehr.

Unser Wochenende rückt näher. In Gedanken packe ich meine Tasche. Endlich werde ich eine Gelegenheit haben, meine schönen Kleider auszuführen. Ich werde Paul gefallen! Meine innere Anspannung wächst mit jedem Tag. Seit drei Tagen habe ich mal wieder nichts von ihm gehört. Dann endlich ein kurzer Anruf.

*„na kleine, bist du vorbereitet? "*

„Ja, ich werde morgen meine Tasche packen."

*„das ist gut. "*

*„ich möchte dich feminin und geil! "*

„Ja, Paul, wann holst du mich ab?"

*„das sage ich dir noch ... "*

Heute ist Dienstag. Wir wollen Mittwochnachmittag losfahren. Langsam werde ich kribbelig und ich habe schreckliche Angst, dass er mich wieder versetzt. Mein Dienst und auch seine Sprechstunde gehen bis 12.00 Uhr. Er braucht mindestens drei Stunden bis zu mir. Vor 15.00 Uhr kann er nicht hier sein. Ich mache mir eine Kleinigkeit zu essen, prüfe zum wiederholten Mal meine Tasche. Habe ich nichts vergessen? Schaue immer wieder auf die Uhr und schließlich versuche ich ihn anzurufen. Die Mailbox geht an.

„Schade, dass du nicht dran gehst – ich bin bereit und warte auf dich. Es ist jetzt kurz nach zwei und du bist sicher längst unterwegs. Hab` eine gute Fahrt. Ich freue mich auf dich. Kuss, Kuss, Kuss."

Er meldet sich gleich ..., sagt mein Herz. Unruhig laufe ich durch meine Wohnung. Gehe noch einmal ins Bad und überprüfe mein Make-up. Es ist mir gut gelungen. Ich lächle meinem Spiegelbild zu. Ja, ich bin sehr zufrieden mit mir. Schön geschminkt, perfekte Frisur, Fingernägel lackiert, figurbetontes Kleid, Strümpfe – fehlt nur noch mein lieber Paul.

Noch einmal schaue ich auf mein Telefon. Habe ich seinen Anruf oder eine Nachricht verpasst?

Nein. Nichts!

Seufzend fahre ich den Computer wieder hoch. Vielleicht eine Mail? Oder eine Nachricht im Chat?

Nein. Nichts!

Es ist 16.00 Uhr! Tränen steigen in mir hoch. Ich will es nicht wahrhaben. Er hat mich schon wieder hängen lassen. Warum macht er das? Und warum lasse ich blöde Kuh mir das immer wieder gefallen???

Wütend wähle ich seine Nummer. 10, 12 Male tue ich mir (und ihm) das an. Ich kann mich gerade noch bremsen und heule ihm nicht auf seine Mailbox. ARSCHLOCH!!! , denke ich und versuche mich zu beruhigen. Da klingelt mein Telefon. Endlich …, denke ich.

Es ist meine Tochter. Ich reiße mich zusammen und lasse mir, zu meiner großen Erleichterung, nichts anmerken. Sie fragt, was ich an meinen freien Tagen vorhabe.

„Nichts besonderes", lüge ich.

Das Wochenende mit Paul habe ich gerade abgeschrieben. Doch ich will auf keinen Fall zu Hause sitzen und Trübsal blasen. Ich habe frei und will diese Zeit nutzen.

„Soll ich dich mal besuchen? Für vier Tage lohnt sich die Fahrt nach Süddeutschland."

Ja! Ja! Ja! Sie freut sich auf meinen Besuch. Morgen früh mache ich mich auf den Weg. Am Abend packe ich meine Kleider wieder aus und entscheide mich für warme Hosen und Pullover. Wir wollen auf den Weihnachtsmarkt gehen, einen Stadtbummel machen, Schuhe kaufen, Essen beim örtlichen Lieblingsitaliener, und ganz bestimmt stundenlang frühstücken und natürlich viel erzählen.

Meine Güte, was bin ich froh. Mein Wochenende ist gerettet und ich komme auf andere Gedanken.

Bei meiner Tochter finde ich tatsächlich Ablenkung. Wir verbringen ein paar wunderbare Tage zusammen. Ich bin entspannt und ausgeglichen und vermisse nichts. Es geht also auch ohne ihn. Nur ab und zu kontrolliere ich mein Telefon, aber wie zu erwarten meldet er sich nicht.

Zurück zu Hause, bekomme ich einen Anruf von Wolfgang. Wir haben seit ein paar Wochen nichts von einander gehört und deshalb freue ich mich sehr über seine Einladung zu einem heißen Glühwein mit einem leckeren Krapfen auf dem Weihnachtsmarkt.

Wir haben an diesem Abend viel Spaß. Und weil es so schön war, verabreden wir uns in der nächsten Woche zu einem Genussnachmittag in der Sauna. Ja! Ich habe endlich beschlossen, keine Zeit mehr zu verplempern, indem ich bis in alle Ewigkeit darauf warte, bis Paul sich die Ehre gibt. Das Leben ist doch viel zu schön, um es mit Warten zu vertrödeln.

Das ist vorbei – und so lange er sich nicht meldet, funktioniert das gut. Ich mache meine eigenen Pläne und habe eine Verabredung nach der anderen. Alleine zu Hause zu sein, halte ich noch nicht aus. Dann verfalle ich in mein altes Muster und sitze stundenlang vor meinem Computer und hoffe auf Nachrichten, auf ein Wunder oder was weiß ich.

Wolfgang ist in dieser Zeit für mich da und wir kommen uns näher. Wir backen Plätzchen, wir kochen zusammen, wir gehen sogar zum Tanzen und dann fragt er mich ob wir Weihnachten zusammen feiern wollen. Ja, das möchte ich sehr gerne, denn mit Grauen erinnere ich mich an die letzten Jahre, die ich immer alleine verbracht habe. Alleine, mit meinen unerfüllten Hoffnungen.

Am kommenden Samstag verabreden wir uns an einer Tannenschonung und suchen den schönsten! Weihnachtsbaum für uns aus. Es ist kalt und es schneit wie verrückt. Wie kleine Kinder, machen wir eine richtige Schneeballschlacht. Was ist das für ein Spaß! Mit roten Nasen und ein wenig durchgefroren genießen wir noch einen Becher dampfenden Glühwein und ein paar knusprige Spekulatius. Da kommt eine wunderbare Stimmung auf. Weiße Weihnachten! Das gab es hier schon gefühlte Ewigkeiten nicht mehr. Hanna, das Leben ist schön! Ich kann tatsächlich wieder nach vorne schauen. Auf einem Schlitten transportieren wir unser Bäumchen zu mir nach Hause.

Am Abend setze ich mich an meinen Rechner und schreibe Paul einen letzten Brief. Seit drei Wochen hat er sich nicht mehr gemeldet. Keine Entschuldigung, keine Erklärung, kein einziges Wort. Er hat offenbar seine Entscheidung getroffen. Ich auch. Ich möchte es für immer zu Ende bringen.

Lieber Paul!
Auf diesen Brief wartest du bestimmt schon sehr lange von mir. Du hast es geschafft, du brauchst diesen Schritt nicht selber zu machen. Du hast mich so weit geführt, mir bleibt keine andere Wahl mehr.

Ich habe dir vertraut, aber heute erkenne ich meinen Fehler. Du hast nur dein Spiel mit mir gespielt. Du hast mich benutzt. Ich war nur formbares Material für dich (deine Worte). Bist du mit dem Ergebnis zufrieden? Du hast einen anderen Menschen aus mir gemacht. Eine Frau, die ihre Weiblichkeit entdecken durfte, eine Frau, die die Liebe neu entdeckt hat, eine Frau, die mit dir ein neues Leben führen wollte. Das Leben, von dem du mir erzählt hast, unser gemeinsames Leben. Ich wollte die Frau an deiner Seite sein. Die Frau, die alles für dich tun wollte. Ja Paul, all das hast du aus mir gemacht, und du hast mich damit glücklich gemacht. Sehr glücklich, weil hinter allem meine Hoffnung stand, mit dir den Mann meines Lebens gefunden zu haben. Den Mann, der mich zu führen versteht.

Du hast mir damit sehr viel gegeben, aber du hast mir ebenso viel damit genommen. Du hast mich allein gelassen. So, wie ich es in meiner Ehe auch immer war. Ich habe gekämpft und geweint, bis irgendwann die Gleichgültigkeit gewonnen hatte.

Auch um dich habe ich gekämpft. Ich wollte dich mit meinen Briefen erreichen. Ich wollte dein Herz berühren, dein Herz, von dem du mir gesagt hast, es würde nur mir gehören. Ich habe es nicht geschafft.

Seit Monaten, nein seit Jahren! steht etwas zwischen uns. Genau genommen, seit du mit deiner Frau in dieser Spezialklinik in München warst. Natürlich habe ich mir darüber Gedanken gemacht, denn meine Fragen hast du nie beantwortet. Für mich gibt es nur eine Erklärung für dein Verhalten. Die Therapie hatte bei deiner Frau den gewünschten Erfolg.

Meine Träume habe ich begraben. Es bleiben Erinnerungen. Gute, die mich lächeln lassen, aber auch die, die mir die Tränen über mein Gesicht laufen lassen.

Ich werde einen neuen Weg gehen. Einen Weg ohne dich.

Mach`s gut Paul,

deine Hanna

Ps.: Das Gedicht ist mein Weihnachtsgeschenk für dich.

## Weihnachtstraum in Davos

*Klirrende Kälte und glitzernder Schnee,*
*unter dickem Eis ruht still der See.*
*Die Welt hält inne, man kann es sehen,*
*im Frühjahr wird sie sich wieder drehen.*

*Wald und Wiesen dick verpackt,*
*wunderschöne weiße Pracht.*
*Bäche, schön wie Silberband,*
*schlängeln sich durchs Winterland.*

*Im Pferdeschlitten, welche Freude,*
*genießen wir diese kleine Reise.*
*Weiche Decken halten uns warm,*
*ich fühl' mich so wohl in deinem Arm.*

*Weiter geht's mit Glöckchenklang,*
*über den schneebedeckten Hang.*
*Wir halten im Wald und schlagen den Baum,*
*welch wunderbarer Weihnachtstraum.*

*Das Fest der Liebe, nur wir beiden,*
*vorbei die Zeit der stillen Leiden.*
*Wir dürfen endlich glücklich sein,*
*lachen und lieben, nie mehr allein.*
*Hanna, im Advent 2009*


Am nächsten Morgen bekomme ich eine sms:

*„ich liebe dich doch so sehr!"*

208

# Kapitel 22

Das Jahr neigt sich dem Ende zu.

Es hat mich soviel Kraft gekostet, aber es hat mich auch sehr stark gemacht. Aus Erfahrungen soll man lernen.

Die Eintragungen in meinem Kalender sprechen für sich. Ich möchte am liebsten alles hinter mir lassen.

*Ich liebe dich doch so sehr???*

Wer`s glaubt! Hat er noch alle guten Geister beisammen? Wie kann er sich immer wieder so verhalten und mich dann auch noch glauben machen wollen, dass er mich liebt?

Liebe geht anders!

Da passt doch wirklich nichts zusammen. Ich muss unbedingt meinen Schlüssel zurück haben. Ich habe kein gutes Gefühl mehr. Am Telefon lässt er mich auflaufen. Er will mir den Schlüssel nicht zurückgeben. Bei seinem nächsten Besuch werde ich ihn ihm abnehmen. Das ist mein Plan. Es kommt anders.

21. Dezember 09. Ich komme von der Arbeit nach Hause. Die Wohnungstür ist nur einmal abgeschlossen. Merkwürdig. Ich bin mir sicher, ich habe sie heute Morgen zweimal geschlossen. Das mache ich immer so. Nachdenklich schiebe ich die Tür auf. Gerade setze ich meine Tasche ab, als er mich von hinten packt.

„Lass mich los", schreie ich ihn an. Das beeindruckt ihn in keiner Weise. Trotz meines heftigen Widerstandes zerrt er mich an den Haaren ins Schlafzimmer und schubst mich aufs Bett. Er schmeißt sich auf mich, hält mir den Mund zu und droht mir. Ich habe furchtbare Angst. So brutal habe ich ihn nie zuvor erlebt. Dann fällt er mit roher Gewalt über mich her.

Weinend lasse ich das geschehen und empfinde nur noch Wut und Hass und absolute Hilflosigkeit.

Ohne ein Wort verlässt er meine Wohnung. Ich kann nicht mehr. Zitternd sitze ich am Computer und schreibe ihm einen letzten Brief.

Ich werde und will nicht mehr auf dich warten. Heute bist du zu weit gegangen. Gib mir meinen Schlüssel zurück. Ich werde dich anzeigen.
Hanna

Seine Reaktion folgt prompt. Er hat Angst. Er spürt meine Entschlossenheit. Er hat verstanden, ich meine es ernst. Er verspricht mir alles Mögliche und Unmögliche. Ich möchte ihm so gerne glauben, aber ich kann und ich will das nicht mehr. Seine Lügen kann ich nicht vergessen, meine Enttäuschungen sitzen zu tief. Er verspricht mir eine gute Zeit.
Natürlich! Eine gute Zeit? Werden wir die noch erleben können? Er ist ein Meister seines Faches im Versprechen machen. Ein Versprechen zu halten ist ihm bisher nur ganz selten gelungen. Die Feiertage stehen bevor. Wird er sich melden?

## Mein Stern

*Ich hab` mich auf meinen Weg gemacht,*
*allein unterwegs in schwarzer Nacht.*
*Eisigkalt, dunkel und still,*
*einsam mein Schritt, weil er es so will.*

*Mein Weg führt mich weiter – hoch hinauf,*
*stoßweiser Atem, weißer Rauch.*
*Der leise Schnee, meine Spuren versteckt,*
*schnell immer weiter, unentdeckt.*

*Angstvoll zurück noch einmal mein Blick,*
*auf diesen Berg hast du mich geschickt.*
*Gefahrvoller Pfad, tückisch und glatt,*
*finde kaum Halt, vor Anstrengung matt.*

*Bald bin ich oben, bin bald am Ziel.*
*Du gibst mir alles, ich brauche nicht viel.*
*Nur noch ein Stückchen, kann dich fast sehen,*
*muss meinen Weg einfach weiter gehen.*

*Jetzt noch über den schmalen Grat,*
*der Wind reißt mich um, ich rutsche ab.*
*Eiskalte Hände suchen nach Halt,*
*mein gellender Schrei verliert sich im Wald.*

*Ich war dir so nah, dein Blick war so warm,*
*wollte doch Schutz in deinem Arm.*
*Still`falle ich tiefer, seh`meinen Stern,*
*blinkert mir zu aus weiter Fern`.*

*Ruhe umgibt mich, ein warmes Licht,*
*es kommt auf mich zu, ich fürchte mich nicht.*
*Mein Weg ist zu Ende, jetzt finde ich Frieden,*
*dein ist mein Herz, nur dich kann ich lieben.*

*Hanna, Weihnachten 2009*


Er meldet sich nicht! Erst nach Weihnachten ruft er mich an. Dieser Blödmann. Natürlich tut er so, als wäre alles in Ordnung. Über seine Aktion vor Weihnachten schweigt er sich aus. Geht darüber weg. Wie immer. Meine Kritik lässt er nicht gelten. Macht mir weiß, dass ich es so brauche und es so will.

*„mit einer anzeige machst du dich lächerlich."*

Ich schweige. Es macht keinen Sinn mit ihm darüber reden zu wollen. Er hat kein Bewusstsein für Recht oder Unrecht. Er versucht mich zu umgarnen und fragt, was er dann immer fragt:

*„kleine, liebst du mich noch?"*

Es fällt mir immer schwerer, diese Frage mit einem klaren Ja zu beantworten. Ich bin voller Zweifel. Die vielen Enttäuschungen sitzen zu tief. Es geht nicht voran. Ich habe meinen Glauben an unsere Zukunft längst begraben. Er will sich mit mir treffen. In Hooksiel. Ich reagiere zurückhaltend.

*„ich werde nix tun, was du nicht möchtest"*

Schließlich willige ich ein, und treffe ihn Anfang Januar in einer gemütlichen Friesenmühle. Er lädt mich zu Tee und Friesentorte ein. Voller Begeisterung zeigt er mir die ostfriesische Teezeremonie. Zuerst den Kandis in die Tasse, dann den heißen Tee hinein und obendrauf das Sahnewölkchen. Ich bin überrascht. Er ist zuvorkommend, redselig und zeigt sich von seiner liebevollen Seite. Er ist so, wie ich ihn mir immer gewünscht habe. Es ist das erste Mal, dass er sich mit mir in der Öffentlichkeit zeigt.

Er ist immer zu mir gekommen, nur ein einziges Mal habe ich ihn in dieser Wohnung besucht. Bei allen Treffen habe ich ihn fast ausschließlich als unnachgiebigen, gefühlslosen Dom erlebt.

Er hat sich genommen was er wollte und ist wieder gegangen. Nun ist da mit einem Mal ein Stückchen Normalität zwischen uns. Das gefällt mir. Das ist es doch, was ich will. Beides. Einen dominanten Mann beim Sex und einen ehrlichen, liebevollen und zuvorkommenden Partner im normalen Leben. Das ist das, was er mir immer in den schönsten Farben ausgemalt hat. Und so lerne ich ihn jetzt tatsächlich kennen.

Zufrieden fahre ich nach Hause und freue mich über unseren gelungenen Neubeginn. Eine Woche später bekomme ich überraschenden Besuch von ihm. Er bringt Kuchen mit. Wir trinken Tee und erzählen. Wir machen Pläne … Er kuschelt sich auf dem Sofa an mich, küsst mich und streichelt mich. Ein liebevoller, zärtlicher Mann, der meine Nähe genießt. Ich staune über diese enorme Veränderung.

Zwei Wochen später treffen wir uns am See. Wir machen einen kurzen Spaziergang, anschließend gibt es ein kleines Picknick mit Plätzchen und Tee aus der Thermoskanne im Auto. Wir lachen, wir reden, wir planen und ich bin glücklich. Endlich! Als wir uns verabschieden drückt er mir sogar 50 Euro fürs Benzin in die Hand. Wird jetzt alles gut?

### Dein Engel

*Hast du einem Engel in die Augen gesehen?*
*Er wird dir begegnen und du wirst verstehen.*
*Er kann deinen Schmerz im Herzen sehen,*
*vertrau ihm, er wird immer mit dir gehen.*
*Eine Liebe, die dich tief im Herzen berührt,*
*vielleicht hast du diese Liebe noch niemals gespürt,*
*und doch ist sie dir so unendlich vertraut,*
*denn du hast einem Engel in die Augen geschaut.*

Gib ihm deine Hand, er wird darauf warten,
um gemeinsam mit dir in die Zukunft zu starten.
Er zeigt dir Gefühle, die vom Herzen kommen,
Gefühle, die man dir genommen.
Ein Teil von ihm, ist ein Teil von dir,
er kennt deine Stärken, sie ruhen in dir.
Er hört dir nur zu, stellt keine Fragen,
vertrau ihm einfach, wird er dir sagen.

Höhen und Tiefen im bunten Leben,
es hat dir alles schon gegeben.
Schmerzen, Tränen und viel Leiden,
Liebe, Träume und die Freuden.
Er wird helfen, deinem Herzen zu trauen,
und dir dabei in die Augen schauen.
Er weiß, was deiner Seele fehlt,
zeigt dir auf seine Art die Welt.

Er will dich begleiten auf deinen Wegen,
endlich wirst du wieder glücklich leben.
Mit Liebe hat er in dein Herz gesehen,
er wird bei dir bleiben und nie wieder gehen.
Gemeinsames Glück, gemeinsame Zeit,
endlich bist du dafür bereit.
Deinem Engel kannst du immer vertrauen,
du brauchst ihm nur in die Augen zu schauen.

Hanna

Licht und Liebe für dich ...
Deine Hanna

Am 5. Februar 2010 besucht er mich wieder. Wir frühstücken zusammen. Er hat leckere Brötchen und ganz dicke Eier vom Markt mitgebracht. Sein Verhalten ist so viel angenehmer als früher. Liebevoll, redselig und charmant. Heute ist er der andere Paul. Der Paul, den ich so sehr liebe. In gelöster Stimmung nimmt er mich in den Arm und bittet mich ihm zu gehören. Als ich zögere, beruhigt er mich sofort mit seinen Worten.

*„ich werde nix tun, was du nicht möchtest!"*

Schließlich willige ich ein. Ich möchte ihn auch. Ich möchte ihm gehören. Ich möchte ihm vertrauen. Er fesselt mich und fixiert mich am Bett. Nachdem das geschehen ist, geht eine Wandlung in ihm vor. Plötzlich ist er wieder der andere Paul, der Paul, der mir Angst macht, der Paul, der so unberechenbar ist. Ich muss hilflos zusehen wie er seelenruhig meinen Schlafzimmerschrank durchsucht und dann findet er meine Tagebücher. Er liest meine letzten Eintragungen vom vergangenen Dezember. Wütend wirft er sich auf mich, fixiert mein Kinn und zwingt mich, ihm in die Augen zu sehen.

*„du willst den schlüssel zurück und du willst mich wirklich an-*
*zeigen?"*
*„was bildest du dir ein. du gehörst mir! kapier das endlich!"*

Weinend versuche ich ihm zu erklären, was kurz vor Weihnachten in mir vorging. Ich war verletzt. Er war über mich hergefallen und hatte mir furchtbare Angst gemacht. Er lässt meine Einwände nicht gelten. Verärgert löst er meinen Schlüssel von seinem Schlüsselbund und knallt ihn auf die Kommode. Dann löst er meine Fesseln und schnauzt mich an:

*„zieh dir was über!"*

Ich gehorche. Bevor er geht, fixiert er mich mit eisigem Blick. Es war kein Gefühl von Wärme in diesen Augen. Dann sagt er mir mit leiser, schneidender Stimme:

*„auch wenn ich deinen wohnungsschlüssel nicht mehr habe, wirst du immer mir gehören. vergiss das nie!"*

Danach ist er aufgestanden und hat mich aufgefordert, ihn zur Tür zu begleiten. Ich soll mich angemessen von ihm verabschieden. Kein klärendes Gespräch. Nichts.

Ich habe ihn nicht zur Tür begleitet.
Ich habe mich nicht von ihm verabschiedet.
Ich habe ihm nur nachgeschaut, und mich gefragt, was in diesem Menschen vorgeht.
Ich habe mich zum x-ten Male gefragt warum ich mich immer wieder auf ihn einlasse.
Er hatte einen müden Gang, runde Schultern, einen gebeugten Rücken, eine schlecht sitzende Hose. Ein armseliges Bild von einem Mann. Das ist meine letzte Erinnerung an ihm. Ich kann sie nicht verdrängen.

6. Februar 2010
Ich bin online, auf der blauen Seite. Um ein paar Minuten habe ich ihn verpasst. Verpasst ist nicht der richtige Ausdruck. Wir reden seit gestern nicht mehr miteinander. Zuviel steht zwischen uns. Auf der Nickliste kenne ich niemanden und ich schreibe auch niemanden mehr an. Hier wird gelogen, dass sich die Balken biegen. Ohne mich. Ich habe genug. Es genügt mir voll und ganz, einmal auf einen Idioten hereinzufallen.

Gerade, als ich mich abmelden möchte, bekomme ich eine Nachricht.

„Hallo, ich wünsche dir einen schönen guten Tag. Hier ist Michael."

Das ist ja mal eine nette Begrüßung, sogar seinen Namen hat er geschrieben.

„Hallo, ich bin Hanna."
„wie geht es dir?
„Geht so."
„Warum geht so?"
„Weil es mir nicht gut geht."
„oh, bist du krank?"
„Nein."
„Hab` schlechte Erfahrungen gemacht."
„hier im Chat?"
„das kommt hier öfter vor."
„Ja."
„ich habe hier schon einige Geschichten gehört."
„Meine Geschichte ist unglaublich."
„erzähl!"
„Nein, ich möchte nicht darüber reden."
„eine Freundin von mir ist hier auch mal an so einen Spinner geraten."
„Ja?"
„Dann bin ich ja nicht die einzige …"
„nein, sicher nicht. mach dir nichts draus."
„Wenn das so einfach wäre."
„dieser Typ hat ein Mordsgeheimnis um sich gemacht."

„monatelang hat er sie zugetextet."

„sie war schon total genervt."

„und dann wurde doch noch mehr daraus."

---

„erst wollte er ihre Telefonnummer, dann ihre Adresse."

„Weißt du mehr über diesen Typ?

„ja, er ist Arzt in Norddeutschland."

„Arzt in Norddeutschland???"

Bei mir läuten alle Alarmglocken …

„Was weißt du noch über ihn?"

„warum interessiert dich das?"

„Bitte, es ist wichtig."

„Erzähl mir bitte, was du von ihm weißt."

„er ist Witwer, hat 3 Kinder und einen Hund."

„Das glaube ich jetzt nicht."

„Warum?"

„Weil ich eine Vermutung habe."

„erzählst du es mir?"

„Ja."

Paul ist wieder online und schreibt mich an.

„ was machst du hier? "

„Das geht dich nichts an."

„ du gehörst mir! "

„Lass mich in Ruhe!"

„überlegst du?"

„Michael,"

„ja,"

„Ich glaube, also ich befürchte, nein, ich vermute ich habe meine schlechten Erfahrungen mit demselben Mann gemacht, wie deine Bekannte."

„das glaube ich jetzt nicht."

„Doch, das wenige was du beschrieben hast, passt genau."

„Ich kann es selbst kaum glauben."

„Bitte erzähl mir mehr. Was weißt du noch über ihn?"

„Was für einen Hund hat er?"

„einen schwarzen Labrador."

„Oh, nein!"

„Weiter."

Paul meldet sich schon wieder.

*„mit wem redest du?"*

„Das geht dich nichts an."

*„geh sofort offline!"*

„Nein!"

*„ich befehle es dir"*

„Du hast mir nichts mehr zu sagen!"

„dieser Arzt hat sich ein paar Male mit ihr verabredet, und ist dann nie zum Treffpunkt gekommen."

„Genau wie bei mir."

„Oh, mein Gott. Mir wird schlecht."

„nach über einem Jahr hat er sich mit ihr getroffen."

„Und?"

„sie war erschrocken!"

„Oh, mein Gott!"

Meine Gedanken flippen aus. Das kann doch nicht wahr sein. Paul hat sich noch mit einer anderen Frau getroffen und sie offenbar auch belogen. Fieberhaft überlege ich. Dann wage ich den nächsten Schritt.

„Michael, ich möchte dich gerne um etwas bitten."
„ja?"
„Ist es möglich, dass du einen Kontakt zu dieser Frau herstellen kannst?"
„ja, sie ist eine Freundin meiner Schwester."
„Würdest du sie bitte fragen, ob ich mit ihr sprechen kann?"
„ja."
„Ich gebe dir meine Telefonnummer. Erzähle ihr bitte von meinem Verdacht und dass sie sich bitte, bitte bei mir melden möge."
„Das ist unglaublich wichtig für mich."
„ich werde sie anrufen und fragen."
„Ich danke dir vielmals. Du hilfst mir sehr damit."
„ich schicke dir eine Nachricht."
„Danke. Ich hoffe, sie möchte mit mir reden."
„bis bald."
„Ja, bis bald."

Mein Herz klopft bis zum Hals. Ich kann es nicht glauben. Ist das jetzt Zufall oder Schicksal? In diesem Chat tummeln sich hunderte von Leuten, und ich treffe ausgerechnet jemanden, der mir einen wichtigen Kontakt ermöglichen kann. Vielleicht den wichtigsten Kontakt in meinem Leben.
Fassungslos lese ich mir das Gespräch noch einmal durch. Wenn meine Vermutung wahr ist …
Paul schreibt mir währenddessen eine Nachricht nach der anderen. Ich reagiere nicht mehr darauf. Ich habe Wichtigeres zu tun. Gespannt warte ich auf Michaels Antwort.

Rastlos und beunruhigt laufe ich in meiner Wohnung auf und ab. Dann endlich bekomme ich eine Nachricht.

Liebe Hanna
Ich habe meiner Bekannten von unserem Gespräch und deiner Bitte erzählt. Sie war genauso sprachlos wie du. Sie hat deine Telefonnummer. Hoffentlich meldet sie sich bei dir.
Liebe Grüße,
Michael

Dankbar schreibe ich ihm zurück.

Lieber Michael!
Vielen Dank für deine Hilfe. Ich berichte dir, wenn sie sich meldet.
Hanna

Was für ein unglaublicher Tag! Ich klappe den Rechner zu. Ich warte. Natürlich wird diese Frau jetzt total überrascht sein. Ob sie sich melden wird? Ich hoffe es. Ich möchte endlich alles verstehen können. Ich habe noch so viele Fragen. Ich kann keinen richtigen Schlussstrich ziehen, so lange ich keine Antworten auf meine Fragen bekomme. Bitte ruf mich an.

# Kapitel 23

Ich schrecke aus meinen Gedanken hoch. Das Telefon klingelt. Eine unbekannte Nummer steht auf dem Display.

*„Hallo Hanna, hier ist Marie, Michael hat mir deine Telefonnummer gegeben. "*
„Ja, hallo, hier ist Hanna. Ich danke dir sehr für deinen Anruf."
*„Michael hat mir von deinem Verdacht erzählt … "*
„Ja, und ich bin selbst noch ganz erschüttert. Wenn das wahr ist …"

Es ist wahr! Wir telefonieren an diesem Abend über zwei Stunden. Dabei erfahre ich viele Einzelheiten über ihn. Paul hat über vier Jahre die Beziehung zu ihr und zu mir parallel laufen lassen. Mir fehlen die Worte über seine abgrundtiefe Gewissenlosigkeit.
Es gab natürlich noch viel mehr Parallelen. Auch mit ihr hat er erst nach Monaten telefoniert. Nach einem guten Jahr hat er sich das erste Mal mit ihr getroffen. Er war zum Karneval im Rheinland und sie haben sich in einem Café verabredet. Sie war von seinem Äußeren genau so unangenehm überrascht wie ich.
Ich hingegen habe über drei Jahre auf unser persönliches Kennenlernen gewartet. Und zwar war das zu einem Zeitpunkt, als sie sich mal wieder von ihm getrennt hatte. In der Beziehung zwischen Paul und Marie gab es, genau wie bei mir, ein ständiges auf und ab.
Allerdings war Paul offenbar tatsächlich in Marie verliebt. Er hat sich sogar mit ihr verlobt und ihr einen Ring geschenkt! Das war bei mir anders.
Sie warnt mich in unserem Telefonat immer wieder eindringlich vor Paul. Geh` nicht ans Telefon, geh` nicht in den Chat, beant-

worte seine Briefe und Nachrichten nicht. Er ist kein ehrlicher Mensch! Er tut dir nicht gut. Er schadet dir.

Was ich inzwischen erfahren habe, macht mir klar, ich konnte ihn und seine Liebe niemals gewinnen. Marie hat von Anfang an alles erfüllt, was ihm an einer Frau wichtig ist. Sie hatte alle Voraussetzungen um sein Herz zu gewinnen.

Ich war nur sein Projekt! Er hat mich in dieser Zeit nach seinen Vorstellungen geformt und verändert. Ich habe mich damals darauf eingelassen, weil ich eine Veränderung wollte. Und natürlich war ich in meiner desolaten persönlichen Verfassung sehr empfänglich für seine Manipulationen. Zugegeben, er war mir tatsächlich eine riesengroße Hilfe und mein schneller Erfolg bestätigte ihn jedes Mal. Es funktionierte alles, was er mir sagte. Das schafft Vertrauen.

Seine Zuneigung und die Erzählungen von unseren wunderbaren Zukunftsaussichten bekam ich genau bis zu dem Zeitpunkt zu hören, bis er sich in Marie verliebt hatte. Wir gehen viele Begebenheiten und Ereignisse durch. Die Einträge im Kalender bestätigen meine Gedanken. Endlich verstehe ich sein eigenartiges Verhalten. Ich habe diese Wesensveränderung immer mit den familiären Problemen in Verbindung gebracht.

*„Das ist doch nicht möglich! Er hat dir erzählt, seine Frau ist todkrank?"*

Und dann erzählt Marie mir von einem besonderen Erlebnis. Paul hatte ihr erzählt, er sei seit langer Zeit Witwer.

Das konnte er ihr so lange weiß machen, bis sie eines Tages in der Praxis angerufen hatte, weil sie ihn nicht auf dem Handy erreichen konnte.

Am Praxistelefon meldete sich Pauls Frau!

Nun bin ich natürlich fassungslos. Wie kann man nur solche Lügengeschichten erzählen? Mir fällt die Geschichte mit der Münchner Spezialklinik ein.

*„Wann war das?"* *möchte Marie von mir wissen.*
„Ende August bis in den September hinein. Vor drei Jahren."
*„Zu dieser Zeit hat er seine erste Reise auf der Queen Mary 2 gemacht. Mit seiner Frau und einem befreundeten Paar. Von Hamburg über Southampton nach New York!"*
*„Er hat auf dieser Reise ständig bei mir angerufen und musste bei seiner Rückkehr eine Telefonrechnung von mehreren hundert Euro bezahlen."*

Ich kann es nicht glauben. Was für ein perfides Spiel hat er mit mir gespielt. Dieser Mann kennt keine Gefühle und hat überhaupt keine Skrupel. Ich habe ihm vertraut und ich habe ihm jedes Wort geglaubt. Immer und immer wieder habe ich mich von ihm einwickeln lassen. Wie blöd war ich bloß? Mein Verstand hat mich oft genug gewarnt.

Ich muss das Gespräch mit Marie abbrechen. Tränen laufen mir übers Gesicht. Ich kann nicht mehr weiter reden. Es ist unmöglich. Diese unfassbaren Informationen muss ich erst einmal in Ruhe verarbeiten.

In der folgenden Nacht liege ich wach. Immer wieder kommen mir die Tränen und ich kann mich kaum beruhigen. Meine Gefühle wechseln zwischen grenzenloser Wut auf mich und auf ihn, entsetzlichem Hass und nicht zu beschreibender Enttäuschung. Die gesammelten Puzzleteile finden nach und nach ihren Platz. Die vielen Ungereimtheiten ergeben plötzlich ein vollständiges Bild. Es ist ein grauenhaftes Bild.

Der Schmerz der Wahrheit ist kaum zu ertragen. Ich fühle mich so verraten. Warum hat er mir das angetan? Warum hat er mich die ganze Zeit auf diese hinterhältige Art und Weise hintergangen? Niemals wäre ich auf die Idee gekommen, dass sich ein erwachsener Mann so verhält. Er hat einen verantwortungsvollen Beruf, er ist ein liebevoller Familienvater. Das übersteigt bei weitem meine Vorstellungskraft.

Trotz allem bin ich unglaublich erleichtert. Marie ist bei mir. Sie hat mir ihre Unterstützung versprochen. Ich darf sie jederzeit anrufen. Auch für sie war die Wahrheit ein riesengroßer Schock. Diese Wahrheit hat ihre noch frische Trennung von Paul ins rechte Licht gerückt und alle Zweifel gründlich weggewischt. Denn auch sie hat ihn geliebt, auch sie war in seinem Bann gefangen, auch sie konnte sich nicht von ihm lösen. Schließlich hat sie es endlich geschafft, aber das war ein schwerer Weg für sie. Er hat mit allen Mitteln um sie gekämpft und es ihr nicht leicht gemacht.

Mit Maries Hilfe bekomme ich Antworten. Sie werden mir hoffentlich helfen, mein persönliches Versagen und diese schreckliche Erfahrung verarbeiten zu können. Werde ich jemals wieder vertrauen, oder gar lieben können? Diese Frage macht mir Angst. Schaffe ich es, alleine aus dieser Geschichte heraus zu kommen?

Nun wird mir auch endlich klar, dass Paul den wahren Sinn des bdsm überhaupt nicht verstanden hat, oder ihm völlig egal ist. Lust im Schmerz? Ja, das geht, wenn der Aufbau passt, wenn beide Partner ihren Weg gemeinsam gehen und sich Schritt für Schritt weiter entwickeln können. Für ihn geht es aber ausschließlich um Macht, um Besitz und das auch gerne mit Gewalt. Er will ohne Rücksicht und einhalten von Grenzen benutzen, beschmutzen, erniedrigen und Schmerzen zufügen.

Es erregt ihn ungemein, wenn sich eine Frau unter seinen Händen vor Schmerzen windet und weint. Warum? Warum ist er so? Mittlerweile empfinde ich sogar Mitgefühl für ihn – trotz allem. Im Grunde ist er ein ganz mickriger und armer Wicht. Ein kleiner Wicht mit riesengroßen Ängsten und Zweifeln und ohne die Fähigkeit lieben zu können. Hat er jemals Liebe erfahren? Hat seine Mutter ihn geliebt? Was ist ihm in seinem Leben widerfahren? Mit einem Mal wird mir klar, er ist derjenige, der schwach und klein ist – und nicht ich! Braucht er seine Lügengeschichten, um Stärke zu demonstrieren und von seinen eigenen Schwächen abzulenken? Dient ihm seine unglaubliche Arroganz als sein überlebenswichtiger Schutzschild? Hat er sich wegen seiner eigenen Ängste immer wieder zurückgezogen? Fürchtete er meine Fragen, meine Intuition?

Seine Frau hat er geheiratet, weil das erste Kind unterwegs war. Er liebt seine Kinder, fühlt sich aber nicht von ihnen geliebt. „Die wollen doch nur mein Geld!" Seine Arbeit macht ihn zufrieden und stolz. Er ist gerne Arzt, und genießt besonders das damit verbundene Ansehen.

Mich hat er im Laufe der Jahre so sehr manipuliert, dass ich mich nicht mehr wehren konnte. Ich habe Dinge zugelassen, die kaum jemand freiwillig zulässt. Auch nicht, wenn man den Kick in dieser besonderen Spielart des Sex sucht.

Er hat meine Verlustängste systematisch geschürt und sich zu Nutze gemacht. Nur so ist es ihm gelungen, alles von mir zu bekommen, was er wollte. Wenn er bei mir war, hatte ich nie den Hauch einer Chance ihn zu stoppen. Das Safeword hat er mir nie gegeben. Für ihn war es sowieso bedeutungslos. Ich war ihm körperlich total unterlegen. Meine Möglichkeiten einer Gegenwehr waren gleich Null.

Nur zweimal war er danach wirklich liebevoll zu mir. Er hat mich aufgefangen. Da hat er sogar wieder Pläne mit mir gemacht. Marie hatte sich gerade zum zweiten Mal von ihm getrennt.

Es ist 3.00 Uhr. Ich kann nicht schlafen, obwohl ich todmüde bin. Schließlich lese ich einen großen Teil meiner Briefe an ihn. Es sind Hunderte. Seine Antworten fallen deutlich spärlicher aus. In meinen Kalendern der vergangenen Jahre überprüfe ich unsere Termine. Dabei finde ich eine Menge Ungereimtheiten. Ich mache mir Notizen, denn ich will nichts vergessen. Morgen werde ich Marie danach fragen.

Ein wenig fürchte ich ihre Antworten. Die Wahrheit tut weh. Die Ungewissheit auch. Ich muss alles erfahren.

Paul ruft an. Es ist mitten in der Nacht! Ein beliebtes Spiel von ihm. Für gewöhnlich holt er mich aus dem tiefsten Schlaf und ich soll für ihn kommen. Heute nicht. Nein! Ich will das nicht mehr und drücke ihn weg. Er versucht es immer wieder. Beim fünften Mal gebe ich auf und gehe schließlich doch ran.

*„mach die beine breit!"*

„Paul, ich mach das nicht mehr."

*„du willst mir nicht gehorchen?"*

„Nein, ich will das nicht mehr."

„Ruf mich bitte nie wieder an."

*„ist das dein ernst?"*

„Ja."

*„tschüss"*

„Ruf mich bitte nie wieder an!" Ich habe ihn total hysterisch angeschrien. So hat er mich noch nie erlebt. Er wird sich fragen, was in mich gefahren ist. Noch hat er keine Ahnung von meiner Verbindung zu Marie. Ich musste ihr versprechen, ihm nichts von ihr zu erzählen. Sie hat große Angst vor ihm. Was hat sie mit ihm erlebt?

Zweifellos ist es besser, mein Wissen erst einmal für mich zu behalten. Wochen nach meinem Besuch in Hooksiel habe ich ihn in der Praxis angerufen. Auf der Handy Nummer meldete sich immer nur die Mailbox. Seine Reaktion habe ich nicht vergessen. Er ist völlig ausgeflippt.

*„du hast in meinen sachen geschnüffelt."*
*„du hast mein vertrauen missbraucht!"*

Natürlich hatte ich danach ein schlechtes Gewissen und habe mich tausend Mal bei ihm entschuldigt. Wie lächerlich das jetzt alles wirkt. Vertrauen. Weiß er überhaupt, was dieses Wort bedeutet?

# Kapitel 24

Am frühen Morgen bin ich endlich eingeschlafen. Zum Glück habe ich Spätdienst und muss erst um 15.00 Uhr zur Arbeit. Nach ein paar Stunden schrecke ich hoch. Ein schlechter Traum? Oder ist das tatsächlich passiert? Mit verquollenen Augen und völlig gerädert stehe ich im Bad vor dem Spiegel. Mein Anblick genügt, und schon kommen mir die Tränen. Es ist alles so unglaublich, was da in den letzten 48 Stunden geschehen ist. Nachdenklich mache ich mich für den Tag zurecht. Jeans und Pullover. Bloß keinen Rock. Nichts, was Paul gefallen hätte. In mir kriecht eine gefühllose Kälte hoch.

Ein Blick aufs Handy bestätigt Pauls nächtliche Anrufe. Hat er geschrieben? Ja, ich habe Post. Einen lieben Brief von Marie. Ich bin so dankbar. Nun wird alles gut.

*Liebe Hanna,*
*meine Gedanken kreisen um dich, und das, was du mir erzählt hast. Im Vergleich zu dir bin ich ja noch sehr glimpflich davon gekommen. Denn Paul hat mich recht zuvorkommend und fürsorglich behandelt.*
*Hat er sich wieder bei dir gemeldet?*
*Hanna, du MUSST einen klaren sauberen Schnitt machen, denn nur so hat er auf dich keine Handhabe mehr. Geh nicht mehr ans Telefon, nicht in den Chat und beantworte keine Mails. Wenn er vor deiner Tür steht, öffne ihm auf keinen Fall.*
*Du musst dich schützen, er wird es nicht tun, sondern dich weiter für seine Zwecke benutzen und dich dabei weiter zerstören.*
*Egal wie schwer es dir fällt, halte konsequent ABSTAND!*
*Wenn du reden möchtest, melde dich gerne.*
*Dir einen sonnigen Tag, um dich herum, und auch im Herzen!*

*Liebe Grüße,*
*Marie*


Guten Morgen Marie!

Vielen Dank für deine liebevollen Zeilen. Sie geben mir viel Kraft. Wenngleich es doch sehr schmerzt, dass er all seine Liebe, die ich so sehr ersehnt habe, nur dir geschenkt hat.

Was ich inzwischen erfahren habe, macht mir klar, ich konnte ihn und seine Liebe nie für mich gewinnen.

Wie du dir sicher vorstellen kannst, habe ich eine fürchterliche Nacht hinter mir. Ich habe kaum geschlafen und natürlich hat er sich bei mir gemeldet. Ich habe ihn angebrüllt, er solle mich in Ruhe lassen. Er wird sich fragen, was mit mir los ist. So kennt er mich nicht.

Langsam fällt es mir etwas leichter, mit der Situation klar zu kommen. Das habe ich nur dir zu verdanken. Denn endlich habe ich die Antworten auf meine vielen Fragen bekommen. Natürlich habe ich immer wieder diese ständigen Ungereimtheiten bemerkt. Wenn ich Fragen gestellt habe, ist er jedes Mal geschickt darüber hinweg gegangen, oder er ist einfach für einige Tage oder Wochen abgetaucht.

Im Moment sieht es so aus, dass mein Leben trotz dieser unbeschreiblichen Erfahrung eine positive Wendung nimmt. Mein Kopf und mein Herz sind wieder frei, na ja, wenigstens ein bisschen. Natürlich werde ich noch eine Menge Zeit brauchen um alles zu verstehen, aber ich denke, ich bin auf einem guten Weg.

In drei Wochen werde ich zum Ski laufen nach Österreich fahren. Wolfgang hat mich gefragt, ob ich ihn begleiten möchte. Ja! Das will ich wirklich gerne. Wir haben in der Vergangenheit viel zusammen unternommen und das war immer schön. Wenn es nach ihm ginge, wären wir längst ein Paar.

Mal sehen, was passiert. Auf jeden Fall weiß ich nun, ich brauche auf Paul keinerlei Rücksicht mehr zu nehmen. (Wie sich das anhört ..., als wenn er sich jemals für mein Wohlergehen interessiert hätte.)

Es fühlt sich an, als ob ein Schalter umgelegt wurde. Ich empfinde es als wirkliche Befreiung. Kein Warten mehr, keine quälenden Fragen, keine Tränen der Verzweiflung. Im Augenblick erfahre ich eine ganz neue Lebensqualität. Dieser immense Druck, den Paul über mir aufgebaut hatte, fällt Stück für Stück von mir ab. Ich kann wieder frei atmen. Kein Handy in der Tasche oder am Bett. Es geht mir gut.

Manchmal überfällt mich noch eine große Traurigkeit, aber Dank unserer langen Gespräche merke ich, dass mein Verstand und mein Herz sich annähern und langsam zu einem normalen Konsens finden. Ich bin dabei meine innere Ruhe wieder zu finden. So lässt sich das alles viel besser ertragen.

Natürlich empfinde ich noch diesen tiefen Schmerz, aber es ist nicht mehr der Schmerz einer verlorenen Liebe. Es ist der Schmerz, dass er mich mutwillig hintergangen und jahrelang bewusst belogen hat. Es ist der Schmerz, dass er mein tiefes Vertrauen immer wieder missbraucht hat, ohne sich auch nur im entferntesten Gedanken über meine Gefühle zu machen.

Ich frage mich, warum ich mich ihm nicht entzogen habe. Warum habe ich ihm dieses Spiel ermöglicht? Warum habe ich mich nicht richtig und konsequent dagegen gewehrt. Ich habe es oft versucht, aber nie geschafft. Hoffentlich kann ich eines Tages meinen Frieden mit mir machen. Ich möchte mir so gerne verzeihen können.

Vielen Dank für dein offenes Ohr,
Hanna

Am Abend telefonieren wir. Ich muss meine restlichen Fragen klären. Natürlich weiß ich, wie emotional das für mich wird, aber ich will da jetzt durch.

„Hallo Marie, danke für die Zeit, die du dir für mich nimmst."
„Hallo Hanna, wie geht es dir?"
„Soweit gut, aber mich beschäftigen noch ein paar Fragen."
„Frag!"
„Ist Paul mit dir mal weggefahren, ein Wochenende oder in einen Urlaub?"
„Ja, wir waren viel unterwegs."
„Sylt, Berlin, Göttingen, Italien und natürlich hat er viele Wochenenden bei mir verbracht."
„Hat er dich auf euren Reisen eingeladen?"
„Ja, natürlich, er hat immer alles bezahlt, und häufig hat er mir Geschenke gemacht."
„Wir waren shoppen, und wenn ihm ein Kleid besonders gut gefiel, hat er es mir gekauft."
„Bist du mal bei ihm zu Hause gewesen?"
„Nein, nie."
„Als er sich von seiner Frau getrennt hatte und in einer Ferienwohnung gelebt hat, sollte ich ihn dort besuchen."
„Wo war die Ferienwohnung?"
„In Hooksiel, ich war aber nie da."
„Ich bin zweimal mit ihm in Jever gewesen. Wir haben uns Häuser angesehen."
„Ihr wolltet zusammen ziehen?"
„Ja, zuerst wollte ich das auch."
„Und dann hast du deine Meinung geändert?"
„Ja, nachdem wir das zweite Mal wieder zusammen waren."
„Ich konnte es plötzlich nicht mehr."

*„Das Bild, was er von sich gezeichnet hatte, stimmte nicht mit der Realität überein."*

*„Mit so einem Mann konnte und wollte ich nicht zusammen leben."*

*„Manchmal habe ich mich sogar für ihn geschämt."*

*„Er war so ungepflegt, so ungelenk, so unangenehm im Umgang. Er war nicht so, wie er vorgegeben hatte zu sein. Je öfter wir zusammen waren, umso mehr hat mich das gestört. Mit der Zeit wurde mir klar, wir passten nicht zusammen."*

„Wann ward ihr in Italien?"

*„Zu seinem 60. Geburtstag. Sizilien."*

*„Es war schrecklich. Er hat den ganzen Tag nur Eis oder Kuchen gegessen."*

*„Ich wollte so gerne etwas von der Umgebung sehen, Museen und andere Sehenswürdigkeiten. Dafür hätten wir einen Mietwagen gebraucht, aber er hat sich geweigert. Er wollte dort nicht Auto fahren und ich sollte es nicht."*

„War er unsicher, oder hatte er sogar Angst?"

*„Ja, ich denke, das war der Grund."*

„Ich glaube, er braucht unglaublich viel Zuwendung, Geborgenheit und Liebe, aber er ist selber nicht in der Lage, dies weiter zu geben. Er kann nur nehmen."

*„Er fühlte sich von seiner Mutter nie geliebt. Die Schwester wurde immer bevorzugt."*

„Solche Erfahrungen sitzen tief und erklären vieles."

*„Ja, er wollte nicht alleine sein, hatte Verlustängste, er hat geklammert. Er hat gefleht, ich möge zu ihm zurückkommen."*

*„Nachts rief er mich häufig an, weil er sich alleine fühlte und nicht einschlafen konnte."*

Im Laufe unseres Gesprächs muss ich wieder sehr viel weinen. In dieser langen Zeit hat er mir ganz bewusst wehgetan. Er hat meine Ängste und Nöte billigend in Kauf genommen. Im Grunde wusste er aus eigener Erfahrung wie schlecht es mir ging. Es war ihm egal. Hauptsache, ihm ging es gut. Insoweit lag ich mit meiner Einschätzung richtig.

In den Wochen oder an den Wochenenden, in denen Paul sich nicht bei mir gemeldet hat, war er also meistens verreist. Zum Teil mit Marie, zum Teil alleine. Diese Reisen hat er offenbar gebraucht, um über sich und seine Situation nachzudenken. Währenddessen habe ich still gelitten.

Nach dem ersten Treffen mit Marie, war ihm klar, dass er seine Frau verlassen wollte. Das hat er Marie auch sofort so gesagt und sie gebeten mit ihm zusammen zu ziehen.

Marie konnte sich nicht so schnell entscheiden. Auch sie hatte immer wieder das Gefühl, irgendetwas stimmt nicht mit ihm. Irgendetwas passt in dieser Geschichte nicht zusammen. Trotzdem ist es ihm auch bei ihr gelungen, sie völlig in seinen Bann zu ziehen, sie zu kontrollieren und zu manipulieren.

Eine kleine Beruhigung für mich. Ich bin nicht allein auf ihn hereingefallen. Wie viele Frauen hat er noch belogen und betrogen? Er hat schon eine sehr spezielle Art jemanden für sich zu gewinnen. Da war er immer sehr überzeugend. Und genau wie mir, ist es Marie unglaublich schwer gefallen, sich endgültig von ihm zu lösen und sich zu befreien. Ich selbst habe auch etliche Versuche hinter mir und bin doch immer wieder gescheitert.

Erst jetzt, nachdem das „Geheimnis Paul" kein Geheimnis mehr ist, kann ich die Dinge objektiver und kritischer betrachten. Mein Herz ist endlich zur Einsicht gekommen.


Tag 17

Seit 17 Tagen habe ich nun Klarheit und es geht mir immer besser. Marie hilft mir sehr. Besonders das Wissen, dass wir viele gemeinsame Erfahrungen mit Paul gemacht haben. Sie hilft mir stark zu sein und nicht wieder einzuknicken.

Sie ist auch durch diese Hölle gegangen. Sie hat so oft gezweifelt und war ebenso oft verzweifelt. Es hat lange gedauert, bis sie die Last der Verzweiflung und den immer wiederkehrenden Zweifel eines Tages ablegen konnte. Erst danach fühlte sie sich sooo frei, sooo leicht, sooo ich. Die vielen Zweifel waren einzig und allein Pauls Werk. Er hatte sie in seiner Hand.

Heute habe ich mal wieder eine Nachricht von ihm bekommen:

*„ich habe mir urlaub für dich genommen, lass uns wegfahren!"*

Sicher ..., es ist wieder einer seiner Versuche, mich weich zu machen. Ich will keinen Druck mehr in meinem Leben. Schon gar nicht von Paul. Es ist an der Zeit, mich auf mich zu besinnen. Es gibt ein Leben ohne Paul. Es hat vor 17 Tagen begonnen.

Am Wochenende fahre ich mit Wolfgang in den Schnee. Noch mehr Abstand, noch mehr Ablenkung, noch mehr Gelegenheit, mich auf mich zu besinnen. Ski fahren, ein schönes Hotel, Sauna und Wellness, köstliches Essen, gute Gespräche und vielleicht noch ein bisschen mehr. Es ist ein Anfang und ich bin dankbar für seine Unterstützung. Ihm ist meine sichtbare Veränderung natürlich nicht entgangen. Er hat ein feines Gespür für mich. Er weiß sofort, wenn etwas nicht in Ordnung ist.

Anfang des Monats hat er mich direkt darauf angesprochen. In meiner damaligen völlig aufgelösten Verfassung konnte ich ihm nichts vormachen und habe ihm schließlich meine ganze Geschichte erzählt. Natürlich war er total entsetzt und hat mir sofort seine Hilfe angeboten. Ich war ehrlich zu ihm, denn ich hatte es satt, ihm weiterhin irgendetwas vorzumachen. Es war nicht fair.

Er hatte ja auch viele Fragen, insbesondere was mein Verhalten ihm gegenüber betraf. Seine Freundschaft war mir äußerst wichtig, aber ich wollte bzw. konnte nie mehr daraus werden lassen. Immer wieder hat er mir in den letzten Monaten seine Zuneigung versichert. Ich konnte seine Erwartungen nie erfüllen. Ob ich das jetzt kann wird die Zeit zeigen. Ich habe noch so viel mit mir selber zu klären und im Moment weiß ich nicht, ob ich überhaupt wieder jemanden lieben kann.

Es ist so viel in mir kaputt gegangen. Mein Innerstes gleicht einem riesigen Scherbenhaufen. Mein Seelchen weint, mein Herz grämt sich und mein Verstand frohlockt hinter vorgehaltener Hand. Ich stelle alles in Frage. Suche den Fehler bei mir.
Frage mich, wann ich den richtigen Zeitpunkt verpasst habe, richtig zu reagieren. Was habe ich übersehen? Warum war ich so blind vor lauter Liebe? Warum ist mir so etwas passiert?

# Kapitel 25

Es war eine wunderbare Woche im Schnee. Wir waren am Arlberg. Bei herrlichem Sonnenschein und besten Schneeverhältnissen, hat Wolfgang mir das riesige Skigebiet gezeigt. Er hatte auch ein tolles Hotel für uns ausgesucht. Fantastisches Essen (ich habe bestimmt ein paar Kilo zu genommen ☹), sehr nettes Personal, ein gemütliches Zimmer mit Balkon und einem großzügigem Bad, dazu noch Sauna, Dampfbad, Fitnessraum. Es gibt alles was das Herz begehrt.

Wolfgang ist ein sehr guter Skifahrer. Nach anfänglichen Eingewöhnungsschwierigkeiten, schließlich war ich ein paar Jahre nicht mehr Ski gefahren, kam ich gut zurecht und konnte einigermaßen mit seinem Tempo mithalten. Es hat soviel Spaß gemacht, und Wolfgang hat mir immer wieder versichert, wie sehr er sich über meine Begleitung freut.

Das Thema Paul habe ich in dieser Woche bewusst ausgeklammert und verdrängt. Ich wollte nicht darüber reden, sondern diesen Urlaub nur genießen.

Zurück zu Hause, habe ich gleich mehrere Anrufe in Abwesenheit vorgefunden. Sämtlich ohne Nummer. Und im Postfach gab es gleich drei Nachrichten von Paul.

*„kleine, wir müssen reden!"*
*„wo bist du?"*
*„bitte melde dich endlich bei mir."*

Genau solche Botschaften habe ich dutzendweise immer und immer wieder an Paul verschickt. Er hat nie darauf reagiert und genauso werde ich es jetzt auch machen. Zum Glück bin ich ständig mit Wolfgang verabredet. Es geht mir gut. So lange Paul mir nicht in die Quere kommt.

Das klappt tatsächlich – bis Mai. Mein Telefon klingelt. Ohne aufs Display zu schauen melde ich mich.

*„Na kleine, wie geht es dir? "*
*„Hast du Sehnsucht nach mir? "*

Ich glaube es nicht. Was bildet dieser Kerl sich ein? Tut so, als wenn nichts vorgefallen wäre. Natürlich weiß er nicht, was ich inzwischen weiß. Innerlich koche ich vor Wut über soviel Unverfrorenheit.

*„Kleine, sag was. "*
*„Vermisst du mich? "*

Ich kann mich nicht beherrschen und schreie ihn an.
„Lass mich in Ruhe! Ich habe genug von deinen Lügen!!!"
*„Ich habe dich nie angelogen! "*
*„Du bist meine große liebe. "*

Es ist genug. Er geht zu weit.
„Ich habe Marie kennen gelernt …!"

Schweigen …

„Ich weiß alles über dich!"
„Lass mich endlich in Ruhe!"
*„Sie lügt"*
„Aha, sie lügt …"
„Immerhin gibst du mit dieser Antwort zu, dass du sie kennst."
„Das genügt mir."
„Ruf mich nie wieder an."

*„Es tut mir so leid, "*

*„ich vermisse dich so sehr, "*

*„darf ich dich besuchen? "*

„NEIN!!!"

*„Kleine, wir gehören zusammen. "*

*„Du bist ein teil von mir!"*

*„Das hast du doch nicht vergessen. "*

„Lass mich in Ruhe!!!"


Endlich lege ich auf. Tränen laufen mir übers Gesicht. Das war zu viel für mich. Ein einziger Anruf, und mir geht es wieder schlecht. Die Ängste kriechen in mir hoch, die Zweifel melden sich, mein Herz klopft zaghaft etwas schneller.
Nein! Nein! Nein! Bitte nicht. Ich will das nicht. Schon wieder klingelt mein Telefon. Dieses Mal nehme ich nicht ab. Ich bin gewarnt.
Tage vergehen. Wieder empfinde ich diese ständige Anspannung. Trage mein Handy bei mir und kontrolliere meine Mails. Er schickt mir glühende Liebesbriefe. Er will nur mich. Er will seine Träume mit mir leben. Er will mich sehen.
Ich will das nicht!


Wolfgang fragt, was mit mir los ist.
„NICHTS!", fauche ich ihn an.
Das geht gar nicht. Lass` deine schlechte Laune nicht an anderen aus schimpfe ich mit mir. Du weißt alles über Paul. Du weißt, er passt nicht zu dir. Du weißt er wird dich immer wieder verletzen. Du weißt, er nimmt keine Rücksicht und wird dich auch immer wieder belügen. Lass es einfach sein!
Also, tief Luft holen und erst einmal runter kommen. Nachdem ich mich einigermaßen beruhigt habe, entschuldige ich mich bei

Wolfgang und bitte ihn, keine Fragen zu stellen. Ich kann nicht darüber reden. Es ist mir alles zu viel. Er wird sich ohnehin seinen Teil denken.

In der Nacht versucht Paul mich dreimal anzurufen. Das stelle ich aber erst am nächsten Morgen fest. Zum Glück habe ich seine Anrufe nicht gehört. Mein Handy habe ich aus meinem Schlafzimmer verbannt. Ich muss stark sein. Darf auf keinen Fall nachgeben. Ich weiß, dann habe ich verloren.

Samstagmorgen
Ich komme verschwitzt und ziemlich fertig von meiner Laufrunde zurück. Auf der Strecke wollte ich meinen Kopf frei kriegen, aber irgendwie war ich total blockiert. Auf dem Treppenabsatz sehe ich ihn schon. Paul steht vor meiner Wohnungstür! Ich kann es nicht glauben. Das kann doch nicht wahr sein.

*„Darf ich reinkommen?"*
„Nein!"
*Wir müssen reden."*
„Nein!"
*„Bitte!"*
„Nein!"
„Geh, bitte."

Er rührt sich nicht. Was soll ich jetzt tun? Wie werde ich ihn jetzt wieder los? Er sieht völlig fertig aus. Müde, abgespannt, traurig, eine richtige Jammergestalt. Mit der Brötchentüte in der Hand steht er vor mir und bittet mich noch einmal um ein Gespräch. Schließlich willige ich ein, und weiß im selben Moment es ist ein Fehler. Mein Fehler.

Wir frühstücken. Er fragt mich aus, will wissen, wie ich Marie getroffen habe. Das lässt ihm keine Ruhe. Ich gebe nur kurze, knappe oder gar keine Antworten. Von mir erfährt er nur so viel, wie er wissen muss, um realisieren zu können, dass ich die Wahrheit sage. Ich halte ihn auf Distanz. Ich will das alles auf keinen Fall noch einmal erleben. Paul bittet mich inständig um eine neue Chance. Wie viele soll ich ihm noch geben? Wer einmal lügt, dem glaubt man nicht. Wer hundertmal lügt, dem glaubt man noch viel weniger …

Paul zeigt sich ganz klein und wirkt richtig zerknirscht. Er ist nicht der starke Mann, der Fels in der Brandung. Er wirkt so hilflos und einsam. Er entschuldigt sich bei mir in aller Form. Marie habe ihn völlig fasziniert und er habe sich tatsächlich in sie verliebt. Wie ein verknallter Gockel sei er ihr hinterher gerannt und wollte sie unbedingt für sich erobern. Dabei hat er allerdings nicht wahrgenommen, dass sie in keiner Weise zu ihm passt.

*„Kleine, ich habe einen großen Fehler gemacht. verzeih mir bitte!"*
Ich bin emotional am Ende. Nach einer Stunde, bitte ich ihn zu gehen. Er steht tatsächlich auf, gibt mir die Hand und verabschiedet sich.

*„Mach`s gut, meine Kleine,"*
*„ich liebe dich so sehr!"*
„Mach`s gut Paul."
*„Lass uns nochmal von vorn beginnen …"*
*„Bitte!"*
„Paul, ich kann das nicht."
„Es geht nicht mehr, es ist zu viel geschehen."
*„Bis bald!"*

Er öffnet die Tür und geht. Dabei streicht er mir liebevoll eine widerspenstige Haarlocke hinters Ohr.

Vom Balkon beobachte ich wie er mit seinem Auto davon fährt. Ich weiß nicht, was ich denken oder glauben soll. Meine Gedanken fahren mal wieder Achterbahn. Meint er es wirklich ernst? Er fährt tatsächlich fast 300 km, nur um mir das zu sagen. Das macht man doch nicht, wenn man es nicht ernst meint, oder?

Da sind sie wieder. Alle meine Zweifel haben sich wieder versammelt und lassen mich wieder einmal verzweifeln. Das Schlimmste aber ist, ich muss zugeben, ich habe mich in meinem tiefsten Inneren gefreut, ihn zu sehen. Und damit reift die Erkenntnis: Ich bin noch lange nicht über ihn hinweg. Ich habe das Kapitel Paul zwar bis heute erfolgreich verdrängt, aber ich konnte es in den letzten Wochen und Monaten trotz aller geschickten Ablenkungsmanöver nicht abschließen.

Was soll ich nur tun?
Wer kann mir helfen?
Ich schaffe das nicht alleine. Genau diese Einsicht macht mir Angst.
Welchen Weg soll ich gehen?

Meine Verabredung mit Wolfgang für den heutigen Nachmittag sage ich ab. Kopfschmerzen! Ich merke deutlich, er nimmt mir meine Lüge nicht ab, aber er äußert sich nicht dazu. Im Moment ist mir das egal. Meine Gedanken brauchen Ordnung. Ich muss allein sein.

Maries Briefe fallen mir ein. Sie hat das wahre Bild von Paul beschrieben. Das wahre Bild aus ihrer Sicht. Beim Lesen kann ich ihr in vielen Punkten nur zustimmen. Er ist nicht der wundervolle Traumprinz, er ist nur Paul. Paul mit vielen Schwächen, aber auch Stärken, Paul mit Ecken und Kanten. Er ist doch nur so, wie wir alle sind. Wir sind alle Menschen mit Ecken und Kanten, mit Schwächen und Stärken. Sind wir deshalb nicht liebenswert?

Dieser Mensch hat mich unglaublich verletzt. Er ist rücksichtslos mit meinen Gefühlen umgegangen. Er hat mich belogen und betrogen. Kann ich diesem Menschen jemals verzeihen? Oder habe ich das schon längst?

Dieser Mensch hat mich unglaublich unterstützt. Er hat mir neue Wege eröffnet, er hat mein Selbstbewusstsein gestärkt und mich meine Weiblichkeit mit allen ihren Möglichkeiten entdecken lassen. Ich habe ihm sehr viel zu verdanken.

Ja, da ist viel Dankbarkeit und auch noch Liebe in meinem Herzen. Trotz allem. Im Grunde war doch alles gut bis zu dem Zeitpunkt, als er Marie im Chat getroffen hat. Rückblickend fielen mir damals neue Ungereimtheiten auf, die ich mir nicht erklären konnte. Wie wäre es mit uns weiter gegangen, wenn er sich nicht in sie verliebt hätte?

Mensch Hanna! Ein bisschen zu viel wäre, hätte, könnte … Das Leben findet nicht im Konjunktiv statt!

Es ist wie es ist! Und vielleicht hätte ich ja auch ähnliche Erlebnisse gehabt. Vielleicht hätte ich mich genauso für ihn geschämt und mich in seiner Begleitung nicht wohl gefühlt. Vielleicht wäre die Erkenntnis über ihn noch viel schlimmer für mich ausgefallen, oder eben nicht. Ich komme so nicht weiter. Ich drehe mich mit meinen Gedanken im Kreis.

Am liebsten möchte ich Marie um Rat fragen, aber sie ist im Urlaub. Außerdem weiß ich, welchen Rat sie mir geben wird. Sie hat das Thema Paul abgeschlossen, im Gegensatz zu mir. Da muss ich jetzt alleine durch.

Ein Vers von Erich Fried fällt mir ein:

**Was es ist**

Es ist Unsinn, sagt die Vernunft.
Es ist, was es ist, sagt die Liebe.

Es ist Unglück, sagt die Angst.
Es ist Aussichtslos, sagt die Einsicht.
Es ist, was es ist, sagt die Liebe.

Es ist lächerlich, sagt der Stolz.
Es ist leichtsinnig, sagt die Vorsicht.
Es ist unmöglich, sagt die Erfahrung.
Es ist, was es ist, sagt die Liebe.

Erich Fried

Ja, wohl wahr. Es ist, was es ist …

# Kapitel 26

Die Begegnung mit Paul hat etwas in mir bewirkt. Ich habe Verständnis für ihn, er hat meine Gefühle für ihn wieder geweckt.
Wir sind doch alle schon mal einen falschen Weg gegangen, oder?
Manchmal muss das so sein, damit wir auf den rechten Weg zurückfinden, oder?
Verzeihen muss man wollen damit man es kann, oder?
Mein Herz ermutigt mich natürlich ständig und möchte ihm noch eine aller, allerletzte Chance geben. Was mein Verstand dazu sagt, brauche ich nicht weiter zu vertiefen. Ich entschließe mich abzuwarten. Wenn ich ihm wirklich etwas bedeute, und er es dieses Mal wirklich ernst meint, dann wird er es mir zeigen. Dass er es kann, wenn er es will, weiß ich von Marie.
Immerhin schaffe ich es, ihm keinen langen Brief zu schreiben und ihm keine Absolution zu erteilen. Die soll er sich verdienen!
Tatsächlich ist er wie verwandelt. Tägliche Anrufe mit liebevollen Gesprächen lassen mein Vertrauen in ihn wieder wachsen. Bei seinen Besuchen ist er ausgesprochen nett und zuvorkommend zu mir. Unser Umgang entspannt sich von Woche zu Woche.
Er möchte mit mir für ein Wochenende verreisen. Innerlich jubele ich, aber ich zeige ihm meine Begeisterung nicht. Aus meinen bisher gemachten Erfahrungen bin ich noch sehr vorsichtig und halte mich zurück. Ich soll ihn nach Köln begleiten. Er muss an einer wichtigen Fortbildung teilnehmen. Am Nachmittag und am Abend will er nur für mich da sein.
Er weiß sogar, dass ich an diesem Wochenende Geburtstag habe und den möchte er dann ganz groß mit mir feiern. Das beeindruckt mich sogar ein wenig. In den vergangenen Jahren hat er

mir nicht ein einziges Mal zu meinem Geburtstag gratuliert. Mich hat das jedes Mal sehr traurig und nachdenklich gemacht. Vergisst man den Geburtstag seiner Kleinen??? Dieses Mal soll nun alles anders sein. Ist das seine Art der Wiedergutmachung? Ich erbitte Bedenkzeit. Meine Angst vor einer weiteren Enttäuschung ist viel zu groß. Dieses Spiel hat er schon viel zu oft mit mir gespielt. Schließlich entscheide ich mich doch für das gemeinsame Wochenende. Es soll mein Test sein. Ich möchte ihn testen, das letzte Mal.

Er freut sich riesig. Erzählt mir voller Begeisterung, welches Hotel er für uns ausgesucht hat und was er dort mit mir zusammen unternehmen möchte. In einer so gelösten und fröhlichen Stimmung habe ich ihn schon lange nicht mehr erlebt.

Noch zwei Tage. Er bittet mich, das enge, schwarze Kleid und die knallroten Lackpumps einzupacken.

*„Kleine, das ist mir so wichtig!"*
*„Ich möchte stolz sein, dich an meiner Seite zu haben."*

Natürlich packe ich die gewünschte Kleidung in meinen Koffer. Auch alle anderen Dinge, die ich auf jeden Fall mitnehmen soll. Den elektrischen Dildo, die Wäscheklammern und die Peitsche. Ich bereite alles vor. Freitagnachmittag will er mich abholen. Wie verabredet, bin ich fertig und warte auf ihn. Es ist nur ein Test, rede ich mir immer wieder ein. Dazu gehört auch, dass ich ihn nicht anrufe und ihm keine Nachrichten schicke. Es ist ein Test und ich warte.

16.00 Uhr. Es klingelt. Tatsächlich steht wenige Minuten später ein gutgelaunter Paul vor meiner Wohnungstür. Er lächelt und begrüßt mich mit einem zärtlichen Kuss. Zur Stärkung trinken wir noch eine Tasse Kaffee und dann geht es wirklich los.

Prima! Teil 1 meines Testes hat er bestanden.

Wie ein Gentleman trägt er meinen Koffer zum Auto. Er öffnet mir die Tür und lässt mich einsteigen. Auf der Fahrt ist er ungewöhnlich fröhlich und gelöst. Entspannt fahren wir über die Autobahn, selbst ein kleiner Stau und der dichte Feierabendverkehr in den Ballungsgebieten bringen ihn nicht aus der Ruhe. Wir hören seine Lieblingsmusik von den Stones und er erzählt mir von seiner Woche. Wir lachen und haben Spaß. Ab und zu streichelt er mir liebevoll über den Kopf.

In Köln angekommen, beziehen wir unser Hotelzimmer. Anschließend gehen wir aus. Er hat ein typisches Kölner Restaurant ausgesucht, wo es die hiesigen Spezialitäten wie Himmel und Äd, Hämmche, Halve Hahn oder Kölscher Kaviar gibt. Ein Kölsch dazu ist selbstverständlich.

Heute Abend erlebe ich meinen Paul. Zum ersten Mal sind wir beiden unterwegs und es ist genauso wie ich es mir immer vorgestellt habe. Ich fühle mich so wohl an seiner Seite und genieße jeden Augenblick. Er hält meine Hand, streichelt über meine Haare, küsst mich und schenkt mir immer wieder ein Lächeln.

*„Ich bin dir so dankbar für diese Chance, die du mir gegeben hast!"*

So fühlt es sich richtig an. Man muss auch mal verzeihen können, oder?

Es ist schon spät, als wir uns auf den Rückweg machen. Im Hotel nimmt er mich liebevoll in den Arm und küsst mich voller Leidenschaft.

*„Bitte zieh dich aus, Kleine."*

Er bittet mich! Das ist unglaublich. Natürlich ziehe ich mich aus. Ich ziehe mich für ihn aus. Ich möchte ihm gehören.

*„Hast du alles eingepackt?"*
*„Bist du bereit für mich?"*

Was für eine Verwandlung. Ja! Ich bin bereit für ihn.
Nackt stehe ich vor ihm und er zeigt mir wie sehr er mich begehrt. Zärtlich, fast ehrfurchtsvoll, erkundet er mit seinen Händen meinen schlanken Körper. Ich genieße seine Berührungen und zeige ihm meine wachsende Erregung. Meine Nippel bekommen eine besondere Behandlung von ihm. Er zieht mich auf seinen Schoß und saugt und knabbert an ihnen. Er schmiegt seinen Kopf an meine Brust und ich streichele ihm sanft über seine Haare.

*„Wie sehr habe ich das vermisst ..."*
*„Kleine, du musst immer für mich da sein!"*
*„Ich liebe es an deiner Brust zu nuckeln ... "*

Ja, er erinnert mich an ein nuckelndes Kind. Ich halte ihn ganz fest in meinen Armen. Er braucht diese Fürsorge und Geborgenheit und genau das ist es, was ich ihm so gerne geben möchte. Ich fühle seine Anhänglichkeit und das macht mich stark. Ja, ich möchte ihm alles geben. Ich liebe ihn so sehr!
Dieser Moment ist einzigartig. Wir sind uns so nah, wie nie.
Mein Herz läuft über vor lauter Liebe.
Mit einem fragenden Blick nimmt er zwei Wäscheklammern vom Bett. Zustimmend nicke ich. Ganz vorsichtig setzt er sie auf meine Nippel. Was für ein Gefühl. Das macht mich total an.

Der Schmerz ist da, aber er verwandelt sich tatsächlich in pure Lust. Ich kann es kaum glauben. Mein Paul! Mit einem weichen Seil bindet er meine Hände zusammen.

*„Leg dich auf den Rücken und nimm die Hände nach oben. "*

Das Ende des Seils knotet er ans Bettgestell.

*„Darf ich deine Augen verbinden? "*
„Ja, du darfst. Ich gehöre dir!"

Ich verlasse mich nun auf meine Ohren und höre und fühle, was er weiter mit mir vorhat. Seine Hände sind überall. Er streichelt mich, er massiert mich, er erregt mich. Ich öffne meine Beine und hoffe auf seine Berührungen im Zentrum meiner Lust. Er lässt mich zappeln, obwohl ich ihm willig und bereit mein Becken entgegen strecke. Nur zufällige, kurze Streicheleinheiten bekommen meine Schamlippen und der pralle Kitzler zu spüren. Ich kann mein lustvolles Stöhnen nicht unterdrücken.

*„Pssst, keinen ton! "*
*„Du kannst das aushalten. "*
*„Für mich! "*
„Ja, ich kann das!"

Es ist schwieriger als gedacht. Mit seinen Fingern verschließt er meine Lippen, während er mit der anderen Hand den nimmermüden, elektrischen Zauberstab über meiner Klit tanzen lässt. Ein heftiger Höhepunkt bahnt sich an. Unerbittlich macht er weiter. Ich bekomme einen Orgasmus nach dem anderen. Ohne Pause, bis ich fast die Besinnung verliere.

Unglaublich! Diese Erfüllung! Dieser Sex! Ich bin hemmungslos geil und möchte noch mehr. Er bindet mich los und ich soll mich über die Rückenlehne des Sessels beugen. Ich fühle wie die Peitsche liebevoll über meinen Rücken und den Po fährt.

Paul holt aus, und die Enden der Lederbänder klatschen auf meine nackte Haut. Ah, das fühlte sich gut an. Ein leichter Schmerz. Ich möchte mehr.

*„Bedank dich!"*
*„Bedank dich bei deinem Herrn!"*
„Danke, Herr!"
„Ich möchte mehr."

Mit Pausen zwischen den Schlägern empfinde ich große Lust. Fordernd schiebe ihm mein Hinterteil so weit es möglich ist, in seine Richtung. Dieses Mal hat er mich richtig vorbereitet. Er gibt mir Zeit. Steigert die Intensität der Schläge ganz langsam und verteilt sie auf Rücken und Po. So mag ich das. Mein Fötzchen auch. Seine Finger finden ihren Weg. Prüfend. Ich bin bereit.

Er dringt in mich ein und fickt mich mit langsamen, kräftigen Bewegungen. Ich kann es vor Erregung kaum aushalten. Seine großen, starken Hände fixieren mich. Er nimmt sich was er will und ich genieße es. Ich gehöre ihm. Ich bin ein Teil von ihm!

Wir kommen beinahe gleichzeitig zum Höhepunkt. Erschöpft verharren wir einen Augenblick. Ich spüre seine Kraft und Schwere. Ich fühle mich wohl. Er führt mich zum Bett und deckt mich liebevoll zu. Aneinander gekuschelt schlafen wir ein. Teil 2 meines Testes hat er besonders gut bestanden ☺.

Mitten in der Nacht weckt er mich.

*„Mach es dir, ich will dir zusehen!"*

Verschlafen drehe ich mich zu ihm um. Sein Blick ist hart und duldet keinen Widerspruch. Gehorsam setze ich mich auf und spreize die Beine. Die Lampe ist direkt auf meine Spalte gerichtet. Mit der Zunge befeuchte ich meine Finger und beginne mit kreisenden Bewegungen meine Klitoris zu streicheln. Sofort spüre ich meine Erregung.

*„Sieh mich an!"*

Ich öffne meine Augen und schaue ihn an. Da ist nur noch gierige Geilheit in seinem Blick.

*„Weiter!"*
*„Los!"*
*„Mach`s dir!"*
*„Schneller!"*

Er kniet sich vor mir hin und beginnt zu masturbieren. Mit heftigen Bewegungen bearbeitet er stöhnend seinen Schwanz. Ich wage nicht, meinen Blick zu senken und reibe weiter über meinen Kitzler. Plötzlich kommt er und spritzt mir seine Sahne über Gesicht und Oberkörper. Sein Sperma läuft über meine Haare, Augen, Nase und den Mund. So schnell habe ich nicht damit gerechnet und ich kann ein heftiges Würgen nicht unterdrücken. Ich konnte nicht rechtzeitig ausweichen und so trifft mich seine volle Ladung.

*„Leck es ab!"*

Ich kann es nicht. Tränen laufen über mein Gesicht. Mein Ekel ist nicht zu übersehen. Darauf verreibt er sein Sperma mit einem kalten Grinsen auf meinem Gesicht und meinem Körper.

*„Du wirst das lernen!"*

*„Ich will es so."*

Weinend sitze ich auf dem Bett und wage nicht, mich zu bewegen. Seine Stimme, seine Augen sind plötzlich so kalt. Ist das sein Spiel? Ich kann das nicht. Diese Kälte macht mir Angst. Warum ist er plötzlich so verändert?

*„Geh ins Bad und hör auf zu heulen!"*

Ich flüchte schluchzend unter die heiße Dusche. Mit hartem Wasserstrahl versuche ich seine Spuren abzuwaschen. Es ekelt mich fürchterlich und er weiß das genau. Wir haben einige Male darüber gesprochen und er kennt den schrecklichen Grund für mein Verhalten. Es ist mein Tabu und das hat er nicht respektiert.
Nach einer guten Stunde gehe ich ins Zimmer zurück. Er schläft. Leise lege ich mich aufs Bett und decke mich zu. Mir ist kalt, ich habe Angst, und ich überlege am nächsten Tag in den Zug zu steigen und nach Hause zu fahren. Irgendwann schlafe ich endlich ein. Teil 3 des Testes – nicht bestanden!
Am nächsten Morgen weckt er mich mit einem zärtlichen Kuss.

*„Kleine, du warst großartig!"*

*„Ich liebe dich!"*

Fassungslos starre ich ihn an. Hat er überhaupt nicht registriert, was da in der letzten Nacht passiert ist? Keine Entschuldigung? Merkt er noch was?

*„Komm, mach dich fertig, ich will frühstücken!"*

Beim Frühstück plaudert Paul munter drauf los. Er erzählt mir von seinem heutigen Programm und möchte, dass ich mir einen schönen Tag in der Stadt machen soll. Mit dem Taxi fahren wir gemeinsam in die Innenstadt. Der Ärztekongress findet in einem Hotel in der Nähe des Kölner Domes statt. Als wir aussteigen, nimmt er mich fröhlich in den Arm, drückt mir 50 Euro in die Hand und sagt:

*„Kauf dir was Schönes!"*

Mit diesen Worten verschwindet er in der Hotelhalle. Unentschlossen sehe ich mich um. Das Wetter ist herrlich und die Temperaturen sind bereits um 10.00 Uhr angenehm warm. Ein Wegweiser lotst mit zum Kölner Dom. Es sind nur ein paar Minuten Fußweg.

Natürlich kenne ich das Bild dieser mächtigen Kirche, aber als ich direkt davor stehe, bin ich doch überwältigt von diesem imposanten Gebäude. Im Innern empfängt mich eine bedrückende Düsternis. Die Kühle und Dunkelheit haben etwas Beklemmendes. Warum haben so viele Kirchen eine so bedrückende Ausstrahlung? Ein Gotteshaus sollte lichtdurchflutet sein und Klarheit und Zuversicht verbreiten.

Nach einem kurzen Rundgang flüchte ich auf den Domplatz. Viele Menschen aller Nationaltäten sind unterwegs. Touristengruppen werden von ihren Reiseführern über alle Details in allen möglichen Sprachen informiert. Gleich um die Ecke ist das Römisch-Germanische Museum. Wenn ich schon mal hier bin.

Ich schaue mir die Ausstellung an und kann mich sogar noch an manches Detail erinnern. Als Schülerin war ich schon einmal hier. Damals konnte man hier eine Sonderausstellung um Tutanchamun, dem altägyptischen König bewundern.

So viel Kultur auf einmal, braucht anschließend ein wenig Entspannung. Ich suche mir einen gemütlichen Platz in einem sonnigen Straßencafé. Bei einer heißen Schokoladen und einem köstlichen Stück Erdbeertorte schaue ich dem munteren Treiben um mich herum zu. Mein Handy piepst. Eine Nachricht von Paul.

*„denkst du an mich?"*
„Ja. Passt du auch schön auf?"
*„tussi!"*

Immer wenn ihm etwas nicht passt, bin ich seine Tussi. Anfangs fand ich das ganz süß. Habe es als Spaß verstanden. Heute glaube ich, er meint es ernst. Er will mir zeigen, was er von mir hält. Ich gehe nicht darauf ein. Eine Diskussion mit ihm führt zu nichts.

Ich habe einen schönen Tag in der Stadt, während er sich (langweilige) Vorträge anhören muss? Deshalb ist er hier. Ein paar Straßen weiter beginnt die Fußgängerzone mit ihren vielen Geschäften. Es macht mir Spaß durch die Läden zu bummeln. Hier gibt es viel mehr multikulti als zu Hause, und jede Menge Straßenkünstler. Kauf dir was Schönes. Was ist denn schön? Eine Erinnerung an diese erste kleine Reise mit Paul? Möchte ich diese Erinnerung? Darüber bin ich mir noch nicht im Klaren.

Der gestrige Tag war eigentlich wunderschön. Auch unser Sex war wirklich geil. Ich bin entspannt und zufrieden in seinem Arm eingeschlafen. Aber was war das für eine Aktion heute Nacht? Die hätte er sich besser sparen können.

Manchmal denke ich, Paul hat die Sensibilität eines Presslufthammers. Er merkt es nicht einmal, wenn er Grenzen überschreitet – oder ist es ihm doch bewusst und er macht das extra?

Ich weiß nicht, was ich davon halten soll. Gespräche führen nicht weiter. Vielleicht versuche ich heute Abend mit ihm darüber zu reden.

Zum Hotel sind es nur ein paar Kilometer. Ausgerüstet mit einem Touristen-Stadtplan finde ich den richtigen Weg zum Rhein. Auf der Uferpromenade ist eine Menge los und ich lasse mich in der Menge treiben. Eher zufällig lande ich vor der Tür des Schokoladenmuseums. Staunend stelle ich fest, dass es so etwas tatsächlich gibt.

Natürlich muss ich da unbedingt hinein. Schokolade ist meine Leidenschaft. Begeistert entdecke ich viele Schokoladenverpackungen aus Kindertagen. Da werden längst vergessene Erinnerungen wach. Und dann lerne ich auch noch alles über die Herstellung von Schokolade. In einem Minitropenhaus wachsen sogar echte Kakaobohnen. Am Ende der Ausstellung kann man sich die verschiedenen Verarbeitungsschritte ansehen und zum guten Schluss bekommt jeder Besucher natürlich ein Stück Schokolade. Im Schokoshop lacht das Herz eines jeden Schokoladenliebhabers. Alles Mögliche und auch Unmögliche gibt es hier in den verschiedenen Schokoladensorten. „Kauf dir was Schönes …" Ich entscheiden mich für den Kölner Dom aus dunkler Schokolade. Einer für mich, und einer für Paul.

Kurz nach mir kommt auch Paul ins Hotel zurück. Er ist nicht besonders gut gelaunt. Das lange Sitzen auf harten Stühlen hat ihm nicht gefallen. Als ich ihm begeistert vom Schokoladenmuseum erzähle hört er mir gar nicht richtig zu. Mein kleines Geschenk legt er achtlos zur Seite.

*„Mach dich chic, dann lass uns was essen gehen", brummelt er.*
Wir finden ein schönes Restaurant direkt am Rhein. Nach einem köstlichen Essen und mehreren Gläsern Wein ist Paul wieder

bester Stimmung. Er nimmt mich immer wieder in seinen Arm und beteuert mir seine aufrichtige Liebe. Es gibt allerdings keine Gelegenheit für ein klärendes Gespräch.

Zurück im Zimmer lässt er seinen Engel fliegen. Das muss ich ihm wirklich lassen. Ich habe noch nie so wunderbare Orgasmen erlebt, wie unter seinen Händen. Auf diesem Gebiet hat er unglaublich viel Einfühlungsvermögen, wie ich es bei noch keinem anderen Mann erleben durfte.

Es ist spät geworden. Heute habe ich Geburtstag. Ob er daran denkt?

Müde und zufrieden kuschelt er sich an mich. Eine Hand an meiner Brust, den Nippel zwischen seinen Fingern.

Morgen früh, dann denkt er bestimmt daran. Er hat sicher an der Rezeption einen Blumenstrauß für mich bestellt. Die Fortbildung geht nur bis zum Mittag. Danach feiern wir meinen Geburtstag zusammen und dann fahren wir zurück. Mit diesen guten Gedanken schlafe ich ein.

Am nächsten Morgen ist Paul schon früh auf den Beinen. Nach der Morgentoilette packt er eilig seine Tasche. Seine Bewegungen sind unruhig, fast hektisch.

*„Heute geht es schon um 9.00 Uhr los. "*
*„Ich gehe jetzt frühstücken. "*

Das ist ja ein wunderbarer Guten-Morgen-Gruß zum Geburtstag.

*„Du kannst später zum Frühstück gehen"*
„Warte einen Augenblick, dann komme ich mit und wir frühstücken zusammen."
*„Das dauert mir zu lange, "*
*„sei um 12.00 Uhr fertig, dann will ich fahren. "*

Die Tür fällt ins Schloss. Völlig perplex sitze ich auf dem Bett. Was war das denn jetzt?

ICH HABE HEUTE GEBURTSTAG!!!!

Kein Kuss, kein Glückwunsch, keine Blumen???

Meine Stimmung sinkt auf den Nullpunkt. Wütend gehe ich ins Bad. Was denkt er sich dabei? Denkt er sich überhaupt etwas dabei? Hat dieser Kerl meinen Geburtstag wirklich vergessen? Vielleicht überrascht er mich am Frühstückstisch mit einem Blumenstrauß? Warum ist er so angespannt?

Ich atme tief durch und versuche mich zu beruhigen, aber diese Enttäuschung nagt mehr an meinen Gefühlen, als ich mir eingestehen will. Traurig gehe ich zum Frühstücksraum. Er ist bereits weg. Ich frühstücke alleine. Ich hasse das. Besonders an einem Tag wie heute. Warum nehme ich mir das so zu Herzen?

Denk` an etwas Schönes, sage ich mit mir. Er ist ein emotionaler Volltrottel, oder sind meine eigenen Erwartungen viel zu hoch?

Das ist eine gute Frage. Liegt es an mir und meinen zu hohen Erwartungen? Ist es wirklich zu viel verlangt, am eigenen Geburtstag von dem Mann, der mich liebt, (zumindest sagt er das) einen Kuss und einen Glückwunsch zu bekommen?

Irgendwann geht mir mein Bad im triefenden Selbstmitleid selber auf die Nerven. Ich lege meinen emotionalen Schalter um und bestelle mir einen Prosecco. Der geht natürlich auf seine Rechnung ☺!

„Prost Hanna! Auf ein gutes neues Lebensjahr."
„Und auf dich, mein lieber Paul!"

Danach schmeckt das Frühstück gleich nochmal so gut. Warme Butter-Croissants, Rührei mit gebratenem Speck, Körnerbrötchen, Tomaten mit Mozzarella, Gurken, Lachs und eine riesige Käseauswahl. Zum Dessert noch eine Portion frisches Obst und Naturjoghurt. Köstlich! Und weil das alles sooo lecker ist, gönne ich mir noch einen zweiten klitzekleinen Sekt.

Entspannt packe ich anschließend meine Sachen. Paul kommt bereits um 11.30 Uhr zurück.

*„Bist du fertig?"*
*„Dann lass uns fahren!"*

Kein Kuss zur Begrüßung, keine Umarmung. Na gut. Dann eben nicht. Schweigend begleite ich ihn in die Tiefgarage. Schweigen begleitet uns auf der gesamten Rückfahrt.

Sein Handy klingelt. Der Name seiner Frau erscheint im großen Display seines Wagens. Er lässt es klingeln, bis sich die Mailbox einschaltet. In einer halben Stunde versucht sie ihn mindestens fünf Mal zu erreichen.

„Geh doch ran. Vielleicht ist es etwas Wichtiges."

Schweigen. Er sagt kein einziges Wort. Nach einiger Zeit fährt er an eine Tankstelle. Er tankt. Er telefoniert. Mit seiner Frau? Als es weitergeht, schweigt er immer noch. Kein einziges Wort auf über 280 Kilometern Fahrt. Meine Gedanken fliegen weit fort. Ich kann mir sein Verhalten nicht erklären. Aber es baut wieder diese kühle Distanz zwischen uns auf. Da sind sie wieder. Meine Zweifel!

Er setzt mich vor meiner Haustür ab. Meinen Koffer lädt er noch aus. Kein Kuss, keine Umarmung. Nur eisige Kälte.

*„Ich melde mich ..."*

Und weg ist er.

Nachdenklich schaue ich ihm nach. Teil 4 meines Testes ist völlig in die Hose gegangen!

# Kapitel 27

Es vergehen Tage. Aus Tagen werden Wochen. Kein Lebenszeichen von Paul. Dafür meldet Wolfgang sich bei mir. Er möchte den Kontakt endgültig zu mir abbrechen. Er ist davon überzeugt, dass Paul sich wieder einen Platz in meinem Leben erobert hat. Mein Verhalten in der letzten Zeit ließ wohl keinen anderen Schluss zu.

Seiner Vermutung habe ich nichts entgegen zu setzen, und ich möchte ihn auch nicht belügen. Es ist ein sehr kurzes Gespräch. Er lässt mich seine Entscheidung wissen. Das war`s! Ich habe es gründlich vermasselt. Mein Schweigen sagt mehr als tausend Worte.

„Selber Schuld! Verpasste Chance!" höhnt mein Verstand, und mein Herz gibt mir den guten Rat: „Klär` erst mal dein Gedankenchaos! Dann findest du den richtigen Weg, und vielleicht auch irgendwann den richtigen Mann an deiner Seite."

Wenn das so einfach wäre. Genau das habe ich in den letzten Monaten doch immer wieder versucht. Ohne Erfolg. Allerdings bin ich in dieser Zeit zu der sicheren Erkenntnis gekommen: Ich komme aus dieser Geschichte nicht ohne Hilfe heraus!

Paul scheint unfähig zu sein, eine dauerhafte Beziehung zu führen. Jedenfalls mit mir. Letztlich geht es ihm doch immer wieder nur um Sex, und zwar muss es Sex mit dem besonderen Kick sein. Wenigstens passen wir in dieser Hinsicht zusammen. Er ist verheiratet, und seine Frau erfreut sich bester Gesundheit. Als er sich wegen Marie von ihr getrennt hatte, setzte sie ihn massiv unter Druck. Eine Scheidung wäre eine finanzielle Katastrophe für ihn. Er hat nicht die Stärke, diese Konsequenzen zu tragen.

Mir reicht das nicht. Sex gibt es an jeder Ecke. Im Internet tummeln sich jede Menge Doms oder solche die sich dafür halten. Das will ich nicht. Das kann ich auch mit Paul haben. Nur meine Erfahrung zeigt, das ist wirklich nicht mein Ding. Das genügt mir nicht. Ich möchte beides! Einen Mann an meiner Seite, auf den ich mich verlassen kann und für den ich da sein darf. Einen Mann, der Wert auf eine ehrliche Beziehung auf Augenhöhe legt. Ja, und dieser Mann soll dann auch noch seine Dominanz im sexuellen Bereich mit mir als devoter Partnerin ausleben wollen. Puh! Das sind hohe Anforderungen, die mein Mr. Right da erfüllen soll. Gibt es diesen Mann wohl schon???

So weit, so gut. Immerhin weiß ich, was ich will. Und ich weiß, was ich auf keinen Fall will. Aber als allererstes muss ich jedoch mein emotionales Chaos in Ordnung bringen. So lange ich das nicht schaffe, brauche ich mir über meinen zukünftigen Traumprinzen keine Gedanken zu machen. Das wird nicht funktionieren, so lange ich mich nicht voll und ganz von Paul gelöst habe.

Als erstes muss ich einen endgültigen, für immer und ewig haltenden Schlussstrich unter das Thema Paul ziehen. Ich muss meine Gefühle für ihn neutralisieren. Ich muss alles, was er mir jemals versprochen hat, aus meinem Gedächtnis streichen, ich muss mich von ihm befreien.

Was passieren muss, ist mir schon lange klar. Es gelingt mir nur nicht, mich aus seinem Netz zu befreien. Ich kann diese Verstrickung nicht alleine lösen. Sämtliche Versuche sind bisher gescheitert. Ich bin dann doch wieder über kurz oder lang bei Paul gelandet. Wohlwissend, dass mich das keinen einzigen Schritt weiter bringt und ich mich in diesem Zustand richtig schlecht fühle.

Wenn Paul sich nicht meldet, ist alles doof, meldet er sich dann endlich wieder, ist alles nicht viel besser als doof. Das Warten auf ihn ertrage ich zwar inzwischen wesentlich entspannter und auf seine Forderungen am Telefon gehe ich schon lange nur noch zum Schein ein. Seine Macht über mich bröckelt, aber ich bin immer noch nicht frei.

Die Wochen ziehen sich. Ab und zu, ich denke, wenn er „es" braucht, meldet er sich. Unsere Treffen werden immer seltener, dafür aber umso intensiver. Paul lässt seinen Engel fliegen. Wenn er geht, bleibt dieser schale Beigeschmack, wirklich nur benutzt worden zu sein.

Ich suche nach Wegen und Auswegen. Lese unendlich viele Lebensratgeber, die mir zu meiner Verwunderung in manchen Dingen wirklich weiter helfen können. Ich finde zu mir selbst, kann wieder vertrauen – in fast allen Lebensbereichen. Alles läuft rund, nur an einer einzigen Stelle in meinem Innern hakt immer wieder dieses „Etwas" und bremst mich regelrecht aus.

In dieser Phase meines Lebens lerne ich Andrea kennen. Wir haben viele Gespräche. Zunächst geht es nur um ähnliche Interessen oder Erfahrungen. Irgendwann erzählt sie, dass sie als Coach ausgebildet ist und auch arbeitet. Sie konnte schon vielen Menschen aus deren vertrackten Umständen heraushelfen.

Ich höre staunend zu und plötzlich habe ich das Gefühl, sie kann auch mir helfen. Es fühlt sich an wie eine Eingebung. Ich weiß, sie ist mir nicht zufällig begegnet. Ich habe in den letzten Monaten gelernt, meine Augen und Ohren offen zu halten, und viele Botschaften, die für mich bestimmt sind, auch wahrzunehmen und sie dann für mich zu nutzen.

Ja, Andrea ist so eine Botschaft! Ich traue mich, weil ich ihr vertraue und weil mein Wunsch nach Klärung für mich lebenswichtig geworden ist. Demnächst habe ich Urlaub und in der Zeit mache ich einen Termin bei ihr. In etwa weiß ich, was da auf mich zukommt. Es wird sehr emotional und sicher eine schwere Aufgabe für mich. Das ist jetzt egal. Ich habe einen Entschluss gefasst.

Noch fast drei Wochen, dann werde ich frei sein.

Ich habe geträumt. Paul stand mit eisigem Blick vor mir und hat stundenlang und monoton auf mich eingeredet.

*„Du bist ein teil von mir!"*
*„Du gehörst mir!"*
*„Du brauchst mich!"*
*„Du kannst nicht ohne mich sein!"*

Immer nur diese Sätze. Ich habe unterwürfig vor ihm gekniet und musste ihn die ganze Zeit dabei anschauen. Er hat mir Angst gemacht. Am Ende fragt er mich:

*„Hast du das endlich kapiert?"*
*„Antworte!"*
„Ja, Paul."
*„Das heißt: ja Herr!!!"*
„Ja, Herr!"

Schweißgebadet wache ich auf. Jetzt verfolgt er mich schon in meinen Träumen.
Bei nächster Gelegenheit bitte ich Andrea unseren Termin vorzuziehen. Es klappt. Ich bin sehr erleichtert. Nur noch zwei Tage, dann bin ich frei. Ich weiß das.
In gespannter Erwartung fahre ich am Samstagmittag zu ihr. Am Morgen habe ich noch mit Paul telefoniert. Er wollte ein Treffen.

*„Du fehlst mir so sehr ... "*

Es ist wohl eher das Ausleben seiner sexuellen Fantasien, was ihm so sehr fehlt. Ich sage nichts zu. Ich will keine Treffen mehr.

Andrea fragt mich genau nach meiner Geschichte. Danach entscheidet sie ihre Vorgehensweise. Ich erzähle und erzähle, breite meine ganzen Erfahrungen mit Paul aus und immer wieder fließen meine Tränen. Es fällt mir unglaublich schwer, alles wieder hervorzuholen. Mir versagt die Stimme. Mit diesem dicken Kloß im Hals kann ich kaum reden. Jede gut verdrängte Enttäuschung ist plötzlich wieder präsent. Jede Demütigung, jeder Verrat findet seinen Weg zurück in mein Bewusstsein. Alle meine Zweifel und Ängste kommen zur Sprache. Das tut richtig weh und ich kann es beinahe nicht aushalten. Es muss sein und ich will das jetzt so.

Sie zeigt mir meinen Weg. Gehen muss ich ihn alleine. Mit Andreas Hilfe schaffe ich es, Paul zu verzeihen und mich von ihm mit einem guten Gefühl zu verabschieden. Ich nehme ihn aus meinem Herzen. Ich fühle mich einerseits unglaublich leer, andererseits aber bin ich sehr zufrieden diese Aufgabe geschafft zu haben.

Nach gut zwei Stunden bin ich fix und fertig. Körperlich und seelisch ausgebrannt. Nachdenklich, traurig und froh zugleich. Mir ist kalt und ich bin furchtbar müde. Gleichzeitig bin ich sehr erleichtert, mein Ziel erreicht zu haben. Ich habe mich aktiv aus meiner Verstrickung mit Paul gelöst. Im Augenblick fühlt es sich gut an. Die Zeit wird zeigen, ob ich es dieses Mal endgültig und tatsächlich geschafft habe.

Mein Lebensring ist wieder rund. Die Lücke ist geschlossen. Die Verbindung zu Paul ist unterbrochen. Unsere Ringe haben keine Verbindung mehr miteinander und können nun wieder eigene Wege gehen. Dieses Bild wird mich nun begleiten.

„Wie soll ich mich verhalten, wenn er sich noch einmal bei mir meldet?"

Andrea beruhigt mich:
„Er wird sich nicht mehr melden."
„Er weiß, dass es vorbei ist ..."

Zweifelnd schaue ich sie an. Glauben kann ich das jetzt (noch) nicht. Die Zeit wird es zeigen. Das restliche Wochenende verbringe ich mit schlafen, nachdenken, schlafen und nachdenken. Ich bin unglaublich müde. Ab und zu raffe ich mich auf und mache lange Spaziergänge. Die Bewegung an der frischen Luft tut gut und hilft mir meine Gedanken zu ordnen. Auf diese Weise kann ich das Erlebte verarbeiten und allmählich fühle ich mich immer besser.

Ich schaffe es entspannt an Paul denken, ohne dass meine Gefühle mich durcheinander bringen. Es fühlt sich jetzt neutral an. Es fühlt sich jetzt gut an. Ich habe endlich Abstand. Es kommen keine Tränen mehr. Die habe ich alle bei Andrea geweint. Paul war ein Teil meines Lebens. Nicht mehr und nicht weniger. Ich kann nach vorne schauen und endlich das tun, was ich schon seit sehr langer Zeit tun wollte.

Als ich vor langer Zeit von Marie die ganze Wahrheit über Paul erfahren hatte, kam mir spontan der Gedanke: Diese unglaubliche Geschichte bietet genug Stoff für ein Buch. Ich habe es damals als Versuch gesehen, das Erlebte verarbeiten zu können. Gleichzeitig sollte es eine Warnung für alle Internetbenutzer sein. So ein Chat ist eben doch gefährlich.

Zweimal habe ich angefangen zu schreiben. Zweimal habe ich mein Vorhaben abgebrochen, weil mir die notwendige emotionale Distanz für diese Aufgabe fehlte.

Heute sitze ich gelassen und auch ein kleines bisschen stolz am Computer und schreibe diese letzten Zeilen. Ich habe es wirklich geschafft! Ich habe mein Buch geschrieben.

Paul hat sich tatsächlich nie wieder bei mir gemeldet. Die Wochen vergingen und ich bin mit meiner persönlichen Entwicklung einen Riesenschritt vorangekommen. Es geht mir gut. Mein kleiner goldener Lebensring kullert wieder fröhlich und ungebremst durchs Leben. Diese Gedanken zaubern mir ein Lächeln auf meine Lippen.

Ich habe viel gelernt. Ich bin stark, ich bin liebenswert und ich kann wieder glücklich sein. Man mag es glauben oder nicht, inzwischen bin ich sehr dankbar für alle Erfahrungen der vergangenen Jahre.

Aus Erfahrungen kann man nur lernen, oder?

Aus den weniger guten Erfahrungen genauso viel wie aus den Guten.

Danke! Ich habe gelernt.

### Ich lebe

*Stille*
*umgibt mich,*
*höre nur meinen Atem,*
*meinen Herzschlag.*
*Flackerndes Kerzenlicht,*
*kahle Bäume*
*im rauen Wind.*
*Friedwald.*
*Kalter Nieselregen*
*bedeckt*
*meine Tränen.*

*Stiller Moment*
*der Andacht.*
*Allein.*
*Ich lebe.*

*Glockengeläut*
*von Ferne.*
*Alle sind*
*eingeladen.*
*Fest der Stille,*
*Fest der Freude*
*und der Liebe.*
*Meine Schritte*
*hallen in der*
*Dämmerung.*
*Kleine Lichter*
*säumen*
*meinen Weg.*
*Kälte kriecht*
*unter den Mantel,*
*umklammert mein Herz.*
*Allein.*
*Ich lebe.*

*Immer weiter*
*in der Dunkelheit.*
*Erinnerungen*
*begleiten mich.*
*Lichterglanz,*
*Wärme und*
*Geborgenheit.*

*Verblasste Bilder.*
*Der Weg endet.*
*Stille,*
*Finsternis,*
*allein.*
*Verharren,*
*besinnen,*
*Kraft sammeln.*
*Meinen Weg gehen.*
*Ich lebe!*

*Hanna, Weihnachten 2010*

# Danke

Danke, dir lieber Paul, für alles was du in unserer gemeinsamen Zeit für mich getan hast.
Mit deiner Hilfe konnte ich neue Wege gehen. Ich konnte mich selbst entdecken und meine Stärken als Frau entwickeln.
Durch dich habe ich gelernt, stets wachsam zu sein, und Geist, Herz und Seele zu zuhören.
Ich wünsche dir von Herzen alles Gute.
Hanna

Danke, dir lieber Wolfgang, für deine unerschöpfliche Geduld und dein besonderes Einfühlungsvermögen. Die Zeit mit dir war wunderschön. Es tut mir sehr leid, dass ich damals keinen anderen Weg gehen konnte.
Hoffentlich hast du dein Glück gefunden.
Alles Gute,
Hanna

Danke, liebe Marie für deine Geduld mit mir und meinen vielen Fragen. Mit deiner Hilfe konnte ich Klarheit in meine Situation bringen.
Licht und Liebe für dich,
Hanna

Danke, dir liebe Andrea, für deine Hilfe aus meinem Gefühls-chaos herauszufinden.
Ich bin dankbar und glücklich, dass sich unsere Wege gekreuzt haben.
Hab Sonne im Herzen und um dich herum,
Hanna

# Epilog

Das Internet ist gefährlich ...
Das weiß doch jedes kleine Kind, oder?

Dieses Buch soll eine Warnung für alle Leserinnen und Leser sein, die (zu sehr) vertrauen und an die Ehrlichkeit ihrer Chatpartner glauben.
Zum Glück gibt es auch ehrliche Mitmenschen im Internet und es ist klar, diese zwischenmenschlichen Katastrophen geschehen natürlich auch im realen Leben.
Mein Buch schildert die Geschichte eines ersten Chatkontaktes und seine furchtbaren Folgen. Es zeigt aber auch einen Weg, das Erlebte zu lösen und zu verarbeiten.
Hanna ist es gelungen.
Ich wünsche allen Leserinnen und Lesern, die ähnliche Erfahrungen gemacht haben, einen ebenso guten Weg und einen glücklichen Neubeginn!
Hanna


„Das Glück hängt nur von uns selbst ab!"
Aristoteles (384 – 322 v. Chr.)
Griechischer Philosoph und Naturforscher

?

Zeitfracht Medien GmbH
Ferdinand-Jühlke-Straße 7
99095 Erfurt, Deutschland
produktsicherheit@kolibri360.de